Miss Seetons erster Fall

ECON Unterhaltung

ECON Krimi
Morde auf die feine englische Art

Im ECON Taschenbuch Verlag ist von Heron Carvic außerdem lieferbar:
Miss Seeton kann's nicht lassen (TB 25996)

Aus der Reihe *Morde auf die feine englische Art* sind außerdem lieferbar:

Georgette Heyer: **Schritte im Dunkeln** (TB 25994)
Georgette Heyer: **Vorsicht, Gift!** (TB 25997)
J. C. Masterman: **Das Oxford-Komplott** (TB 25998)
W. Bolingbroke Johnson: **Tod in der Bibliothek** (TB 25999)

Zum Buch:

Sergeant Ranger ist der Verzweiflung nahe. Er hat während seiner Dienstzeit bei Scotland Yard schon einiges erlebt, aber so etwas wie die kleine, exzentrische Kunstlehrerin ist ihm noch nicht begegnet.
Er hat alle Hände voll damit zu tun, nicht den Verbrechern nachzujagen, sondern Miss Seeton aus mißlichen Situationen zu befreien, in die sie sich durch ihre Neugierde immer wieder hineinmanövriert.
Auch diesmal wird sie nach einer Aufführung von *Carmen* Zeugin einer Messerstecherei, bei der der Täter flüchtet. Miss Seeton konnte allerdings nur eine schemenhafte Gestalt erkennen und daher zunächst nicht zur Ermittlung des Täters beitragen. Wie soll sie auch wissen, daß der Täter ihr wiederbegegnen wird, und zwar in Form einer Karikatur, die sie unbewußt auf ihr Zeichenbrett malt. Ihre Karikatur bringt sie in große Gefahr, denn als sie nach einer Reise in ihr Häuschen in Plummergen zurückkehrt, ist sie dem Mörder ausgeliefert...

Zum Autor:

Heron Carvic hat sich in vielen Berufen versucht, ehe er zu schreiben begann. Er war als Tänzer, Innenarchitekt und Blumenhändler erfolgreich; als Diener und Fotograf erlitt er Schiffbruch. Dies hier ist sein erster Kriminalroman in der Miss-Seeton-Reihe, weitere werden folgen.

Heron Carvic

Miss Seetons erster Fall

Kriminalroman

ECON Taschenbuch Verlag

Veröffentlicht im ECON Taschenbuch Verlag,
ECON Verlag GmbH, Düsseldorf 1996
Lizenzausgabe

Titel des englischen Originals: Picture Miss Seeton

Aus dem Englischen übersetzt von Marianne Lipcowitz
Ursprünglicher Titel: Alter schützt vor Gaunern nicht

Umschlaggestaltung: Theodor Bayer-Eynck, Coesfeld
Gesetzt aus der Caslon
Satz: KompetenzCenter Urban, Düsseldorf
Druck und Bindearbeiten: Ebner Ulm
Printed in Germany
ISBN 3-612-25995-4

Die Hauptpersonen

Miss Emily Seeton	tut recht und scheuet niemand, was verblüffende Folgen hat.
Césal Lebel	wird ein Opfer der Ordnungsliebe.
Mr. Trefold Morton	ist schlau und scheitert an der Einfalt.
Der Rothaarige	versucht sich als Kidnapper und wird gekidnappt.
Mrs. Venning	wählt den Weg des geringsten Widerstands.
Angela Venning	muß es ausbaden.
Nigel Colveden	ahnt etwas und handelt zu spät.
Superintendent Delphick *Sergeant Ranger*	handeln noch eben rechtzeitig, obwohl sie manchmal ahnungslos sind.

1

Ja, die Liebe – taram tam tamtam ...

So farbig und lebensprühend. Romantisch? ... Nein, das bestimmt nicht. Eher eine Spur ordinär. Carmen zum Beispiel – nicht gerade vorbildlich. Und die andere, die Jüngere ... schwer, mit ihr Mitleid zu haben. Aber ihr Verlobter, offensichtlich schwach und leicht zu beeinflussen, hätte als Ehemann mit dieser krankhaften Bindung an seine Mutter sowieso nichts getaugt. Trotzdem – daß er Carmen am Schluß einfach erdolcht ... so unnötig. Pathologisch beinahe. Obwohl man natürlich nicht vergessen durfte, daß Ausländer in solchen Dingen ganz anders reagierten. Man las ja immer wieder, daß sie sich in anderen Ländern einfach vom Gefühl hinreißen ließen und einander dann umbrachten. Die Hitze, wahrscheinlich.

Miss Seeton wich einem Stapel Kisten aus. Im Vorbeigehen warf sie einen Blick darauf.

Sevilla-Orangen. Ausgerechnet. Spanien ... Komischer Zufall. Man könnte fast glauben, noch in der Oper zu sitzen, mit dem strahlenden Lichterglanz ringsum.

Liebst du mich nicht – taram tam tam ...

Sprunghaft, ja. Disharmonisch, ja, aber plötzlich war es ihr warm ums Herz geworden. Denn mit dem Opernbesuch hatte sie etwas gefeiert: das Abenteuer, zu dem sie am nächsten Tag aufbrechen würde. Nein, nein ... ›Abenteuer‹ war übertrieben. Ein neuer Lebensstil – oder zumindest der Anfang eines neuen Lebensstils. Was natürlich auch ein Abenteuer war. Wenigstens für sie.

Wo war sie denn jetzt? Wenn sie hier rechts ging – o je, wie finster die Gasse aussah. Durften die Autos denn alle auf einer Seite parken? Und auch noch mit den Rädern auf dem Bürgersteig? Wenn sie hier durchging, mußte sie an der Tottenham Court Road herauskommen. Oder sie erwischte sogar ihren Bus am Charing Cross.

Eine gute Idee, ein Stück zu Fuß zu gehen. Sie schritt ganz beschwingt dahin. Ob es die Gummisohlen waren? Oder konnte es sein, konnte es wirklich sein, daß ihr das andere so guttat? Miss Seeton unterdrückte ein Schmunzeln – besser, sich nicht zu früh zu freuen. Natürlich war es verrückt, in ihrem Alter mit diesen ... diesen Turnübungen anzufangen, aber die Anzeige hatte so einleuchtend ausgesehen. Sogar, als das Buch eingetroffen und man sich über die Schwierigkeiten klargeworden war, schien sich ein Versuch durchaus zu lohnen. Und diese lästige Steifheit in den Knien war zweifellos besser geworden. Viele Positionen waren – na ja, peinlich. Sogar für einen selbst. Aber schließlich, wenn es niemand wußte – und wenn es half. Oh ...

Miss Seeton wollte rasch an dem Pärchen vorbeigehen, das sich in die Tornische drückte, doch in diesem Augenblick fauchte das Mädchen: »*Merdes-toi, putain, Saligaud! Scérélat, si tu m-muertes* ...« Ein Keuchen, und sie verstummte – der junge Mann hatte sie mit der Faust in die Seite geboxt.

Nein, nein. Unerhört. Miss Seeton blieb stehen. Sogar wenn das Mädchen wirklich geschimpft hatte – und geklungen hatte es ja so –, das ging zu weit. Ein Gentleman schlug keine ... Sie bohrte ihm den Schirm in den Rücken.

»Junger Mann ...«

Er fuhr herum und sprang sie an. Durch den Schirm abgelenkt, landete er neben Miss Seeton, die der Zusammenprall zu Fall gebracht hatte. Er packte sie am Mantel und zog sie mit einem Ruck zu sich heran. Ein Lichtstrahl ließ ihn erstarren – am Ende der Gasse waren Autoscheinwerfer eingeschaltet worden, und jetzt sprang ein Motor an. Ein Schieben und Stoßen – plötzlich wurde Miss Seetons Mantel losgelassen, und sie fiel auf die Ellbogen zurück, während der junge Mann sich aufrappelte und davonrannte. Sich auf den Schirm stützend, kam Miss Seeton auf die Füße. Nein, so was. Diese Ausländer mit ihrem Temperament – so impulsiv.

Eine Autotür klappte. Eine Männerstimme rief: »Bleib im Wagen, Mabel.« Laufschritte ertönten auf dem Pflaster.

»Sind Sie verletzt, *madam*? Ist was passiert?«

Miss Seeton drehte sich um. Ein untersetzter Mann mittleren Alters kam hinter dem Scheinwerferstrahl zum Vorschein, lief auf sie zu und faßte sie am Arm.

»Der Mann, der Sie angefallen hat – hat er Sie verletzt?«

Miss Seeton, etwas außer Atem, dachte nach. »Nein ... nein, ich glaube, nicht. Es war nur der Schreck.«

»Aber Sie sind hingefallen«, sagte der Mann eindringlich. »Er hat Sie doch zu Boden geschlagen.«

»Es kam alles so überraschend. Ich habe ihn erschreckt, wissen Sie, und darum ist er auf mich losgegangen. Wir sind beide hingefallen. Dann hat er mich gepackt. Ich glaube, er wollte mir auf die Füße helfen.«

»Aber warum ist er dann weggerannt?«

Sie schien verwirrt. »Ach, da war doch noch das Mädchen – so schlechte Manieren. Andererseits, er ist ja kein Engländer ... Das erklärt manches.«

»Ein Mädchen? Was für ein Mädchen?«

»Sie haben da in der Tornische gestanden. Sie hat ihn angefaucht, es klang, als ob sie ihn beschimpfte, und da hat er sie geschlagen. Und ich habe mich eingemischt, fürchte ich.

Wissen Sie«, fuhr sie energisch fort, »ich finde, junge Leute müssen lernen, sich anständig zu benehmen. Meinen Sie nicht? Auch im Ausland.«

Der Mann blickte zu der leeren Tornische hin, trat an das davor parkende Auto, und als er sich über die Motorhaube beugte, sah er das Mädchen zusammengekrümmt in dem Winkel zwischen Kotflügel und Hauswand liegen.

»Großer Gott – Sie haben recht. Er hat sie niedergeschlagen. Moment mal, ich lehne sie gegen die Tür.«

Miss Seeton trat näher heran, um ihm zu helfen. »Anscheinend ohnmächtig, die Arme. Oh...« Sie stieß einen leisen Schrei aus. Der Mantel des Mädchens war auseinandergefallen, und das Scheinwerferlicht ließ den Messergriff aufglänzen, der aus ihrer Seite ragte. »Nein, nicht bewegen! Warten Sie. Wir brauchen einen Arzt. Da – sehen Sie: ein Dolchstich.«

Dolchstich. Natürlich, was denn sonst. Das hatte ja kommen müssen. Wie grell das Licht war. Und die Gasse wurde immer steiler. Um nicht das Gleichgewicht zu verlieren, lehnte sich Miss Seeton an ein Auto. Scheinwerfer. Orangen. Sevilla. Natürlich – es war nicht das erste Mal. Sie hatte es miterlebt – schon einmal miterlebt.

Jemand sprach auf sie ein. »Ein Arzt kann nichts mehr tun. Sie ist tot. Wir müssen die Polizei holen.« Der Mann sah die kleine Gestalt fast ehrfürchtig an – schiefsitzender Hut, verrutschter Mantel, behandschuhte Hände, die noch immer den Schirm umklammerten. »Sie meinen, Sie haben es mit angesehen? Warum hat er das getan?«

Miss Seeton straffte sich. »Er konnte nicht anders«, erklärte sie. »Der letzte Akt.« Sie schüttelte den Kopf. Plötzlich fühlte sie sich erschöpft. »Aber es ist so töricht. Und so... so unnötig.«

»Noch eine Tasse Tee, Miss?« Der Constable im Polizeirevier

Bow Street wollte mit diesem Vorschlag nur das unbehagliche Schweigen unterbrechen.

Miss Seeton besah sich den klebrigen Rest in ihrer Tasse, der so etwas wie gezuckerter Tee zu sein schien. »Ja, gern. Sehr nett von Ihnen.« Obgleich es warm im Zimmer war, fröstelte sie immer noch ein wenig. »Wenn ich ganz schwachen Tee haben könnte – fast nur Wasser – und ohne Zucker, wäre ich Ihnen sehr dankbar.«

»Und Sie wollen wirklich nichts essen? Es wird nämlich noch eine Zeitlang dauern.«

»Nein, danke, bestimmt nicht. Ich habe vor der Oper zu Abend gegessen. Aber ...«, sie zögerte, »... ob Sie wohl so freundlich wären und sich nach meiner Handtasche erkundigen könnten? Das beunruhigt mich ein bißchen. Es ist schon spät, und ich habe kein Geld bei mir – und außerdem ist mein Hausschlüssel drin.«

Der Constable, schon an der Tür, drehte sich um. »Lassen Sie sich deshalb keine grauen Haare wachsen, Miss. Wir bringen Sie schon nach Haus. Und wegen Ihrer Tasche wissen die Jungens ja Bescheid. Wenn sie da ist, wird sie bestimmt gefunden, und das melden sie dann sofort. Außerdem kann's nicht mehr lange dauern, bis der Yard kommt. Ich geh jetzt und besorg Ihnen den Tee.« Mit einem Seufzer der Erleichterung machte er die Tür hinter sich zu. Komisches Tantchen. Müßte eigentlich mit den Nerven fix und fertig sein, und dabei war sie so ruhig wie sonstwas. Wahrscheinlich, weil sie Lehrerin war. Wer heutzutage mit Kindern fertig wurde, den konnte nichts mehr erschüttern.

Miss Seeton blickte auf, als die Tür aufging. Herein trat ein trüber Heidetag, ihm auf den Fersen ein Fußballer. Also nein – jetzt ging die Phantasie mit ihr durch. Sie mußte übermüdet sein. Nächstens sah sie die Menschen als Formen mit Löchern drin. Ein durchaus normaler, hochgewachsener, robuster Mann mittleren Alters in Tweed, hinter ihm ein durchaus normaler, allerdings massiger und strubbeliger junger Mann in Dunkelgrau. Aber es half nichts. Sie glaubte noch immer grauen Himmel und vom Wind bewegtes Heidekraut vor sich zu sehen. Und daß der junge Mann einen Anzug trug, war reine Verschwendung. Ebensogut – oder besser – hätte er einen meterlangen, gestreiften Wollschal, Shorts und diese komischen Strümpfe tragen können, bei denen man immer an *Alice im Wunderland* denken mußte – obwohl Fußballerstrümpfe natürlich kürzer und dicker waren.

Der trübe Tag – der ältere Mann – lächelte und begann zu sprechen.

»Miss Seeton? Nein, bitte, bleiben Sie sitzen. Ich bin Superintendent Delphick von Scotland Yard, und das hier ist Detective Sergeant Ranger von derselben Behörde.« Er trat hinter den Schreibtisch und setzte sich; der Sergeant ließ sich auf einem Stuhl neben dem Schreibtisch nieder. »Sehr freundlich von Ihnen, auf uns zu warten. Tut mir leid, daß es so lange gedauert hat, aber man hat uns erst zu Hause aufstöbern müssen.«

»Oh, wie ärgerlich.« Miss Seeton war sichtlich verlegen. »Ich fürchte, es war meine Schuld . . .«

Eine Augenbraue des Superintendent hob sich. »Ihre Schuld bestimmt nicht, Miss Seeton. Ganz im Gegenteil. Man hat uns geholt, weil es da einen Zusammenhang mit einem anderen Fall geben könnte, mit dem ich zu tun habe, und deshalb dachte man, es wäre besser, wenn wir von Anfang an dabei wären. Das Mädchen kennen wir nämlich.«

»Das arme Ding, das erdolcht worden ist?«

»So arm auch wieder nicht.« Delphick sprach ganz sachlich. »Sie war eine bekannte Prostituierte.«

»O je«, entfuhr es Miss Seeton. »Ein sehr schweres Leben. Immer Nachtarbeit . . . und dann das Wetter, natürlich. Und so unrentabel, würde man denken.«

»Nicht unbedingt. Wie bei vielen anderen Tätigkeiten hängt es davon ab, wie weit man es in seinem Beruf bringt.«

Sergeant Ranger ließ beinahe den Kugelschreiber fallen. Meine Herren, das Orakel ging ja ran! Bei Leuten wie Miss Seeton konnte man doch nicht gleich mit Ausdrücken wie ›Prostituierte‹ kommen und sofort danach von den Einkünften reden. Man drückte es durch die Blume aus. Zum Beispiel: Sie war eine ... hm ... Prostituierte. Das ›Hm‹ machte es allerdings nicht viel besser, und ›Ehem‹ machte es noch schlimmer. Vielleicht hatte das Orakel recht. Jedenfalls hatte das alte Mädchen nicht mit der Wimper gezuckt.

»Ich würde nicht allzuviel Mitleid auf sie verschwenden«, fuhr Superintendent Delphick fort. »Sie war, wie man's auch betrachtet, ein kleines Miststück. Ja?« Das bezog sich auf das Klopfen an der Tür.

Eine Tasse auf der Untertasse balancierend, trat der Constable ins Zimmer. »Der Tee für die Dame, Sir.« Er setzte die Tasse auf dem Schreibtisch neben ihr ab.

Der Sergeant fühlte sich verpflichtet zu protestieren. »Himmel noch mal, was ist denn das? Spülwasser?«

»Sehr dünn, wie bestellt«, meldete der Constable. »Kein Zucker.«

»Vielen Dank«, sagte Miss Seeton. »Wissen Sie, ich mache mir nichts aus ...«

»Eingedicktem Sirup. Ich auch nicht«, sagte der Superintendent. »Bringen Sie mir bitte auch etwas von dem hier, wenn's geht, und für Sergeant Ranger eine Tasse dickflüssige Gerbsäure.«

»Sofort, Sir.« Der Constable verschwand.

Miss Seeton nahm einen Schluck. Sehr viel besser. Richtig angenehm.

»Jetzt wollen wir mal sehen ...« Der Superintendent nahm ein Schriftstück zur Hand und überflog es, während er weitersprach. »In Ihrer Aussage heißt es, der Mann, der Sie angefallen hat, sei Ausländer ... Stimmt das?« Der Sergeant blickte von seinen Notizen auf. Endlich ging es richtig los. Er unterstrich das Kürzel für Ausländer. »Sie wissen nicht, welcher Nationalität er war, nur, daß er bestimmt kein Engländer war?« Miss Seeton nickte. »Haben Sie irgendeine Vermutung – vielleicht aus dem, was er gesagt hat?«

»Nein ...« Sie dachte nach. »Nein. Wissen Sie, er hat überhaupt nichts gesagt.« Es lag etwas wie Überraschung in ihrer Stimme.

»Aber Sie bleiben trotzdem dabei, daß er kein Engländer war. Wieso können Sie das mit solcher Sicherheit sagen? Nein, nein«, fuhr er hastig fort, als er ihre Verlegenheit sah. »Ich sage nichts gegen Ihre Schlußfolgerung. Ich möchte nur wissen, warum Sie zu diesem Schluß gekommen sind. Um mich so weit wie möglich in Ihre Lage zu versetzen. Um zu sehen und zu spüren, was Sie dabei gesehen und gespürt haben.«

Miss Seetons Gesicht hellte sich auf. »Tja, es war eigentlich das Mädchen. Sie hat was zu ihm gesagt – oder ihn vielmehr beschimpft, und das klang wie Französisch. Genau weiß ich es aber nicht. Die einzelnen Worte habe ich nicht verstanden, sie hat sehr schnell gesprochen, und mein Französisch ist nicht sehr gut. Und dann hat er sie in die Seite geboxt – oder so sah es in dem Augenblick aus. Sehen Sie, wenn er Engländer wäre, hätte er nicht verstanden, was sie gesagt hat, nicht wahr?«

Der Sergeant besah sich seinen unterstrichenen Ausländer. Er malte ein Fragezeichen dahinter. Dann setzte er noch zwei hinzu. Irgendwie entsprachen sie nicht dem, was er empfand. Er ergänzte seine Interpunktion durch drei Ausrufezeichen, und dann war ihm wohler.

»Wahrscheinlich haben Sie recht«, meinte der Superintendent. »Das Mädchen konnte zwar Englisch, aber sie war gebürtige Französin. Wenn Sie also gehört haben, daß sie

Französisch gesprochen hat, dann ist anzunehmen, daß die vorangegangene Unterhaltung ebenfalls auf französisch geführt worden ist.«

Verstohlen strich der Sergeant alles bis auf das kleinste Fragezeichen hinter ›Ausländer‹ aus.

»Sie sagen außerdem«, fuhr Superintendent Delphick fort, »daß Sie den Mann zwar nicht genau beschreiben können, ihn aber wiedererkennen würden ... Ist das richtig?«

»Jaaa ... Es ist ziemlich schwierig«, erklärte sie, »weil alles so schnell ging und weil es ziemlich dunkel war. Und dann war ich natürlich auch nicht darauf gefaßt, daß ... Ich erinnere mich nur noch an langes Haar und an seinen Gesichtsausdruck ... Oder eher an meinen Eindruck von diesem Ausdruck.«

Sergeant Ranger besah sich seine Stenogramm-Schnörkel. Eine großartige Hilfe. Fahndungsbefehl an alle Stationen: Gesucht – langhaariger Gesichtsausdruck. Damit würden sie weiterkommen. Und rasch.

»Ihr Eindruck, ganz recht.« Der Superintendent lächelte. »Unter den gegebenen Umständen kann man wohl keine präzisere Beschreibung erwarten ... Worauf ich hinaus möchte: Dieser Eindruck hat sich Ihnen eingeprägt wie eine Fotografie, und wir müssen versuchen, das Negativ auf irgendeine Art zu entwickeln. Ich sehe hieraus ...« Er tippte mit dem Finger auf das Schriftstück: »... daß Sie Zeichenunterricht geben?«

»Aber nur an einer sehr kleinen Schule«, entgegnete sie rasch. »In Hampstead. Und ich gehöre nicht zum regulären Lehrkörper; ich mache das auf Honorarbasis. Ich unterrichte auch am Polytechnikum – Abendklassen, verstehen Sie? Und ich habe ein paar Privatschüler, die ich ...« Sie unterbrach sich. »Entschuldigen Sie. Ich schweife ab.«

»Aber nein. Das ist kein Abschweifen. Entscheidend ist, daß Sie Künstlerin sind. Ihr Einverständnis vorausgesetzt, möchte ich Sie nämlich bitten –«, er beugte sich zu ihr –, »jetzt Bleistift und Papier zu nehmen, sich still hinzusetzen, sich auf Ihre Erinnerung von diesem ... eh, Eindruck zu konzentrieren und dann zu versuchen, ob Sie ihn auf dem Papier wiedergeben können. Es macht nichts, wenn es Ihnen nicht gelingt. Es ist ein Schuß ins Blaue – vielleicht trifft er. Nehmen Sie sich ruhig Zeit. Inzwischen kann ich mich mit diesen Aussagen hier befassen. – Herein!« rief er, nahm die Papiere auf und lehnte sich zurück.

Mit einem Tablett in der Hand kam der Constable herein und stellte zwei Teetassen auf den Schreibtisch. »Einmal stark mit, einmal schwach ohne, Sir.« Der Superintendent nickte, und der Constable verschwand.

Der Superintendent überflog das längste der Protokolle. Mrs. Mabel Dorothea Walters, 14 Lime Avenue, Barnet, Hertfordshire: *Noch nie bin ich so erschrocken gewesen* ... Blablabla ... *Meine Nerven* ... blabla ... *Ich hatte wirklich das Gefühl, ich müßte* ... Quatsch! Da kann kein Mensch was mit anfangen, höchstens der Psychiater von dieser ... dieser Mrs. Walters. Er notierte sich: *Im Wagen geblieben. Nichts gesehen. Vorschlag: Nicht zur Voruntersuchung bestellen. Mit Coroner sprechen.* Er nahm sich den nächsten Text vor. Edward Cyril Walters, 14 Lime usw. *Beim Verlassen des Cambridge Theaters* usw. *Schaltete die Scheinwerfer ein und ließ den Motor an ... zwei Leute auf der Erde ... er rannte ... ich rannte ... ich entdeckte ... ich versuchte ... sie sagte ... ich sagte ... Sie sagte: ›Er konnte nicht anders.‹ Und irgend etwas, es wäre sein letzter Akt, aber ›so unnötig‹.* Stirnrunzelnd rahmte er die beiden letzten Sätze ein. Dann notierte er sich: *Knapp, objektiv, hat aber nichts gesehen. Nur als Bestätigung für Zeugin Seeton brauchbar.*

Sergeant Ranger trank seinen Tee. Hm, nicht schlecht. Schmeckte wenigstens nach was. Besser als die labbrige Brühe, auf die der Super so wild war. Was dachte sich das Orakel eigentlich – so dazusitzen und über den Papierkram nachzugrübeln. Bei diesem Tempo würden sie die ganze Nacht hier hocken. Er mußte doch das alte Madchen ausquetschen, ihr eine Beschreibung aus der Nase ziehen, statt sie die Zeit mit Zeichnen vertrödeln zu lassen. Sie war sowieso schon halb eingenickt. Übermüdet, die Arme. Kein Wunder. Er stand auf und stellte die leere Tasse auf einem Tisch an der Wand ab, blieb beim Zurückkommen hinter Miss Seeton stehen und blickte ihr über die Schulter.

Ins Blaue ...

Donnerwetter, sie ging ja ran. Nein, doch nicht. Sie kritzelte bloß. Nur ein paar gerade Linien ... und dann noch mehr, ganz durcheinandergekrakelt. Er blickte auf und sah die Augen des Superintendent drohend auf sich gerichtet – wehe, wenn er sich rührte, wehe, wenn er nur Atem holte.

Ins Blaue ...

Streifen ... Teufel, nein, das waren keine Streifen, das waren Käfigstangen. Ein Auge ... zwei Augen, aus den Strichen stierend. Nein, jetzt konnte er es erkennen: zwei Augen, die ins Dunkle starrten. Aber warum hinter Gittern? Und was hatten diese Schlangenlinien zu bedeuten? ... Haare – lange Haare ... »Allmächtiger!« entfuhr es ihm. »Caesar!«

Miss Seeton fuhr zusammen. »Aber nein. Viel mehr Haare und kein Kranz.«

Das Blatt rutschte vom Tisch, der Superintendent fing es auf, warf einen Blick darauf und schob Sergeant Ranger das Telefon hin: »Nachprüfen, ob wir Lebels Foto in den Akten haben.« Er drehte sich strahlend zu Miss Seeton um. »Gute Arbeit«, sagte er. »Ich hatte gleich das Gefühl, Sie würden es schaffen. Gute Arbeit, wirklich. Erspart uns eine Menge Hin und Her.«

»Sie haben ihn also erkannt?« Offensichtlich freute sie sich.

»Ja. César Lebel, gar kein Zweifel. Aber sagen Sie ...« Er betrachtete die Zeichnung: »Warum das Gitter?«

»Oh, das tut mir leid.« Sie biß sich auf die Lippe. »Entschuldigen Sie, das kam ganz unabsichtlich. Und dabei will ich gerade diese Dinge unterbinden. Bei meinen Schülern, meine ich, und bei mir selbst, natürlich. Ich meine, man soll nur zeichnen, was vorhanden ist, vor allem, wenn man erst lernt. Und das gilt dann auch für den Unterricht. Bis man es gelernt hat. Und dann spielt es natürlich keine Rolle mehr, nicht wahr? Ich meine – selbstverständlich darf man Regeln durchbrechen, vorausgesetzt, man begreift ihren Sinn. Aber manchmal fällt es mir tatsächlich schwer, zwischen dem zu unterscheiden, was wirklich da ist, und dem, was man zu sehen glaubt. Besonders, wenn man nach dem Gedächtnis arbeitet. Ich weiß nicht, wieso ...« Sie schwieg einen Augenblick und fuhr dann fort: »... aber wenn ich an diesen jungen Mann denke, sehe ich einen ... sehe ich ein Tier im Käfig.«

»Stimmt genau. War eingesperrt und wird wieder eingesperrt. Ein brutaler Bursche. In England geboren. Eltern Franzosen. Ständig in Scherereien, schon von der Schulzeit an.«

Der Sergeant unterbrach ihn: »Aufnahmen aus dem Verbrecheralbum sind da, Sir. Wollen Sie selbst mit ihnen reden?«

»Ja.« Er nahm den Hörer. »Harry? ... Gut. Macht ein paar Abzüge und gebt einen Fahndungsbefehl an alle Stationen, bitte, ja? Damit spart ihr mir Zeit ... Nein, nicht die alte Platte ›Hilfe bei Aufklärung‹. Schreibt: ›Gesucht in Verbindung mit dem Mord an Mrs. Hickson, geborene Marie Prévost‹, und seht zu, daß die Presse es kriegt ... Ich weiß, aber er soll glauben, daß es fugendicht ist ... Nein, keine Fingerabdrücke, überhaupt nichts, bloß eine Zeugen-Identi ... Eben, das ist die Gefahr. Ich will, daß Lebel und seine Bande denken, wir hätten mehr. Daß wir ihn praktisch im Kasten haben ... Danke. Bis später.« Den Hörer auflegend, drehte er sich um. »Wie ist es, Miss Seeton – können Sie es noch ein Weilchen mit uns aushalten, oder sollen wir morgen früh weitermachen?«

»Am besten, wir tun es jetzt. Das heißt, wenn es Ihnen nichts ausmacht und nicht zu spät für Sie wird.« Wie um Entschuldigung bittend, fuhr sie fort: »Wissen Sie, ich muß morgen ziemlich früh zum Bahnhof, weil ich aufs Land fahre. Und ich glaube auch nicht, daß man meine Handtasche schon gefunden hat. Man wollte mir sofort Bescheid sagen, weil ich ohne Hausschlüssel nicht rein kann.«

»Ihre Tasche, ja.« Ernst sah er sie an. »Darüber wollte ich mit Ihnen sprechen. Unsere Leute haben sie nicht gefunden, und so ist sie vermutlich gestohlen worden.«

»Gestohlen worden? Aber da war doch niemand. Nur dieser nette Mr. Walters, so freundlich und hilfsbereit. Nie im Leben würde er ...«

»Nein, nicht Mr. Walters. Der junge César.«

»Aber ... aber dazu war doch gar keine Zeit.«

»Und als Sie beide auf dem Boden gelegen haben?«

Miss Seeton dachte nach. »Jaaa ... Schon möglich.«

»Höchst wahrscheinlich, muß ich leider sagen. Hauptsächlich deshalb hat man Sie gebeten, hierzubleiben. Der Inhalt Ihrer Tasche laut Ihren Angaben ...« Er sah in die Papiere: »*Etwas Silbergeld im Portemonnaie, zwei Pfundnoten ...*«

»Nur für den Notfall«, erklärte sie rasch. »Ich habe nie mehr Geld bei mir, als ich brauche, denn man weiß ja nie, nicht wahr? Und dann in der Schule natürlich – die große Versuchung. So unfair, denke ich immer.«

»Sehr vernünftig.« Er nickte und fuhr fort: »Außerdem: *Taschentuch, Kamm, Spiegel, Wohnungsschlüssel* ... ah ja, da haben wir's: *Taschenkalender mit Namen und Adresse.* Das zuständige Polizeirevier ist verständigt, und das Haus wird bewacht.«

»Bewacht? Aber warum denn?«

»Sie müssen sich klar sein, daß Sie selbst gefährdet sind. Durchaus möglich, daß Lebel einen Versuch macht, Sie umzubringen.«

»Mich?« fragte Miss Seeton empört. »Das ist doch lächerlich. Er kennt mich ja gar nicht.«

»Ich glaube kaum, daß er sich strikt an die Konventionen hält«, sagte der Superintendent. »Wenn er meint, Sie wären der einzige Zeuge, der ihn identifizieren kann, ist es für ihn das Sicherste, Sie zu eliminieren. Am liebsten wäre es mir, wenn wir Sie für heute nacht in einem Hotel unterbringen.«

Sie errötete. »Es tut mir leid, aber das wäre wirklich sehr unpraktisch. Ich ... ich habe nichts bei mir. Und Koffer packen muß ich auch noch.«

»Also gut. Dann bleibt – Ihre Zustimmung vorausgesetzt – eine Polizeibeamtin den Rest der Nacht bei Ihnen. Sie kann Sie morgen früh auch zur Bahn bringen. Inzwischen könnten wir vielleicht noch zwei, drei Punkte in Ihrer Aussage klären. Sie sagen: *Er stand mit dem Rücken zu mir. Dann boxte er das Mädchen in die Seite. Ich redete ihn an. Er drehte sich um, sprang mich an, und wir beide fielen hin.* Ich verstehe nicht, warum er Sie angesprungen hat – er hätte doch einfach fortrennen können? Wenn er sich nicht umgedreht hätte, dann hätten Sie sein Gesicht gar nicht gesehen.«

»Das war meine Schuld, fürchte ich. Ich habe eingegriffen, und das hat ihn überrascht, glaube ich.«

Trotz seiner Selbstbeherrschung konnte es der Superintendent nicht verhindern, daß es um seine Mundwinkel zuckte. »Kann ich verstehen«, sagte er ...

»Es war nämlich so ...« Ogottogott, wie peinlich. Man würde sie für ... für streitsüchtig halten. Aber man mußte präzise sein. »... es war nämlich so, daß ich mich ein bißchen geärgert habe – weil er so grob war, verstehen Sie –, und da hab' ich ihm meinen Schirm in den Rücken gebohrt. Deshalb hat er mich angesprungen.«

Heiliger Strohsack! Sergeant Rangers Kugelschreiber fiel klappernd auf den Boden. Nur das harte Training verhinderte, daß der Sergeant den Notizblock hinterherwarf. Sollte man ihr doch die Tapferkeitsmedaille geben, und damit fertig. Sollte man sie von ihm aus auch noch befördern, sie die Arbeit des Kommissars machen lassen und alle anderen nach Hause schicken. Robuste Männer überlegten es sich zweimal, ob sie sich mit dem jungen César anlegen sollten, wenn er in Wut war. Aber diese kleine Krähe nicht. O nein. Piekt ihm den Parapluie in den Rücken, wenn er dabei ist, jemand abzumurksen, und sagt ihm, er soll das sofort lassen. Noch ein paar wie sie, und sie konnten einpacken und sich bloß noch mit Verkehrssündern befassen – die Leute glaubten sowieso, man täte nichts anderes.

»Wenn Sie fertig sind, Sergeant...«

Unter dem grimmigen Blick seines Vorgesetzten errötend, hob der junge Mann den Kugelschreiber auf und straffte sich. »Ja, Sir. Entschuldigung, Sir.« Wie machte es das Orakel bloß, kühl wie eine Gurke zu bleiben? Allerdings, wenn man genauer hinsah, dann merkte man, daß er etwas rötlicher war als sonst und daß es in seinem Gesicht verdächtig zuckte.

»Ich danke Ihnen, Miss Seeton.« Die Stimme des Superintendent klang todernst. »Ich habe jetzt ein sehr genaues Bild von den Vorgängen.« Und das stimmte. Überrascht! Kein Wunder, daß César überrascht gewesen war. Eine herrliche Vorstellung – aber nein, nur jetzt nicht daran denken. Später – am besten, wenn er allein war. Er biß die Zähne zusammen und versuchte, sich eine Katastrophe vorzustellen. Autozusammenstöße. Mord und Totschlag – nein, im Moment lieber nicht. Feuersbrünste, Hungersnöte und

Überschwemmungen ... »Da ist noch ein Punkt«, fuhr er fort, »und zwar in Mr. Walters Aussage. Es ist von Lebel die Rede, und da erwähnt Mr. Walters, Sie hätten gesagt: *Er konnte nicht anders,* und es wäre sein letzter Akt, aber *so unnötig.* Wissen Sie noch, was Sie damit gemeint haben?«

Der Sergeant zuckte zusammen. Bitte nicht – nicht noch mal.

»Aber das hat mit ihm nichts zu tun«, erklärte sie. »Das war der andere.«

»Der andere?« Delphicks Ton war scharf. Beide Männer erstarrten wie Jagdhunde, die etwas wittern.

»Don José, im letzten Akt«, erklärte sie.

»Ah so.« Der Superintendent entspannte sich. Er blätterte in den Papieren. »Zu Anfang Ihrer Aussage heißt es: *Ich kam von der Ecke Long Acre ...* Sie sind also von Covent Garden gekommen. Sie waren in ›*Carmen*‹?«

»Ja, natürlich.«

»Natürlich.« Er nickte. »Und da muß ich Ihnen recht geben: – daß er sie erdolcht, ist sehr unnötig. Wenn er sich schon so albern benehmen muß, dann hätte er sich am Schluß lieber um seine eigenen Angelegenheiten kümmern und sich selber erdolchen sollen. Viel sinnvoller, aber nicht ganz so dramatisch.«

Sergeant Ranger überlas seine letzten Notizen. Er fühlte sich schwerelos, ein unangenehmes Gefühl. Wolkenkuckucksheim? Oder Weltraum.

Der Superintendent griff sich einen Zettel. »Würden Sie mir bitte Ihre Adresse auf dem Land geben, für den Fall, daß ich mich vor dem Inquest mit Ihnen in Verbindung setzen muß?«

»Inquest?« fragte sie.

»Die außergerichtliche Verhandlung, bei der die Todesursache festgestellt wird«, erklärte der Superintendent.

»Ach ja, natürlich. Daran habe ich nicht gedacht. Muß ich denn dabei sein?«

»Leider ja. Aber es dauert nicht lange und geht bestimmt glatt. Haben Sie vor, länger fortzubleiben?«

»Nur drei Wochen. Ich habe ein Häuschen auf dem Land. Die Adresse: *Sweetbriars,* Plummergen, Kent.«

»In Ihrer Handtasche ist nichts, worauf diese Adresse steht – oder zufällig doch?« fragte Delphick rasch.

»Nein, in meinen Kalender habe ich sie noch nicht eingetragen. Es hätte so endgültig ausgesehen, irgendwie. Wissen Sie, ich habe noch gar nicht das Gefühl, Hausbesitzerin zu sein. Dabei gehört es mir doch – aber noch nicht lange. Meine Patentante, eine Kusine meiner Mutter, ist kürzlich gestorben und hat es mir hinterlassen – sie hat dort fast ihr ganzes Leben zugebracht – und auch ein bißchen Geld, was es erst möglich macht, ich meine, dauernd da zu leben. Ich hatte schon überlegt, ob ich mich nächstes Jahr pensionieren lassen soll – obwohl man nie recht weiß, was das Beste ist, und dann auch wieder, ob es mit dem Geld geht. Und das war jetzt tatsächlich wie ein Geschenk des Himmels. Und weil ich von morgen an Urlaub habe, dachte ich, ich verbringe ihn dort, um zu sehen, ob es mir gefällt. Mit dem Gedanken, dann dort hinzuziehen. Das heißt, wenn ich mich einleben kann.«

»Haben Sie dort Telefon?«

»Ja. Plummergen 35. Zum Glück hat meine Patentante Telefon legen lassen, wenn sie es auch in letzter Zeit sehr selten benutzt hat. Sie war 89, als sie starb, und fast taub.«

Er stand auf. »Gut, Miss Seeton. Haben Sie vielen Dank. Ich meine das aufrichtig. Sie haben uns mehr geholfen, als ich hoffen durfte. Bestimmt viel mehr, als wir erwarten konnten.« Sie erhob sich und zog die Handschuhe an. »Wegen des Inquest benachrichtigen wir Sie rechtzeitig, und dabei sehen wir uns dann. Hoffentlich brauchen wir Sie vorher nicht zu stören. Allerdings – wenn wir Glück haben und Lebel erwischen, müßten wir uns unter Umständen wegen der Identifizierung an Sie wenden. Das hängt davon ab, was für eine Geschichte er zusammenbraut. Unterdessen wünsche ich Ihnen, daß Sie den unangenehmen Vorfall vergessen und das Landleben recht genießen.« Er gab ihr die Hand. »Der Sergeant bringt Sie hinunter und sagt der Beamtin Bescheid, die bei Ihnen bleiben soll. Der Wagen wartet schon.«

Miss Seeton ging zögernd, wie geistesabwesend, zur Tür. Sergeant Ranger holte ihren Schirm und beugte sich aus seiner überragenden Höhe zu ihr hinab. »Ihr Seitengewehr, *madam.*«

Sie dankte ihm mit unsicherem Lächeln und drehte sich noch einmal um. »Sie waren sehr liebenswürdig, Superintendent. Entschuldigen Sie, daß ich noch einmal darauf zurückkomme, aber ich weiß nicht, wie ich ohne Schlüssel...«

»Keine Sorge.« Er grinste. »Sie werden sehen, daß es der Polizei so oder so gelingt, Ihnen die Tür aufzumachen. Trotzdem wäre es mir lieb, wenn Sie vor Ihrer Abreise morgen früh ein neues Schloß anbringen ließen.«

Er blickte ihr nach, als der Sergeant sie hinausbegleitete und die Tür zumachte. Reizende alte Dame. Originell, irgendwie. Die Nacht über, mit einer Beamtin in der Wohnung und der alarmierten Polizeistreife, konnte ihr nichts passieren, aber er wurde das scheußliche Gefühl nicht los, daß sie, als sie César Lebel ihren Schirm in den Rücken bohrte, in ein Wespennest gestochen hatte.

2

Miss Seeton winkte. Der Bahnsteig von Charing Cross fuhr an ihr vorbei, sie lehnte sich in ihrem Fensterplatz zurück. Was für ein nettes Mädchen, und die Uniform – so sauber und kleidsam. Wie machte man das nur, so frisch auszusehen, wenn man die ganze Nacht in einem Sessel zugebracht hatte? Anstrengend, ein solches Leben. Sie hatte der Kleinen angeboten, das Harmonikabett aufzuschlagen, aber sie wollte nichts davon hören – es sei ihr lieber, im Sessel zu sitzen und zu lesen. Und was die Polizeibeamten alles wußten und konnten! Sie hatte wirklich keine Ahnung gehabt, wie sie in die Wohnung kommen sollte, aber der eine Beamte hatte nur ein bißchen am Türschloß rumgefummelt, und schon war es aufgegangen. Natürlich mußte ausgerechnet in diesem Augenblick diese neugierige Mrs. Perron von unten raufkommen – ein höchst unpassender Morgenrock – und fragen: »Irgend etwas nicht in Ordnung, meine Liebe?« Was sollte denn nicht in Ordnung sein, wo sie doch von Polizisten umringt war? Na ja, nicht eigentlich umringt; es waren nur zwei, außer dem Mädchen; aber die kleine Wohnung quoll doch beinahe über – und sie wollten alles nachprüfen und fragten ständig, ob alles an Ort und Stelle wäre. Gott sei Dank fehlte nichts. Nur vielleicht das Küchenfenster. Natürlich fehlte es nicht, es war bloß offen. Ob sie nicht doch vergessen hätte, es zuzumachen? Sie konnte sich nicht erinnern, es vergessen zu haben. Jedenfalls fanden die Polizisten das interessant, und sie wollten unbedingt abstauben, wegen der Fingerabdrücke, obwohl man eigentlich nicht von ›Abstauben‹ reden kann, wenn überall Puder verstreut und alles schmutzig gemacht wird. Der eine Beamte war sogar auf die Feuerleiter hinausgestiegen und hatte da draußen rumgepudert.

Aber anscheinend waren nirgends Fingerabdrücke, nicht einmal ihre eigenen; das nannten sie ›säuberlich abgewischt‹, was ja sehr zufriedenstellend klang. Demnach mußte sie das Küchenfenster doch vergessen haben.

Der Vormittag war schauderhaft gewesen. Ständig hatte die Türglocke oder das Telefon oder beides gleichzeitig geklingelt. So störend, wenn man überlegen will, ob man alles eingepackt hat. Und diese Mrs. Perron, die ihre Nase in alles steckte – wieder war sie raufgekommen, um ihre Hilfe anzubieten. Dabei kannte sie die Frau ja kaum. Und was sie für endlose, alberne Fragen gestellt hatte. Nicht auszudenken, wie es ohne das Mädchen von der Polizei gewesen wäre – ruhig und sachkundig hatte die Kleine dafür gesorgt, daß das Türschloß ausgewechselt wurde, hatte ein Taxi bestellt und sie beide darin verstaut, mit Hilfe des Polizisten draußen, in dem Gedränge auf dem Bürgersteig... Zeitungsreporter, offenbar – die müßten doch Wichtigeres zu tun haben. Und warum brauchten sie eigentlich Blitzlicht, wenn sie bei hellichtem Tag fotografierten?

Immerhin, das Taxi war abgefahren, und hier saß sie nun behaglich im Zug. Trotzdem war sie aufgeregt. Es war einfach aufregend, in sein eigenes Haus aufs Land zu fahren. Ein eigenes Haus. Auf dem Land... Miss Seeton blickte durchs Fenster auf die endlosen Häuserzeilen. Noch war es nicht ganz soweit, natürlich. Sie schlug die *Times* auf. *Premierminister fliegt nach Washington. Wieder eine weiche Mondlandung. Zahl der Verkehrstoten gestiegen! Mord in Covent Garden.* Sie blätterte um. Sieh an, das war interessant: *Wie gedeiht Ihr Garten?* Ja, wie eigentlich? Das mußte sie jetzt lernen. *Eine einfache, leichte Methode... Nitrogen... Dung... Phosphate...* O je, wie kompliziert das klang. Aber sie hatte sich ja den *Wegweiser für Gartenfreunde* besorgt, und darin konnte sie alles nachschlagen.

Die Bahnstation für Plummergen ist nach alter Tradition die Ortschaft Brettenden, die zugleich für die umliegenden Dörfer das wichtigste Einkaufszentrum darstellt. Obwohl es weiter entfernt ist als Rye, entscheidet man sich in Plummergen unwillkürlich doch für Brettenden, denn es entspricht der Hauptbedingung, die reisende Engländer stellen – das Ziel gleicht dem Ausgangspunkt der Reise so weit wie möglich. Tatsächlich ist Brettenden nichts anderes als ein vergrößertes Plummergen.

Das Städtchen Brettenden besteht fast nur aus einer Hauptverkehrsader, der High Street, einer Geschäftsstraße, die sich, über eine Meile lang, von East Cross nach West Cross erstreckt. Eine Menge Seitenstraßen und Gassen zweigen von ihr ab, aber da sich in den meisten keine Läden befinden, sind sie für den Ortsfremden uninteressant. An East Cross gabelt sich die High Street; die linke Gabelung, Virgin's Lane, wendet sich scharf nach links und schwingt sich in langer Steigung zum Ortsausgang hinauf. Virgin's Lane ist zwar breit und hat viele Läden, doch gilt es nicht als Brettenden im engeren Sinne; das Viertel führt vielmehr die Bezeichnung Les Marys.

Die rechte Gabelung heißt Plummergen Road – das in Plummergen endende Stück heißt Brettenden Road. Das nimmt Reisenden aus beiden Richtungen jeden Zweifel über ihr Reiseziel, wenn auch nicht ganz klar ist, welcher Straßenname offiziell richtig ist. Obwohl man in Plummergen gezwungen ist, sich wegen bestimmter Bedarfsartikel nach Brettenden zu begeben, ist auch Plummergen recht gut mit Läden ausgestattet.

Die Hauptstraße, oder richtiger, die Straße – denn Plummergen hat nur die eine und gibt es auch zu – ist gerade, breit und baumbestanden, eine Viertelmeile lang, rechts und links von einem Wirrwarr aus Häusern, Katen und Läden in den Baustilen der letzten vier Jahrhunderte begrenzt, darunter die Polizeistation, zwei Gastwirtschaften, eine Schmiede und eine Tankstelle. Der Ort ist nicht schön, aber reizvoll, und hatte bei der letzten Bevölkerungszählung fünfhundertundeinen Einwohner aufzuweisen.

Abgesehen von der winzigen Bäckerei in dem Haus mit Laubengang – Süßigkeiten, Tabak, Kuchen und Brot, letzteres nicht mehr aus eigener Herstellung – und dem alten Haus, das die ausgezeichnete Metzgerei beherbergt – Fleisch, Eier, außerdem Puter auf kurzfristige Bestellung –, dessen scheußliche, mit Schindeln verkleidete Front ihm seit zweihundert Jahren ein merkwürdig provisorisches Aussehen gibt, verfügt Plummergen über drei Geschäfte: das Kolonialwarengeschäft, den Kurzwarenladen und die Post. Alle drei führen Lebensmittel, darunter auch Obst und Gemüse, außerdem Süßigkeiten, Tabak, Weine und Spirituosen und haben wohlsortierte Tiefkühltruhen. Der Kurzwarenhändler verkauft zusätzlich Souvenirs aus Porzellan, Ansichtspostkarten, Textilien und Handarbeitsmaterial. Die Post, das größte der Geschäfte, handelt mit Eisenwaren, Porzellan, Glas, Kosmetika, Gummistiefeln, Büchern und hat sogar – hinter Speck, Käse und Butter – eine kleine vergitterte Theke, die den postalischen Nebeneinkünften dient.

Miss Seetons Häuschen, etwas von der Straße zurückgesetzt und mit einem Vorgarten versehen, liegt an dem einen Ende des Dorfes und blickt zur Straße. Der Name am Tor, *Sweetbriars,* wird von Ortsunkundigen als Postanschrift benutzt. In Plummergen selbst heißt es ›Old Mrs. Bannet's‹. Die meisten Häuser und Häuschen ringsum tragen den Namen ehemaliger Besitzer, nicht etwa wegen dörflicher Vorurteile, sondern aus praktischen Erwägungen. Häuser werden ständig verkauft und gekauft, häufig von Ortsansässigen selber. Familien, die größer geworden sind, ziehen in größere Häuser; später geschieht das Umgekehrte, und so ist es nichts Ungewöhnliches, dort zu enden, wo man angefangen hat – in dem Haus zu sterben, in dem man geboren ist. Daß Mrs. Bannets Name schon zu ihren Lebzeiten für würdig befunden wurde, auf ein Haus übertragen zu werden, kam einem Ritterschlag nahe. Als die Dame auf die Achtzig ging und seit rund fünfzig Jahren in demselben Haus gewohnt hatte, hielt man es für unwahrscheinlich, daß sie vor ihrem letzten Umzug auf die andere Straßenseite, zum Friedhof, noch einmal die Wohnung wechseln würde.

Die Kirche erhebt sich bescheiden auf einem Platz am südlichen Ende der Dorfstraße, dem kurzen Weg gegenüber, der zu ›Old Mrs. Bannet's‹ führt. Neben der Kirche steht das Pfarrhaus, dessen Garten an den Friedhof stößt. Es ist ein viktorianischer Bau; die häßliche Fassade ist dem Blick durch Efeubewuchs entzogen. Seine Geräumigkeit, einer viktorianischen Familie angemessen, erwies sich in neuer Zeit als übertrieben, und so wurde das Haus in zwei Wohnungen geteilt. Selbst so ist die übriggebliebene Hälfte für den gegenwärtigen Amtsinhaber, Reverend Arthur Treeves, viel zu groß – er ist Junggeselle, dem eine unverheiratete Schwester den Haushalt führt. Übrigens führt sie nicht nur im Haus das Regiment, sie kommandiert auch ihn, regelt sämtliche Kirchenangelegenheiten und ist in der Tat die Macht hinter dem Talar. In ihren Äußerungen ist sie ebenso direkt und praktisch, wie ihr Bruder zerstreut und weltfremd ist.

Irgendwo auf seinem Lebensweg hatte Arthur Treeves den Glauben verloren; nicht etwa in dem Sinne, daß er ihm plötzlich abhanden gekommen wäre – es war eher eine Erosion, ein langsames Dahinschwinden, ein jahrelanges, allmähliches Verlöschen. Er war sich schmerzlich bewußt, daß ihm der moralische Mut fehlte, der Kirche den Rücken zu kehren und etwas anderes zu tun. Aber es ist eben schwer, spät im Leben und ohne Vermögen den Beruf zu wechseln, nur weil man sich nicht mehr berufen fühlt. Seine Pflichten erfüllte er gewissenhaft, aber zu Besuchen mußte er sich mühsam aufraffen, denn er war von der Angst verfolgt, eines seiner Pfarrkinder könnte – in dem Glauben, ihm damit einen Gefallen zu tun – plötzlich über Theologie diskutieren wollen. Es war, als hätte sich eine grüne Wiese unter seinen Füßen in Morast verwandelt, in dem er eines Tages versinken mußte. Die Dogmen und Gebote, in denen er als Zwanzigjähriger so erfreuliche Lösungen für alle Probleme gesehen hatte, waren ihm inzwischen selbst problematisch geworden. Im Verhalten der Menschen sah er so viele Aspekte und hatte für sie alle so viel Verständnis, daß sich bei keinem Problem eindeutige Antworten fanden – höchstens bei absichtlicher Unfreundlichkeit.

»Dein Kaffee, Arthur.« Miss Treeves legte die Zeitung hin und reichte ihm die Tasse. Die Zeitung gehörte ihnen nicht – im ganzen Dorf war es zu einem so lebhaften Zeitungsaustausch gekommen – *Lehrerin jagt Messerstecher in die Flucht* gegen *Heldin im Mordfall Convent Garden*, *Unerschrockene Schirmlady* gegen *Malerin schlägt Mörder nieder* –, daß niemand mehr wußte, wessen Zeitung er vor sich hatte. »Findest du nicht, daß es eine nette Geste wäre, dieser Miss Seeton vor dem Tee einen Besuch zu machen?«

Reverend Arthur zuckte zusammen; Kaffee schwappte in die Untertasse. »So bald schon? Halte das für falsch.« Er suchte nach einem Vorwand, um es auf die lange Bank zu schieben. »Nächste Woche, vielleicht, wenn sie sich eingelebt hat.«

»Aber sie ist nur drei Wochen hier, glaube ich«, ermahnte ihn seine Schwester. »Mrs. Bannet war immerhin eine gute alte Bekannte, und Miss Seeton ist ihre Patentochter.«

»Ah ja. Ja, natürlich.« Er stand auf, ging zum Fenster und blickte hinaus: Der Rasen konnte es vertragen, wieder mal gemäht zu werden. »Ich muß ihr kondolieren.« Er trat wieder an den Tisch und rührte seinen Kaffee um. »Wann kommt sie denn?«

»Sie ist schon da. Die Bloomers haben mir gesagt, sie käme zum Lunch.«

»Zum Lunch? Zu uns?« Er ließ den Löffel fallen und sah sich erschrocken im Zimmer um. »Ach, du meine Güte. Ich hatte keine Ahnung ...« Er ging auf die Tür zu. »Ich muß ...«

»Setz dich, Arthur, trink deinen Kaffee und reg dich nicht auf. Wir sind mit dem Lunch doch schon fertig. Nicht zu uns zum Lunch – zum Lunch drüben, in ihrem eigenen Haus.« Nach dieser geduldigen Erklärung fuhr sie fort: »Mrs. Bloomer wollte drüben bleiben und alles für sie vorbereiten. Der Zug war pünktlich, ich habe das Auto kommen sehen.«.

»Sie hat einen Wagen?« Die Gedanken des Pfarrers schweiften in die Zukunft: Das Fest für die Alten – sie könnte ein paar alte Leutchen hinbringen; der Ausflug an die See; zahllose Möglichkeiten. »Fährt sie selbst?« fragte er interessiert.

Miss Treeves seufzte. »Ich weiß es nicht, aber ich glaube, kaum. Du hörst ja gar nicht zu. Crabbe von der Tankstelle hat sie am Bahnhof abgeholt und hergefahren, und Bloomer hat ihr das Gepäck reingebracht.«

»Bloomer?« Das freute ihn; einmal wenigstens war jemand von seiner Herde zur rechten Zeit am rechten Ort gewesen, um das Rechte zu tun. »Sehr schön. Versteht eine Menge von Hühnern. Heute nachmittag gehe ich vorbei und sage ihr, wie leid es uns tut.«

»Nein, Arthur, nein.« Miss Treeves sprach wie zu einem Kind. »Wie froh wir sind. Wie froh, sie willkommen zu heißen.«

»Ach so. Selbstverständlich.« Er trank aus und stand hastig auf. »Selbstverständlich. Du kannst dich darauf verlassen, daß ich das Richtige sage. Aber ein Wort über ihren

Verlust ist auch angebracht. Schließlich haben wir ihre Mutter gut gekannt. Ich habe sie beerdigt.«

»Oh, paß doch auf, wenigstens einmal. Ihre Patentante, Arthur. Wie oft soll ich dir das noch erzählen?«

»Jaja, hab' ich doch gesagt«, antwortete er gereizt. »Bring mich nicht durcheinander, Molly.« Wieder blickte er durchs Fenster: Der Rasen mußte unbedingt gemäht werden.

»Und versuch, herauszubekommen, was gestern abend passiert ist.«

»Gestern abend?« Verdutzt drehte er sich um. »Aber da war sie noch gar nicht hier, soviel ich weiß.«

»Mein Gott, Arthur, das ganze Dorf redet davon. Es steht in allen Zeitungen. Gestern abend ist in London jemand zu Tode gekommen, und Miss Seeton hat direkt damit zu tun. Jede Zeitung stellt es anders dar, aber offenbar hat sie dem Mann einen Schlag versetzt.«

Einen Augenblick lang hatte er aufmerksam zugehört. Schockiert und vorwurfsvoll sagte er: »Das ist doch kein passendes Gesprächsthema, Molly.«

»Unsinn.« Molly Treeves war außer sich. »Für sie muß es ein gräßliches Erlebnis gewesen sein. Man erweist ihr direkt einen Dienst, wenn man mit ihr darüber spricht – dann kann sie es sich wenigstens von der Seele reden. Zu dumm, daß ich gerade ins Komitee muß, sonst ginge ich selber hin.«

»Jaaa... Verstehe«, sagte er grübelnd. »Wenn man es so sieht... Selbstverständlich, alles, was ich tun kann... Wenn ich irgendwie behilflich... Molly, du kannst es ruhig mir überlassen, die richtigen Worte zu finden.« Er machte die Tür zum Garten auf. »Weißt du, ein bißchen frische Luft... ich gehe wieder ans Rasenmähen.« Er flüchtete.

Die gute Molly. Sie meinte es so gut, aber sie begriff nicht immer... Ein Mitmensch in Schwierigkeiten... In solchen Fällen schmeichelte er sich, von Nutzen sein zu können. Eine höchst unglückselige Geschichte, offenbar. Schlägerei in London – zweifelhafte Gesellschaft – und auch noch mit tödlichem Ausgang. Sehr deprimierend. Ja, er hatte wirklich das Gefühl, hier einen guten Dienst leisten zu können. Sachlich mit jemand wie ihm darüber zu reden, das würde ihr helfen, die Dinge in anderem Licht zu sehen. Er trottete zum Schuppen, um den Rasenmäher zu holen.

Seine Schwester stand am Fenster und beobachtete ihn schmunzelnd. Der gute Arthur. Allein der Gedanke, eine Unbekannte besuchen zu müssen, brachte ihn schon durcheinander. Knoten ins Taschentuch: Heute abend Magnesiamilch nicht vergessen. Was für ein Glück, daß er seine Nervosität immer im Garten abreagierte. Dadurch blieb der Garten in Schuß, und die Bewegung tat ihm gut.

»Noch jemand Kaffee?«

»Ja, bitte, meine Liebe.« Ohne den Blick von der Sportseite zu heben, schob Sir George seinem Sohn die Tasse hin, der sie seiner Mutter reichte. Sie goß Kaffee ein und gab sie zurück; Nigel hob vorsichtig den unteren Rand der Zeitung und schob die Tasse darunter durch. Sir George brummte.

Lady Colvenden sah ihren Sohn aus großen Augen betont unschuldig an. »Viel zu tun heute nachmittag?«

Die ebenso großen Augen ihres Sohnes verengten sich. »Warum?«

»Da wäre eine Kleinigkeit, die du vielleicht für mich im Dorf erledigen könntest. Ich wollte ja selbst gehen, nur komme ich nicht weg. Die Komiteesitzung ist erst um fünf zu Ende.«

»Raus damit, Mama. Wenn du so harmlos tust, brütest du was aus. Was für ein Attentat hast du auf mich vor?«

»Gar kein Attentat. Ich dachte nur, es wäre eine nette Geste, weiter nichts. In Anbetracht dessen, daß die Tante unsere älteste Einwohnerin war und die Nichte heute hier eintrifft, dachte ich, wir könnten sie zumindest wissen lassen, daß sie uns willkommen ist, daß wir Anteil nehmen, verstehst du?«

Die Zeitung senkte sich um einen Fingerbreit. Nigel fing den zwinkernden Blick seines Vaters auf. »Ja, das haben wir gehört.« Nigel trank aus, stand auf und begann, die Teller vom Lunch aufeinanderzustapeln. »Hältst du mich für den Empfang von weiblichen Berühmtheiten für besonders geeignet? Überhaupt, was soll ich denn tun? Ihr ein vergoldetes Schirmchen überreichen oder ihr auf silbernem Teller eine Sammlung Zeitungsausschnitte präsentieren?«

Lady Colvenden überlegte. »Tja, ich dachte ... ein paar Eier.«

»Aber sie hat doch selber Hühner – wenigstens gemeinsam mit den Bloomers.«

»Ich weiß, aber was anderes fällt mir nicht ein. Eigentlich hätte ich einen Kuchen backen müssen, aber ihr wißt ja, was dann passiert.«

Hinter der Zeitung erklang unterdrücktes Prusten. »Wissen wir«, bestätigte Nigel.

»Na, seht ihr.« Sie nahm Nigels Tasse, stellte das Tablett auf die Durchreiche und schob es in die Küche. »Ich hätte den Kuchen von Mrs. Bloomer backen lassen sollen, aber sie hat ihren Tag bei uns getauscht, damit sie Miss Seeton empfangen kann. Und mit Weißkraut oder Blumenkohl bewaffnet kann man auch nicht gut hingehen, das wäre albern. Was also sonst, außer Eiern?«

»Eine Flasche selbstgekelterten Wein?« Nigel trat mit dem Tellerstapel zu ihr an die Durchreiche.

»Sei nicht so eklig.«

»Schön, also Eier. Und was soll ich außerdem machen?« fragte er. »Sie ins Kreuzverhör nehmen oder ihr eine unterzeichnete Erklärung abringen?«

»Du bist ordinär, das ist der Ärger mit dir.« Sie ging zum

Tisch zurück und stellte Butterdose, Salz- und Pfefferfäßchen auf das Hängeregal. »Es ist doch klar, daß sie einem leid tut – wegen dieser gräßlichen Sache gestern nacht. Wie wäre dir zumute, wenn du eine alte Jungfer wärest, in ein fremdes Dorf kommst, nach einem schauderhaften Erlebnis, und du bist ganz allein, und niemand besucht dich, niemand nimmt Anteil... Ich finde, das ist sehr traurig.« Das Hängeregal schwankte traurig; einige Gegenstände begannen zu rutschen.

Nigel griff danach. »Laß mich machen, ehe alles runterkippt.«

»Danke. Ich sammle die Gläser ein. Natürlich«, setzte sie hinzu, »wenn du rein zufällig ein bißchen mehr von den Geschehnissen erfährst, dann ist das doch nicht schlimm, oder?« Sir George faltete die Zeitung zusammen und legte sie hin. »Oh, George, du bist wieder anwesend. Wie erfreulich. Nigel hat gerade beschlossen, heute nachmittag in Old Mrs. Bannet's vorbeizuschauen und ein paar Eier mitzunehmen.«

»Warum?« Sir George nahm seine Kaffeetasse und ging damit in die Küche.

Lady Colvenden stellte die Gläser auf die Durchreiche und steckte den Kopf durch die Klappe. »Warum? Als Sympathie- und Willkommensgeste natürlich.« Sie machte die Durchreiche zu, nahm die Zeitung und ging zu den Männern in die Küche. Sie öffnete die Geschirrspülmaschine. »Spülst du die Töpfe im Ausguß, Nigel? George, gib du mir bitte das andere. Ich tu's in die Maschine.«

Ihr Mann reichte ihr einen Stapel Schüsseln. »Warum Eier?«

»Mach mich nicht nervös, George. Weil nichts anderes da ist, darum. Letzte Nacht ist ein Mord passiert.« Sie nahm die Zeitung auf und blätterte sie durch. »Du weißt natürlich nichts davon, weil du nie die interessanten kleinen Meldungen liest, aber es muß hier irgendwo stehen. Sie war dabei, wie die Polizei eine Verfolgungsjagd rund um Covent Garden gemacht hat, oder so etwas Ähnliches. Die Nichte der alten Mrs. Bannet, meine ich.«

Er hielt ihr einen Tellerstapel hin. »Nichte zweiten Grades.«

»Was heißt Nichte zweiten Grades, wovon redest du denn, George?« sagte sie gekränkt. »Du hast überhaupt nicht zugehört.« Lady Colvenden blätterte die Zeitung rascher durch. »Komisch, daß immer alles weg ist, wenn man's sucht.«

Er stellte den Tellerstapel auf ein Bord. »Seite eins, Spalte vier oben.«

Sie schnitt ihm eine Grimasse. »Ekel. Du hast es schon längst gelesen.«

»Old Mrs. B. – Cousine der Mutter. Daher Seeton Nichte zweiten Grades. Außerdem Patentochter von Old Mrs. B.«

»Das ist doch Blödsinn, George. Woher willst du das wissen?«

»Hab' sie gefragt.«

Nigel hängte den letzten Topf an die Wand. »Vater, du verheimlichst uns was. Du bist der Schirmlady also schon begegnet?«

»Zweimal. Einmal, als sie bei Old Mrs. B. für einen Tag zu Besuch war. Das zweite Mal, als sie nach der Beerdigung aufgeräumt hat.«

»Und das hast du uns die ganze Zeit verschwiegen.« Lady Colvenden klappte die Geschirrspülmaschine mit lautem Knall zu. »Ich könnte dich umbringen, George.«

»Nicht zu empfehlen.« Sir George bückte sich, hob die auseinandergeflatterte Zeitung auf und legte sie auf den Tisch. »Ehefrau immer verdächtig. Engagier jemand. Paß auf, daß man dir nicht zuviel Geld abknöpft.«

»Nein, ehrlich, George. Du kennst sie die ganze Zeit und sagst keinen Ton. Wie ist sie überhaupt, und warum hast du uns nichts erzählt?«

Nigel schnipste mit den Fingern. »Weißt du was – du kennst sie: Also bringst du die Eier hin.«

Sir Georges untersetzte Gestalt bewegte sich zur Tür. »Kann nicht. Muß ins Bett.«

»Ins Bett?« fragte Lady Colvenden verdutzt. »Warum, um Himmels willen?«

»Schlafen.«

»Aber du kannst doch nach Tisch nie schlafen.« Plötzlich war sie beunruhigt. »George, bist du krank? Nein, bitte, sag mir, was los ist.«

»Karnickel«, brummte er und machte die Tür hinter sich zu.

»Noch eine Tasse Tee, Eric?«

»Was?« Erica Nuttel blickte von der Zeitung auf. »Ja. Fürchterlichen Durst. Weiß nicht, warum. Vielleicht hast du die Bratlinge etwas kräftig gesalzen.« Sie hielt ihre Tasse hin. Mrs. Blaine füllte sie mit Lindenblütentee und gab sie ihr zurück.

Miss Nuttel und Norah Blaine bewohnten seit elf Jahren gemeinsam ein Haus im Zentrum des Dorfes, der Tankstelle gegenüber – eine ideale Lage also, um das Hin und Her im Ort, zu Fuß oder motorisiert, zu beobachten. Es gab wenig, was sie nicht wußten, viel, worüber sie Mutmaßungen anstellten, und eine Menge, was sie sich einfach ausdachten. Im Dorf hieß es empört, sie verbreiteten böswillig und grundlos Gerüchte; ›grundlos‹ stimmte, aber ›böswillig‹ war unfair, und an der Verbreitung waren die Dorfbewohner mitschuldig. Wenn sich etwas Unpassendes ereignete, das sich nicht gleich erklären ließ, ergab sich wie von selbst eine Auslegung, die, im Gespräch der beiden Frauen ausgebaut und ausgeschmückt, sich schließlich als echte Tatsache präsentierte. Daß diese faszinierenden Legenden weiterlebten, lange nachdem sich die schlichte Wahrheit herausgestellt hatte, daran waren die Nachbeter ebenso schuld wie die Klatschbasen, die sie aufgebracht hatten.

Beide waren Vegetarierinnen der fanatischen Spielart und unter dem Sammelnamen ›Die Zicken‹ bekannt. Miss Nuttel, groß und dürr, hatte ein Pferdegesicht. Mrs. Blaine, von ihrer Freundin ›Bunny‹ genannt, hatte kleine Korinthenaugen, die ihre Rundlichkeit und ihren freundlichen Ton Lügen straften – wenn ihr etwas in die Quere kam, wurde sie giftig. Das Haus der beiden, *Lilikot,* ein renovierter Bau mit Panoramafenstern und Nylongardinen, hieß unvermeidlicherweise ›Der Ziegenstall‹.

»Kräftig gesalzen?« Kritik konnte Mrs. Blaine nicht vertragen. »Wie kannst du das nur behaupten. Sie waren genauso wie sonst, ich habe mich strikt an das Rezept gehalten. Nein, es sind deine Rübchen gewesen, glaube ich. Ich hab' mir gleich gedacht, daß du da mit dem Salz zu üppig warst. Und damit geht der zarte Eigengeschmack zum Teufel.«

»Kann sein, kann sein – kein Grund, gleich hochzugehen, Bunny. Diese Seeton ...« Erica Nuttel tippte mit dem Finger auf die Zeitung. »Was meinst du – sollen wir mal bei ihr reinschauen?«

Bunny reagierte sofort. »O ja. Machen wir. Wir müssen rauskriegen, was wirklich los war. Aber was für ein Vorwand ... Oh, ich weiß. Wir nehmen ihr Löwenzahnwein mit. Es ist noch viel da, und er ist doch so vitaminreich.«

»Gute Idee. Aufmunternd, mindestens so gut wie Whisky. Aber nehmen wir den vom letzten Jahr – ein schlechter Jahrgang. Ich glaube kaum, daß sie den Unterschied merkt.«

»Gut. Und wann gehen wir? Gegen fünf? Ich finde, sie hat Courage, diese Miss Seeton, meinst du nicht?«

»Oder sie ist dumm. Eher das. Nicht zur Teezeit – das fällt zu sehr auf. Besser um drei. Punkt drei.«

»Mummy . . .« Angela stürmte ins Haus und riß die Tür zum Wohnzimmer auf. »Mummy, sie ist da – die Lehrerin, die heute in allen Zeitungen steht.«

Mrs. Venning hörte auf zu tippen. »Hast du gegessen?«

»Nein.« Angela warf den Mantel auf einen Stuhl, tänzelte zum Schreibtisch, gab ihrer Mutter einen Kuß und warf einen Blick auf den Papierstapel neben der Schreibmaschine. »Kommst du mit dem neuen Buch voran? Entschuldige, daß ich zum Lunch nicht da war, aber ich hab' mich in Brettenden verquasselt, und eins kam zum anderen – du weißt ja, wie das ist.«

»Nigel Colvenden hat angerufen.«

»Nigel? Was wollte er denn?«

»Das hat er nicht gesagt.«

»Oh . . . Na ja.« Sie hockte sich auf die Armlehne des Sofas und kramte Zigaretten und Streichhölzer aus der Handtasche. »Ich rufe ihn irgendwann mal an. Auf dem Rückweg bin ich ins Dorf gefahren, zum Tanken, und da hat mir Jack Crabbe alles erzählt. Er hat sie vom Bahnhof abgeholt.«

»Willst du nicht erst was essen?«

»Oooch, essen . . .« Sie warf das Streichholz in den Kamin. »Ich hol mir gleich was.« Sie trat wieder an den Schreibtisch. »Aber, Mummy, ist das nicht super, das mit dieser Miss Sowieso?«

»Wen meinst du denn?«

»Ach, Mummy!« Sie legte ihrer Mutter den Arm um die Schulter. »Sei doch nicht so schwer von Begriff. Ich sag's dir doch – die, die in der Zeitung steht, sie ist hier, im Dorf, gerade vor dem Lunch ist sie angekommen. Ich möchte sie so wahnsinnig gern kennenlernen. Sie muß massenhaft dolle Leute kennen.«

»Ich habe keine Ahnung, von wem du redest.«

»Wie sie heißt, hab' ich vergessen.« Angela nahm den Mantel und warf ihn sich über die Schulter. »Aber sie zieht in das Häuschen von Old Mrs. Bannet ... Ich glaube, es gehört ihr jetzt, oder so ähnlich. Old Mrs. B. war eine Verwandte von ihr. Komm, gehen wir hin und besuchen wir sie, was meinst du?«

»Auf gar keinen Fall. Wir kennen sie nicht, und von dem, was du sagst, kann ich mir nicht vorstellen, daß ich sie kennenlernen möchte. Geh zu Mrs. Fratters und laß dir was zu essen geben.«

»Na schön. Aber ich finde, du bist wirklich stur. Nie willst du was Aufregendes machen.« Die Tür knallte zu.

Sonia Venning seufzte. Von ihrem Schreibtischsessel aus blickte sie durchs Fenster, ohne sich zu rühren. Dann wandte sie sich kopfschüttelnd ihren Notizen zu und begann wieder zu tippen.

Jack das Kaninchen hüpfte flink über die Zaunlatte. Er riß sich die Mütze mit der langen roten Feder vom Kopf. Mit höflicher Verbeugung streckte er der kleinen Lucy die Pfote hin.

»Na, ein bißchen besser sehen Sie ja jetzt aus, Miss Angie, das muß ich schon sagen.« Mrs. Fratters trocknete sich die Hände ab und ging zum Tisch, um den elektrischen Wasserkessel einzuschalten. »Heut morgen hab' ich gedacht, Sie brüten 'ne Erkältung aus, so käsig, wie Sie ausgesehen haben. Warum sind Sie bloß fort und zum Lunch weggeblieben? Sie wissen doch, daß sich Ihre Ma jedesmal aufregt. Was haben Sie bloß in letzter Zeit? Ein bißchen rücksichtsvoller könnten Sie schon sein.«

»Ach, hören Sie auf mit Ihrer Predigt, Frat.« Angela ging zum Küchenschrank und begann, in den Borden herumzustöbern. »Heute morgen war mir ziemlich mies, aber jetzt geht's mir prima.«

»Was suchen Sie denn?«

»Ein Glas von Ihrer Aprikosenmarmelade.«

»Marmelade ist jetzt nichts für Sie, das ist zuwenig.« Mrs. Fratters bückte sich und machte die Backofenklappe auf. »Ich hab' Ihnen den Rest Nierenbraten warmgestellt, für alle Fälle. Kommen Sie.« Sie setzte den Teller auf den Küchentisch und nahm Messer und Gabel aus der Schublade. »Setzen Sie sich hin und essen Sie.«

»Jaja, sofort.« Angela hatte ein Marmeladenglas aus dem Schrank genommen, riß von dem Notizblock an der Wand einen Zettel ab und setzte sich an den Tisch. Aus ihrer Handtasche wühlte sie einen Kugelschreiber und ein Gummiband hervor. Sie schrieb: *Mit besten Grüßen von Mrs. und Miss Venning, The Meadows, Plummergen.* Dann legte sie den Zettel um das Marmeladenglas und ließ das Gummiband darüberschnappen. »Na bitte. Das ist primaprächtig.«

»Also, ich bin jetzt fertig, Miss Seeton, und wollte auf Wiedersehen sagen.« In den Mantel schlüpfend, trat Mrs. Bloomer ins Wohnzimmer. Miss Seeton drehte sich lächelnd an der Tür zum Garten um. »Ich hab' den Abwasch gemacht und das Geschirr weggeräumt und für den Tee alles zurechtgestellt, der kalte Braten ist im Kühlschrank, der Rest Apfelstrudel steht auf dem Tisch mit Papier darüber, Gemüse ist jede Menge da, und so haben Sie alles fürs Abendessen, und wenn Sie Lust auf was Besonderes haben, sind Dosen da – oder Eier, natürlich. Ich habe Ihnen ein halbes Dutzend gebracht, aber wenn Sie mehr brauchen, fürs Frühstück, kann Stan welche holen, nach dem Tee, wenn er den Hühnern Wasser gibt.«

Martha Bloomer, in London geboren und seit zehn Jahren mit einem ortsansässigen Landarbeiter verheiratet, hatte zweimal in der Woche für Mrs. Bannet geputzt. Da Bloomers und Mrs. Bannet benachbart waren, hatten sie eine für beide Parteien vorteilhafte Abmachung getroffen. Wie bei fast allen Häusern im Dorf, lag Mrs. Bannets Garten nach hinten hinaus; die Bloomers wohnten in einem der Landarbeiterhäuschen, die von dem Garten durch eine Abzweigung der Dorfstraße getrennt waren; dieser Weg, der seitlich an Mrs. Bannets Grundstück vorbeiführte, überquerte den Kanal und mündete schließlich in die Küstenchaussee. Da die Bloomers, von einem Vorgärtchen abgesehen, kein Gartenland besaßen, hatte Martha Mrs. Bannet vorgeschlagen, ein paar Hühner zu kaufen und das Futter zu stellen. Stan Bloomer hatte den leerstehenden Hühnerstall repariert, sich um die Hennen gekümmert, Mrs. Bannet und Bloomers selbst mit Eiern und Geflügel versorgt und eventuelle Überschüsse anstelle von Lohn auf eigene Rechnung verkauft. Diese Abmachung hatte sich für beide Parteien als so befriedigend erwiesen, daß sie auf Blumen, Obst und Gemüse ausgedehnt worden war.

»Also«, Martha kam zum Schluß, »wenn sonst nichts weiter ist, gehe ich, Miss Seeton.«

»Ich glaube wirklich, das wäre alles, Martha. Vielen Dank für Ihre Mühe.«

»Schön. Und Sie gehen jetzt gleich ins Bett. Ich hab' Ihnen die Wärmflasche reingelegt.«

»Aber ich kann doch am hellichten Tag nicht ins Bett gehen«, protestierte Miss Seeton. »Ich muß auspacken und ... und ...«, wie sonderbar – erst jetzt kam sie darauf, daß es nichts Dringendes zu tun gab, nichts, was nicht warten konnte.

»Sie müssen gar nichts« , sagte Martha. »Ausgepackt ist alles, was Sie im Moment brauchen. Gehen Sie ins Bett, das tut Ihnen gut. Sie sehen müde aus – kein Wunder.«

Es war etwas Neues für Miss Seeton, sich herumkommandieren zu lassen, und merkwürdigerweise genoß sie es. »Ehrlich gestanden, ich bin auch müde. Es war spät gestern abend, und ich bin es nicht gewöhnt, mittags so viel zu essen, so herrlich es geschmeckt hat.« Sie ging zur Tür.

Martha kam ihr in den Flur nach und griff rasch an ihr vorbei, um die schwere Eichentür des unter der Treppe befindlichen Wandschranks zuzumachen. Sie schob den Riegel vor. »Da müssen Sie aufpassen, Miss Seeton. Beinahe hätten Sie sich gestoßen. Das Schloß ist ausgeleiert, und die Tür geht leicht von selber auf. Der Riegel muß immer zu sein, sonst stoßen Sie sich mal fürchterlich. Und nun ins Bett mit Ihnen. Jetzt kommt kein Mensch und stört Sie, und wenn doch, dann hören Sie es nicht, weil das Schlafzimmer nach hintenraus liegt. Und dann genießen Sie schön den ruhigen Abend, und morgen früh sind Sie wieder munter wie ein Fisch im Wasser.«

»Ja, da haben Sie recht.« Miss Seeton stieg die ersten Stufen der engen Treppe hinauf. »Und Martha ...« Sie blieb stehen und sah sich noch einmal um.

»Ja, Miss Seeton? Was ist?«

»Ich ... ich weiß nicht, wie ich Ihnen danken soll. Ich habe das Gefühl ... Sie und Stan haben mir das Gefühl gegeben, als wäre ich hier schon zu Hause.«

Martha lachte. »Das hab' ich gehofft ... Wär ja noch schöner, wenn's nicht so wäre. Ich schleiche mich durch die Küche davon, weil ich noch Salat brauche, für Stan, zum Abendessen, ich nehm mir also ein paar Köpfe mit und geh durch das Gartentörchen, da spar ich Zeit. Wiedersehen, Miss Seeton – bis Freitag, wenn wir uns vorher nicht sehen.«

Was für ein Glück sie hatte. Die gute Martha ... Sie redete noch immer wie ein Wasserfall: Tante Flora hatte behauptet, sie sei mitten in einem Kaffeeklatsch geboren ... Im Schlafzimmer legte Miss Seeton Hut und Handtasche auf den Frisiertisch und blieb einen Augenblick regungslos stehen: der Garten! Der eigene Garten ... So absolut anders als London.

Sie zog die Vorhänge zu, damit das Licht sie nicht blendete, legte Mantel und Kleid auf einen Stuhl und kroch ins Bett. Warm. Behaglich. Und so ruhig. Niemand, der einen störte. So albern, ein schlechtes Gewissen zu haben, weil man sich nach Tisch mal hinlegte. Martha hatte völlig recht. Es war genau das, was sie brauchte. Schlaf.

3

Ich muß schon sagen, ich finde das merkwürdig.«

»Ein bißchen komisch, meine ich auch.«

»Nicht nur komisch – seltsam. Man legt sich nicht einfach schlafen, kaum daß man irgendwo angekommen ist, und auch noch nachmittags. Höchstens, man hat einen Grund. Würdest du das tun?«

»Ich nicht, nein. Nicht ohne Grund.«

»Glaubst du, sie trinkt oder so was und muß sich dann hinlegen und schlafen?«

»Möglich.«

»Oh, Eric, wie schrecklich. Wir hätten den Löwenzahnwein nicht dort lassen sollen, da wird ihr nur noch übler.«

»Vielleicht ist es nicht das. Vielleicht ist es was anderes. Möglich, daß sie krank ist.«

»Na, so krank kann sie nicht sein, sonst hätte sie nicht von London herreisen können. Obwohl ... ich habe zufällig gesehen, daß die Schlafzimmervorhänge zugezogen sind, weil ich den Weg ein Stück langgegangen bin, bloß um zu sehen. Ich meine, man zieht die Schlafzimmervorhänge nachmittags nicht zu, wenn man nicht seine Gründe dafür hat, oder?«

»Nein, nur wenn man nicht will, daß jemand reinguckt.«

»Daß jemand reinguckt... Ja, das wäre eine Erklärung. Aber warum soll denn niemand...? Oh, Eric, das ist ja fürchterlich, nur daran zu denken. Es kann doch nicht... es ist doch nicht möglich... Drogen, glaubst du? Könnte es das sein? Was meinst du?«

»Möglich, natürlich. Könnte schon sein.«

Die beiden Frauen gingen in die Post und stellten sich an der Lebensmitteltheke an.

»Schrecklich, wenn man bedenkt...« Mrs. Blaine dämpfte die Stimme; wer weiter als zwei Meter entfernt war, mußte die Ohren spitzen. »... wenn man sich vorstellt, was Mrs. Bannet gedacht hätte, wenn sie gewußt hätte, daß...«

»Vergiß nicht, Bunny: Sicher ist es nicht«, stachelte Miss Nuttel ihre Freundin an.

»Natürlich nicht.« Jetzt war Mrs. Blaine an der Reihe, bedient zu werden. Sie lächelte dem Ladenmädchen zu: »Zwei Schachteln Datteln, ein Päckchen Mürbkekse und... ach ja, zwei große Pakete Backpflaumen, bitte.« Das Ladenmädchen drehte sich zum Regal um, und Mrs. Blaine nahm ihr Thema wieder auf: »Aber wie soll man es sich sonst erklären? Ich meine, es muß doch einen Grund geben, Eric, und wenn man sich noch so komisch benimmt, findest du nicht?«

»Sie hat was zu verbergen, bestimmt«, sagte Miss Nuttel.

»Offensichtlich, und ich fürchte, dafür gibt es nur einen Grund. Natürlich gehört es sich nicht, darüber zu reden. Danke schön.« Sie half dem Ladenmädchen, die Pakete in der Tragetüte zu verstauen und zog das Portemonnaie hervor. »Wieviel? Acht Shilling, acht Pence und Halfpenny... ach, ich hab's gerade passend. Ich mag gar nicht daran denken.« Sie trat zur Seite.

Einen interessanten Klatsch ahnend, trödelten mehrere Kundinnen zwischen Theke und Tür hin und her. »Oh, guten Tag, Mrs. Goffer, wie geht es Ihrem Töchterchen? Hat doch hoffentlich nicht wieder was angestellt? Oh, da ist ja Mrs. Spice. Sieht so aus, als ob das Wetter schön bleibt, nicht wahr?« Mrs. Blaine nickte ihr zu und fuhr auf dem Weg zur Tür mit durchdringendem Flüstern fort: »Aber leider ist es nur zu wahr, was man in den Zeitungen liest, ich meine, daß die Rauschgiftsucht allmählich überhandnimmt, vor allem in London.« Die Frauen verließen die Post.

»Wolltest du nicht noch Wolle besorgen?«

»Ach ja, das hätte ich fast vergessen.« Sie überquerten die Dorfstraße. »Weißt du, Eric, ich möchte bloß wissen, warum Mrs. Venning ein Glas Marmelade geschickt hat.«

»Marmelade?«

»Ja. Hast du das nicht gesehen? Ich habe zufällig den Zettel an dem Glas gelesen – Aprikosenmarmelade war drin –, und da stand drauf: Mit besten Grüßen von Mrs. und Miss Venning.«

»Ein bißchen komisch von den Vennings.«

»Sehr merkwürdig, finde ich. Schließlich ... Mrs. Venning geht in letzter Zeit nirgendwohin, man sieht sie praktisch überhaupt nicht mehr. Würde mich interessieren, warum. Ich meine, es ist doch komisch, wenn man sich überlegt, daß sie früher immer so vergnügt war und überall mitgemacht hat, und plötzlich hört sie auf damit. Die arme kleine Angela kann einem leid tun.«

»So klein ist sie auch nicht mehr. Siebzehn oder achtzehn, schätze ich.«

»Ja, stimmt. Sie ist immer so ausgelassen.«

»Zu ausgelassen, würde ich sagen. Oder zu launisch. Heute himmelhoch jauchzend, morgen zu Tode betrübt. Hysterisch, wenn man mich fragt.«

»Ach Quatsch, Eric. Sie ist jung und lebhaft, und da hat

man solche Perioden ... Ich war genauso als junges Mädchen. Du verstehst das nicht, denn du bist nicht so sensibel. Ich hab' mir immer gedacht, sie und Nigel Colvenden verloben sich mal.«

»Glaub ich nicht. Wo sie doch immer in dem kleinen Auto rumrast. Fährt viel zu schnell. Und dann der Club da, am Stadtrand von Brettenden, in dem sie immer ist, da geht es auch viel zu frei zu.«

»Ach weißt du, es muß ja ziemlich öde für sie sein, wenn ihre Mutter niemand mehr einlädt. Deshalb ist es ja auch so komisch, daß Mrs. Venning einer Neuzugezogenen einen Gruß schickt.« Vor dem Schaufenster des Kurzwarenladens blieben sie stehen. »Sieh mal, jetzt gibt's hier das Mango-Gewürz, das wir immer in Brettenden kaufen mußten. Glaubst du, daß sie sich vielleicht von London her kennen?«

»Möglich. Mrs. Venning ist früher oft nach London gefahren. Um ihren Verleger aufzusuchen, oder so hat sie wenigstens gesagt.« Als sie die Ladentür aufmachten, bimmelte ein Glöckchen.

»Diese blöden Kinderbücher, die sie schreibt ...« Mrs. Blaine trat hinter Miss Nuttel in den Laden. Beide nickten der Ladeninhaberin zu: »Guten Tag, Mrs. Welsted.«

»Guten Tag, die Damen.«

»... ja, das wäre eine Erklärung, wenn sie sich von London her kennen.« Mrs. Blaine trat an die Theke. »Ich hätte gern noch etwas von der roten Wolle für das Twinset, das ich stricke – Sie wissen schon.«

»Gern, Mrs. Blaine, wieviel denn?«

»Natürlich, mit dem, was wir jetzt über Miss S. erfahren haben, ist klar, daß an der scheußlichen Geschichte von gestern mehr dran sein muß, als man zunächst denkt ... Wieviel?« fragte sie zurück. »Tja, ich weiß nicht genau. Ich möchte nämlich das Grundmuster rot machen, nicht die

Bordüre. Ich meine, Eric, du hast nicht mit Mordfällen und so zu tun, wenn nicht was dahintersteckt, nicht wahr?«

»Margery!« Mrs. Welsted rief ihre Tochter. »Wieviel rote Wolle braucht Mrs. Blaine, wenn sie bei dem Bordüren-Twinset das Grundmuster rot macht?«

»Eines jedenfalls weiß ich, Bunny – ich hab' nichts mit Mordfällen zu tun.«

»Sechs Unzen reichen bestimmt«, rief Margery Welsted aus dem Hinterzimmer.

»Jetzt wird mir die Sache klar«, sagte Mrs. Blaine. »Es ist jemand von den gräßlichen Leuten gewesen, mit denen sie ja bekannt sein muß... Es hängt mit – du weißt schon – zusammen, mit diesem Zeug, mit dem es immer Ärger gibt.«

»Hier ist Ihre Wolle, Mrs. Blaine.« Die Ladeninhaberin reichte ihr das Päckchen über die Theke. »Haben die Damen noch einen Wunsch?«

»Nein, das ist alles, danke schön, Mrs. Welsted.« Norah Blaine nahm das Päckchen entgegen und wandte sich zum Gehen. »Meiner Ansicht nach erklärt das Mrs. V.s Benehmen, ich meine, warum sie plötzlich zu Hause bleibt und niemand mehr besucht. Wenn du mich fragst«, sie hielt Miss Nuttel die Tür auf, »ich glaube, Mrs. V. hat Angst.«

Miss Seeton setzte den Hut auf. Ja, dieser Aufputz aus Ripsband gab ihm Chic, dachte sie. Halb vier... ogottogott, über anderthalb Stunden hatte sie geschlafen. Aber Martha hatte recht gehabt; sie war längst nicht mehr so müde. Ein bißchen frische Luft, ja, das brauchte sie jetzt, und da die Sonne schien, war es die beste Zeit: Sie mußte sich unbedingt den Garten besehen. Rasch ging sie die Treppe hinunter.

Das kleine Haus hatte ihr schon immer gefallen, aber es war seltsam, wieviel persönlicher, nein, wieviel liebenswerter ein Haus wurde, wenn es einem selbst gehörte, wenn man zum erstenmal ein wenig das Gefühl hatte, hier sei man daheim. Ach, herrje – was hatte denn das zu bedeuten? An der Küchentür drehte sie um und ging durch den Hausflur. Auf dem Telefontischchen direkt neben der Haustür lagen lauter Päckchen, an denen Zettel steckten. Die waren vorhin doch nicht dagewesen. Wer in aller Welt... Hatte man sie besuchen wollen, als sie ihren Mittagsschlaf hielt? Ogottogott, hoffentlich dachte man nicht, sie sei unhöflich, weil sie nicht aufgemacht hatte. Sie begann, die Zettel zu lesen. Aber die Namen waren ihr alle unbekannt. Natürlich – man hatte es wegen Tante Flora getan. Wie beliebt sie im Dorf gewesen sein mußte... Aber trotzdem, sie selbst, eine Fremde, auf diese Weise willkommen zu heißen, wie liebenswürdig... An der Tür klopfte es. Sie machte auf.

»Miss... Miss Seeton, wenn ich nicht irre?«

»Ja, bitte?«

»Ich bin... Treeves, Ihr... der Pfarrer.«

»Oh, guten Tag – wie reizend von Ihnen...« Sie trat einen Schritt zurück. »Kommen Sie doch bitte herein.«

»Oh... hm... ich...« Arthur Treeves zögerte und faßte sich dann ein Herz. »Sehr freundlich von Ihnen. Ich... das heißt, ich freue mich, Sie kennenzulernen.«

Miss Seeton machte die Tür zu und wandte sich zur Küche. »Darf ich Ihnen eine Tasse Tee anbieten?«

»Tee? Ach nein, ich möchte Ihnen auf gar keinen Fall Umstande machen.«

»Aber das macht keinerlei Umstände.«

»O gut. Dann sehr gern... Aber nein, meine Schwester wäre dagegen.«

»Ihre Schwester?« Miss Seeton blieb verdutzt stehen. »Sie ist gegen Tee?«

»O nein, um Himmels willen, nein. Nein, sie trinkt eine Menge, sie führt mir den Haushalt. Sie wäre dagegen, daß ich mich Ihnen aufdränge.«

»Aber ich bitte Sie ... Es steht alles bereit. Ich will nur noch den Kessel einschalten – wollen Sie inzwischen schon im Wohnzimmer Platz nehmen?«

Sie ging in die Küche, schaltete den elektrischen Wasserkessel an, und als sie zurückkam, sah sie den Pfarrer noch immer verlegen an der Wohnzimmertür stehen. Er trat zur Seite und stieß an das Tischchen im Flur.

»Ach, Sie haben eingekauft, sehe ich«, sagte er, als er hinter ihr ins Wohnzimmer trat. »Nun, wie finden Sie unsere Dorfläden?«

»Ich war noch gar nicht im Dorf, wissen Sie. Die Päckchen hier habe ich eben erst entdeckt, und ich bin ganz gerührt: Es sind Willkommensgrüße von Nachbarn, glaube ich. Ich war gerade dabei, die Karten zu lesen, als Sie kamen. Bitte, nehmen Sie doch Platz.« Sie setzte sich in einen Sessel am Kamin.

»Wie erfreulich ...« Sein Gesicht hellte sich auf, als er sich ihr gegenüber auf einer Stuhlkante niederließ. »Das beweist eine Aufgeschlossenheit, die mich sehr froh macht. So sehe ich die Menschen, wissen Sie ... das heißt, so möchte ich sie sehen: als warmherzige, wohlmeinende Freunde. Freunde«, fuhr er lebhaft fort, »das ist es, was die Menschen sein sollten. Und hier ein wahres Beispiel davon zu erleben, das freut mich wirklich.« Sein Gesicht bewölkte sich wieder. »Oh, ich vergesse ganz, warum ich eigentlich vorbeigekommen bin. Um Ihnen, auch im Namen meiner Schwester, unser Beileid auszusprechen und unser Mitgefühl bei Ihrem schmerzlichen Verlust. Ihre Großtante war eine liebe und hochgeschätzte Freundin von uns.«

»Patentante, Mr. Treeves«, sagte Miss Seeton und unterdrückte ein Hüsteln. Sie lächelte: »Paten-, nicht Groß-. Oder, wie ich als Kind sagte, Gotte.«

Nicht groß, sondern Gott? Der Pfarrer zuckte zurück. Eine Deistin vielleicht? Offenbar seit Kindesbeinen, und noch dazu fanatisch ... »Eben, eben.« Er erhob sich hastig. »Wir alle haben unsere eigenen Ansichten, Überzeugungen, Betrachtungsweisen – nennen Sic cs, wie Sie wollen. Leben und leben lassen, das ist meine Devise. Dogma und Doktrin mögen sich unterscheiden, aber im Grunde – oder vielleicht sollte ich sagen – im Herzen – empfinden wir alle dasselbe, würde ich sagen. Und jetzt muß ich wirklich gehen. Ich möchte Ihre Zeit nicht länger in Anspruch nehmen.«

»Aber Herr Pfarrer, Ihr Tee? Das Wasser kocht bestimmt schon.« Sie stand auf.

»Tee? Aber nein, auf gar keinen Fall. Bitte, keine Umstände ...« Er hastete aus dem Zimmer. »Ich bin schon sehr spät dran, ich muß mich beeilen. Auf Wiedersehen, Miss ... hm ...« Er griff nach der Haustürklinke. »So erfreut, Sie kennengelernt zu haben.« Er zog die Tür auf. »Oh ...« Der Anblick eines Polizisten in Uniform ließ ihn abrupt zurücktreten, er stieß an das Tischchen, die Pakete kamen ins Rutschen, und Miss Seeton konnte sie gerade noch retten. »Verzeihen Sie, wie ungeschickt von mir.«

»Das macht nichts, es ist gar nichts passiert. Entschuldigen Sie mich eine Sekunde, ich muß den Kessel abstellen.« Miss Seeton eilte in die Küche.

»Oh, Potter ...« Der Pfarrer war die Leutseligkeit selbst, denn Recht und Ordnung waren ihm zu Hilfe gekommen: »Sie haben mich gesucht?«

»Nein, Sir.«

»Nein?« Reiner Zufall also ... Die Vorsehung unterstützte seine Flucht. »Dann gehe ich. Oder kann ich irgendwie behilflich sein? Einen Augenblick dachte ich wirklich, Sie wollten hierher.«

»Das wollte ich auch, Sir. Hier soll eine gewisse Miss Seeton sein.«

»Seeton?« Reverend Treeves zögerte einen Augenblick und gab sich dann geschlagen. »Ja, das stimmt. Aber das nützt Ihnen nichts, überhaupt nichts, sie ist ja eben erst angekommen.« Doch in ihm rumorte ein leiser Zweifel. Da war doch irgendwas, das Molly gesagt hatte ... irgendwas, das er hätte sagen sollen. Irgendwas – was war es nur? London? Scherereien? Jedenfalls etwas Unerfreuliches. Und es betraf ein Pfarrkind. Er mußte dableiben. Vielleicht brauchte man ihn, vielleicht konnte er helfen.

Miss Seeton kam zurück. »Entschuldigen Sie, ich mußte die Küchentür aufmachen, damit der Dampf abzieht.«

»Miss Seeton?« fragte Constable Potter.

»Ja, bitte?«

»Ich habe Anweisung, Ihnen das Datum von dem Termin zu sagen, bei dem Sie anwesend sein müssen.«

»Termin, Potter?« Der Pfarrer hob im Geiste einen Knüttel und schwang ihn in der Luft. »Was soll das heißen?«

»Lassen Sie nur, Mr. Treeves«, sagte Miss Seeton beschwichtigend. »Ich weiß, worum es geht.«

»Aber ich nicht.« Er blieb grimmig. »Wobei muß Miss Seeton anwesend sein? Nun sagen Sie schon, Potter.«

»Bei dem Inquest, Sir. Miss Seeton ist als Zeugin vorgeladen.«

Arthur Treeves erschrak. »Inquest? Um Himmels willen – aber es ist doch niemand ums Leben gekommen?!« Doch, irgend jemand war tot. Hatte Molly nicht so was gesagt? Jemand war bei einer Schlägerei in London ... Und Miss Seeton ... oh, wie entsetzlich. Sicherlich, die ganze Schuld konnte man ihr nicht in die Schuhe schieben, wenn man es nur richtig darstellte. Kein Zweifel, wo seine Pflicht lag. Er mußte sie begleiten, ihr beistehen. »Wann und wo findet der Inquest statt, Potter?«

»Übermorgen Sir, um 11 Uhr 30. Ich habe Ihnen alles aufgeschrieben.« Er reichte Miss Seeton einen Zettel.

»11 Uhr 30, ach herrje, das heißt der Frühzug. Sie können es mir überlassen, Potter, wir sind pünktlich dort.«

»Nein, nicht Sie, Mr. Treeves«, protestierte Miss Seeton. »Das kommt gar nicht in Frage. Man hat mir gesagt, daß es nicht lange dauert. Es ist alles höchst unerfreulich.«

»Um so besser, wenn ich dabei bin.«

»Nein, wirklich, es ist sehr nett von Ihnen, aber ...«

»Kein Wort weiter, ich begleite Sie. Ich sage Ihnen morgen Bescheid, wann der Zug fährt, und bestelle einen Wagen von Crabbe. Ja, jetzt muß ich leider gehen. Und bitte, grübeln Sie nicht über diese unerquickliche Sache nach. Man muß die Dinge nehmen, wie sie kommen.« Er ging, und Constable Potter schloß sich ihm an. »Alles höchst unerquicklich«, murmelte der Pfarrer. »Aber ich halte es für meine Pflicht, dabei zu sein.«

»Bestimmt ist sie froh, wenn Sie mitfahren, Sir. Unter uns – London, das heißt der Yard, hat mich angewiesen, ein Auge auf sie zu haben.« Aus allen Knopflöchern platzte ihm der Stolz, mit dem allerobersten Boss unmittelbaren Kontakt zu haben.

»So?« Die schlimmsten Ahnungen des Pfarrers schienen sich zu bestätigen. Düster wiegte er den Kopf hin und her: »Tz, tz, tz ...« In Gedanken versunken ging er nach Haus.

»Miss Seeton?«

Als sich auf Nigels Klopfen hin nichts gerührt hatte, war er um das Haus herum und in den Garten gegangen. Auch er hätte den Willkommensgruß seiner Eltern mit einem Zettel hinterlassen können, doch er hatte seine eigenen Gründe, Miss Seeton einen Besuch abzustatten, und der Auftrag seiner Mutter hatte ihm den notwendigen Vorwand geliefert. Zuerst hatte er niemand im Garten entdeckt und schon geglaubt, sowohl Miss Seeton als auch seine Chance verpaßt zu haben, aber dann hatte er gesehen, daß sich hinter den Büschen etwas bewegte, die das Küchenkräuterbeet, den Hühnerstall und den Gemüsegarten abschirmten, und so war er über den Rasen gegangen, um festzustellen, was es war. Es war nicht, wie er zunächst gedacht hatte, der Flügel eines Vogels, sondern Miss Seetons Hut.

»Mein Name ist Colvenden«, sagte er, als sie sich zu ihm umdrehte. »Hoffentlich sind Sie nicht böse, daß ich hier so einfach einbreche. Ich hab' vorn geklopft, aber das konnten Sie nicht hören. Sie kennen meinen Vater, glaube ich.«

»O ja. Zweimal, glaube ich, bin ich mit Sir George zusammengetroffen. Guten Tag, Mr. Colvenden.«

»Nigel. Im Moment bin ich Ersatzmann für meine Mutter. Sie wäre selbst angerückt, um Sie an Land gehen zu sehen, aber heute nachmittag ist sie verhindert, und Vater liegt wegen der Karnickel in den Federn – also bin ich es bloß, leider. Mit einem Dutzend Eier.«

»Aber nein, Mr. Colvenden, das ist furchtbar nett, und bitte, sagen Sie Lady Colvenden meinen herzlichsten Dank, aber ich kann wirklich keine mehr annehmen. Es ist mir zu peinlich – aber gerade Eier. Sehen Sie ...« Sie deutete zum Hühnerstall: »Wir legen selber welche.«

Für den Bruchteil einer Sekunde hatte Nigel eine Vision: Miss Seeton, mit dem Hut auf dem Kopf, auf einem gewaltigen Nest sitzend, kommandierte ihre Hennen beim Countdown – drei ... zwei ... eins ... Die Vision entschwand. »Entschuldigung«, hustete er. »Hab' was in die Kehle bekommen. Apropos Hühner – wissen Sie, die Mauer hinter dem Stall sollte mindestens drei Fuß höher sein.«

Miss Seeton blickte hin. Tatsächlich, die Mauer hinten war etwas niedriger als an der Seite entlang des Rasens. Natürlich, weil an der Ecke ein Baum stand, merkte man es zunächst nicht; vielleicht wäre es ihr nie aufgefallen, wenn sie nicht darauf aufmerksam gemacht worden wäre. Die Mauer war da nur ein bißchen höher als das Stalldach und nicht so hoch wie das Drahtgitter vom Auslauf vorn. Sie sah zum Haus zurück: Ah ja, das war der Grund, natürlich – damit der

Blick zu den Bäumen am Kanal und über die Felder dahinter nicht versperrt war. Also ließ man die Mauer am besten so, wie sie war. Weshalb sie höher ziehen? »Warum?« fragte sie.

Nigel lachte. »Weil manche Dorfgenies drüberklettern, um Eier zu klauen.«

»Ah ja. Deshalb also hat Martha den zweiten Schlüssel für das Gartentörchen und besteht darauf, daß es immer abgeschlossen ist.«

»Wissen Sie ...« Er verstummte. Es war lächerlich. Sie war völlig anders, als er erwartet hatte. Nach den Zeitungsmeldungen hatte er sich vorgestellt ... ja, was eigentlich? Er wußte es nicht mehr genau. Vermutlich ein robustes, kriegerisches Weibsbild, energisch, tyrannisch, so etwas wie ein Feldwebel. Bestimmt nicht eine kleine, nette, harmlose Person wie die alte Dame, die vor ihm stand. In seiner Phantasie hatte er eine Miss Seeton gesehen, die ihm als ersehnte Lösung seines Problems erschienen war. Aber die wirkliche Miss Seeton würde das Problem ja nicht einmal verstehen oder, wenn doch, wahrscheinlich Zustände kriegen. Und jetzt sah sie ihn auch noch erwartungsvoll an ... Er wußte nicht, was er sagen sollte. Während er noch immer nach einem konventionellen Scherz suchte, um das peinliche Schweigen zu brechen, hörte er sich zu seiner Überraschung sagen: »Dürfte ich Sie wohl etwas fragen, bitte?«

»Aber natürlich, Mr. Colvenden.«

»Diese Kriminalbeamten ... Sie wissen schon, die Scotland-Yard-Leute, die Sie von London her kennen ...«

»Wie bitte?« Sie war völlig verblüfft.

»Oh ...« Nigel war aus dem Konzept gebracht. »Ich meine, Sie haben doch mit ihnen zu tun gehabt, oder nicht?«

Bestürzt sah sie ihn an. »Aber ich verstehe nicht ... Wieso wissen Sie etwas davon?«

»Aber das weiß doch jeder. Es steht doch in sämtlichen

Zeitungen.« Plötzlich ging ihm ein Licht auf: »Oder haben Sie das nicht gewußt?«

»Natürlich nicht. Ich hatte keine Ahnung – ogottogott, wie entsetzlich. Die Zeitungen!« Zum erstenmal ging ihr auf, welche Bedeutung die Vorfälle der vergangenen Nacht für ihre eigene Person haben konnten. »Wie unpassend ... Darum also, heute morgen ... Wie dumm von mir, daß ich das nicht begriffen habe. Ich wäre nie auf den Gedanken gekommen ...« Ihr Abscheu wurde immer größer. »Und dann noch die Fotografen ...« Etwas Schlimmeres hätte ihr nicht passieren können. »Wie peinlich, in der Zeitung zu stehen«, wiederholte sie hilflos. »Geradezu ordinär ist das.«

»Es tut mir furchtbar leid, Sie so erschreckt zu haben, Miss Seeton, aber ich wußte ja nicht ...«

»Sie brauchen sich nicht zu entschuldigen, Mr. Colvenden. Ich selber bin schuld, mit meiner bodenlosen Dummheit. Solche Sachen bin ich nicht gewöhnt, wissen Sie. So was ist mir noch nie passiert ... Ogottogott.« Nigel hätte beinahe gelacht. Es war einfach grotesk. Sie hatte nicht einmal begriffen, in welch peinlicher Lage sie selbst war – und er hatte sie bitten wollen, ihm in seiner schwierigen Situation zu helfen. Aber vielleicht konnte er sein Ziel erreichen, ohne sie in die Sache zu verwickeln ... »Sicher kommen sie demnächst mal her, um mit Ihnen zu sprechen?« fragte er wie nebenbei. »Die Kriminalbeamten, meine ich.«

»Um Himmels willen, nein. Warum denn?«

»Ach so. Ich hatte gedacht, es wären noch Aussagen zu machen, Erklärungen abzugeben und so. Aber das haben Sie natürlich schon längst hinter sich. Wie blöd von mir.«

Er ließ das Thema fallen. Mit dem dumpfen Plumps der Verzweiflung fiel es zu Boden, und Miss Seeton horchte auf. Interessiert sah sie ihn von der Seite an. »Was ist los, Mr. Colvenden? Und warum hätten Sie die Kriminalbeamten gern kennengelernt?«

»Ich?« fragte Nigel unschuldig zurück. »Aus gar keinem Grund. Ich fand es nur aufregend, mehr nicht. Ich bin gar nicht scharf drauf, sie kennenzulernen.«

Sie beobachtete ihn immer noch. »Nein, natürlich nicht.«

Das wirkte. Dieselben Worte, derselbe Tonfall. Wieder stand er im Rektorzimmer der Grundschule, angeklagt, in Tinte getauchte Papierkügelchen durchs Klassenzimmer geworfen zu haben. Er hatte es abgestritten, und die Rektorin hatte in gelangweiltem Ton erwidert: »Nein, natürlich nicht.« Die verächtliche Gleichgültigkeit eines Erwachsenen einem bockigen Kind gegenüber. Genau wie damals platzte er prompt mit der Wahrheit heraus.

»Ich bin in der Klemme«, erklärte er. »Oder vielmehr nicht ich, sondern jemand, mit dem ich befreundet bin. Oder wird es zumindest bald sein. Hier im Dorf habe ich niemand, den ich um Rat fragen, niemand, mit dem ich auch nur drüber reden könnte.«

»Aber bestimmt würde Sir George ...«

»Himmel, nein, mein Vater wäre der letzte, den ich ... Das glauben Sie mir sofort, wenn ...«

Miss Seeton gab sich einen Ruck und wandte sich dem Haus zu. »Haben Sie schon Tee getrunken, Mr. Colvenden?«

»Tee?« fragte Nigel verdutzt. »Tee? Nein. Warum?«

»Weil ich«, sagte sie sachlich, »noch keinen getrunken habe. Wie das mit Ihnen ist, weiß ich nicht, aber ich könnte jetzt eine Tasse vertragen. Gehen wir in die Küche, gießen wir Tee auf, und dann tragen wir alles raus und setzen uns in die Sonne, und Sie erzählen mir in aller Ruhe, was Sie mir erzählen möchten.«

In der Küche schaltete sie den Kessel wieder ein, der sofort erfreuliche Geräusche von sich zu geben begann. »Von dem, was Sie sagen, kann ich mir leider nicht vorstellen, wie ich

Ihnen behilflich sein könnte.« Sie wählte von den beiden Kuchengeschenken den größeren Napfkuchen aus und wikkelte ihn aus dem Papier. »Ich verstehe nicht viel von Klemmen, wie Sie es nennen. Und was man macht, wenn man in einer drin ist, weiß ich auch nicht.« Sie schob den Kuchen auf einen Teller, stellte ihn auf das Tablett zu den anderen Sachen und begutachtete das Resultat: Butterbrote, belegte Brötchen, Kekse, Marmelade, Plätzchen, ein Napfkuchen – das müßte reichen. Marthas Vorstellung vom Tee für eine Person entsprach ihrer Vorstellung von Abendessen für zwei. Aber junge Leute brauchten viel. »Manchmal hilft es aber, über seine Schwierigkeiten zu reden. Das Problem einmal laut auszusprechen, darauf kommt es an, glaube ich. Und manchmal schrumpft es dadurch... Aber natürlich gibt es auch Fälle«, setzte sie ehrlicherweise hinzu, »in denen es nicht schrumpft. Und was die Beziehung zur Kriminalpolizei betrifft, da kann ich Ihnen kaum nützlich sein. Ich habe nie was mit der Polizei zu tun gehabt.« Als sie aufblickte, sah sie, daß Nigel die linke Augenbraue hochzog. Errötend lachte sie. »Na ja, fast nie.« Das Wasser kochte, und sie griff zur Teekanne. »Sie könnten schon die Klappstühle hier und den Tisch rausbringen, während ich den Tee aufgieße.«

Als Nigel am gedeckten Tisch in der Sonne saß, stellte er fest, daß er Hunger hatte. Miss Seeton goß Tee ein. »Und jetzt, Mr. Colvenden...«

»Nigel, bitte.«

»Gut, Nigel. Was ist das für eine Schwierigkeit oder Klemme, und warum können Sie mit Ihrem Vater oder sonst jemand, den Sie kennen, nicht darüber reden?«

»Vermutlich«, sagte er langsam, »gerade deshalb, weil ich sie kenne. Die ganze Geschichte ist so lokal – das ist das Dumme. Natürlich wäre es ideal, wenn man es mit Vater bereden könnte, aber wie die Dinge liegen, geht das nicht. Er ist nämlich Friedensrichter, und ich brächte ihn in eine unmögliche Situation, wenn ich ihm alles sagte, was ich jetzt weiß. Ich meine, wenn es mir wirklich gelingt, denjenigen, mit dem ich befreundet bin, rauszuhalten, wenn die Geschichte platzt – und eines Tages platzt sie bestimmt –, denn Vater kann ja nicht gut in einem Fall als Friedensrichter fungieren, wenn er weiß, daß noch jemand in die Sache verwickelt ist und ich denjenigen gedeckt habe.«

Miss Seeton nickte. »Verstehe. Und dieser Freund von Ihnen hat wirklich etwas getan, das gegen die Gesetze verstößt?«

»Leider«, sagte Nigel grimmig. Er nahm das Kuchenmesser und drehte es zwischen den Fingern, während er daran dachte, zu welchem Ergebnis sein einziger Versuch geführt hatte, Sonia Venning über die Pflichten der Mutterschaft und die Erziehung von Töchtern zu belehren. Ebensogut hätte man mit einer Packung tiefgefrorener Himbeeren reden können. Ob er sich nicht lieber um seine eigenen Angelegenheiten kümmern wolle ... gut gekühlt. Seit wann er vermute, daß ... auf Eis serviert. Ob er sich wirklich vorstelle ... mit dicker Reifschicht überzogen.

Durch ihre Erfahrungen mit Kindern gewitzt, wartete Miss Seeton schweigend ab. Ihrem ruhigen Blick gegenüber – kein Tadel war darin zu erkennen, nur Aufmerksamkeit und diskrete Anteilnahme – gab sich Nigel geschlagen. »Es ist ein Mädchen, das ich kenne«, sagte er abrupt. »Sie ist noch sehr jung, erst siebzehn, und man kann sie nicht verantwortlich machen.« Er sah Miss Seeton mit schiefem Lächeln an, bohrte das Messer in den Kuchen und schnitt ihn durch. »Na schön, ich weiß, ich bin auch nur ein Jahr älter, aber ich bin nicht so leichtsinnig. Ich kenne sie seit Jahren; sie war sechs, als ihre Mutter und sie hierhergezogen sind. Wir sind sozusagen zusammen aufgewachsen, und ich kann einfach nicht mit ansehen, was sie da treibt, ohne irgendwas zu unternehmen. Außerdem hat ihre Mutter schuld. Mrs. Venning ...«

»Venning?« unterbrach ihn Miss Seeton. »Warten Sie, ich glaube beinahe ... ja, Mrs. und Miss Venning haben mir heute nachmittag ein Glas Marmelade gebracht – oder bringen lassen.«

»Wollen Sie damit sagen –« Nigel legte sein Kuchenstück auf den Teller und starrte sie an –, »daß Sie Mrs. Venning kennen?«

»Nein, das nicht«, antwortete sie rasch. »Aber während ich meinen Mittagsschlaf gehalten habe, sind Leute hier gewesen und haben mir Willkommensgrüße hingestellt, mit Zetteln daran, und einer davon ist von Mrs. und Miss Venning.«

»Von Mrs. Venning?« wiederholte er stirnrunzelnd. »Komisch. Sie hat sich praktisch von allem Verkehr zurückgezogen. Daher kommt ja der ganze Ärger. Deshalb schlägt Angie über die Stränge. Um das zu kompensieren, denke ich mir.«

»Aber ich bitte Sie, Nigel – wo kann man in einem Nest wie Plummergen über die Stränge schlagen?«

»Haben Sie eine Ahnung.« Er lachte auf. »Na ja, von unseren lokalen Scherereien können Sie ja nichts wissen, aber in letzter Zeit hat es hier im Kreis Brettenden eine Menge brutaler Schlägereien gegeben. Ich weiß von zwei Raubüberfällen, und bei dem zweiten, vorige Woche, ist ein Ehepaar regelrecht zusammengeschlagen worden.«

»Aber das ist ja grauenhaft«, sagte Miss Seeton empört. Wirklich grauenhaft, und noch dazu auf dem Land – das machte es um so schlimmer. »Aber sicher würde doch – wenn Sie sagen, Sie wissen davon ... Ich meine, die Polizei ...«

»Jaja, schon richtig, aber ich weiß nicht, ob ich's beweisen kann. Und wenn ich's beweisen könnte – mir sind ja die Hände gebunden. Sehen Sie: Angie war mit im Auto, beide Male.«

»Sie müssen zur Polizei gehen«, sagte sie nachdrücklich.

»Das sehen Sie doch ein, oder? Ich meine, das ist doch einfach fürchterlich – Raubüberfälle und brutale Schlägereien ... Selbst ohne Beweise müssen Sie der Polizei mitteilen, was Sie wissen. Und wenn dadurch andere Leute Ärger bekommen, dann hilft das nichts: Sie sind mitverantwortlich für das, was in Zukunft passieren könnte.«

Er blickte über den Hühnerstall hinweg zum Kanal, ohne etwas zu sehen. »Glauben Sie, ich wüßte das nicht? Aber würden Sie zur Polizei gehen, wenn Ihre Schwester was damit zu tun hat? Denn Angie ist für mich so was wie eine Schwester ... Würden Sie nicht auch einen letzten Versuch machen, sie da rauszukriegen, ehe die Rakete in die Luft geht?«

»Einen letzten Versuch?« Miss Seeton klammerte sich an diesen Strohhalm. »Sie haben schon etwas unternommen? Sie haben versucht, mit ihr zu reden und sie zur Vernunft zu bringen?«

Er lächelte verbittert. »Ja, ich hab's mit sämtlichen Methoden versucht. Ich hab' sie sogar angebrüllt und zusammengestaucht. Ich glaube, außer Prügel habe ich alles probiert, was Angie betrifft. Wir haben jedesmal Krach, wenn wir uns sehen, und jetzt geht sie mir aus dem Weg, als ob ich die Pest hätte. Vor ein paar Monaten hat die Polizei im *Singing Swan* eine Razzia gemacht – das ist der Club, wo sie sich alle treffen: schräge Musik und nichtschräge Getränke, angeblich –, am anderen Ende von Brettenden, hinter Les Marys. Aber es war eine Pleite, für die Polizei, meine ich. Vorige Woche war noch einmal eine Razzia – am Abend vor dem zweiten Raubüberfall, und zufällig war Angie an dem Abend nicht im Club. Die Polizei war dort, weil sie einen anonymen Tip bekommen hat. Aber alles war hasenrein, alles ganz harmlos wie eine Kindergesellschaft ...« Achselzuckend setzte er hinzu: »Vielleicht hat der Club auch einen anonymen Tip bekommen, woher soll ich das wissen.«

»Aber woher wissen Sie, daß die Polizei unter der Hand informiert worden ist – hat Ihnen das jemand erzählt? Solche Sachen werden doch nicht an die große Glocke gehängt, denke ich mir.«

»Das hatte ich auch gehofft.« Um seinen Mund zuckte es sonderbar. »Ich habe es sehr rasch rausgekriegt – weil ich es nämlich war, der die Polizei telefonisch informiert hat. Danach bin ich in die Garage von Vennings eingebrochen, habe den Wagen betriebsunfähig gemacht und es geschafft, Angie vom Club fernzuhalten – ich habe ihr angeboten, sie in unserem Auto hinzufahren und bin dann mit ihr einfach bis Brighton durchgebraust.« Er stand auf, schob die Hände in die Taschen und ging nervös auf und ab. »Ich hab' gewußt, daß an dem Abend was geplant war – sie hat sich verplappert und wollte es dann vertuschen, aber an ihrem Benehmen hab' ich's gemerkt, glitzeräugig und zappelig, wie sie war.«

Miss Seeton seufzte und beobachtete den jungen Mann beunruhigt. »Was soll man da sagen ... Offensichtlich haben Sie alles getan, was man tun kann, und sogar mehr. Ich wüßte nicht, was Sie sonst noch machen könnten – das heißt, auf eigene Faust.«

»Ich auch nicht. Es hat keinen Sinn, auf lokaler Ebene noch irgendwas zu versuchen, denn anscheinend kriegt die Clique Wind davon. Und ich hab' den Verdacht, mein nächster Versuch endet damit, daß ich meinerseits von Angies reizenden Spielkameraden zusammengeschlagen werde. Ich hab' mir gedacht«, er blickte Miss Seeton an, »wenn man Scotland Yard darauf aufmerksam machen und was aus größerer Entfernung arrangieren könnte ... Vielleicht würde das klappen. Aber da keine Aussicht besteht, daß die Kriminalfritzen hierher kommen – meinen Sie nicht, daß Sie mit dem Scotland-Yard-Mann, der für Sie zuständig ist, ein Wort reden könnten? Wenn Sie einfach sagen, Sie hätten in der Nähe vom *Singing Swan* jemand gesehen, der wie dieser Typ Lebel aussieht?«

»O nein«, rief sie erschrocken. »Das geht nicht. Das wäre gelogen.«

»Nein, warten Sie.« Er sprach hastig weiter: »Es könnte doch sein, daß er hier ist, oder wenigstens in der Nähe. Nach den Beschreibungen, die ich heute morgen gelesen habe, paßt er sehr gut zu der Blase vom *Singing Swan.* Ich pumpe mir oft Mutters Wagen und treibe mich da rum, einfach, um die Dinge dort im Auge zu behalten. Morgen oder übermorgen abend könnten Sie mal mitfahren, und es wäre doch möglich, daß Sie einen von den Kerls da irrtümlicherweise für Lebel halten.«

Miss Seeton schüttelte den Kopf und stand auf. »Nein, Nigel, es tut mir leid, aber das geht leider nicht. Es wäre unwahr und eine Irreführung der Polizei. Ich glaube, das wäre grundfalsch. Außerdem weiß ich ja von alledem nichts ... Aber kann denn Scotland Yard nicht ohne Anzeige eingreifen?« Sie sah, wie deprimiert er war. Eine Schande, ihn in eine solche Sache hineinzuziehen. Wenn doch nur Sir George ... Aber nein. Da mußte sie Nigel recht geben, das war wirklich unmöglich. Als Friedensrichter konnte Sir George keinesfalls dulden, daß Miss Venning unbehelligt blieb, falls sie, wie Nigel offenbar befürchtete, zu Recht beschuldigt werden konnte ... Aber daß sich Nigel an sie wandte, ausgerechnet an sie ... Was konnte sie schon tun? Zu scheußlich, ihm nicht helfen zu können. Natürlich war das übertrieben, aber sie hatte das Gefühl, ihn im Stich zu lassen. »Das einzige, was ich mir vorstellen könnte«, sagte sie zögernd, versuchsweise, »und was ich tun würde, wenn Sie es möchten – und wenn Sie glauben, daß es überhaupt Zweck hat –, wäre, Superintendent Delphick mitzuteilen, was Sie mir erzählt haben, natürlich ohne Ihren Namen zu nennen oder Miss Venning zu erwähnen. Ich könnte versuchen, das

Problem zu erklären und ihn um Rat fragen. Er hat mir gesagt, daß er bei dem Inquest dabei ist, also sehe ich ihn auf jeden Fall. Er ist sehr nett und so verständnisvoll ... Ich glaube bestimmt, wenn er einen Rat geben oder irgendwie helfen kann, dann tut er es.«

4

Während der Rückfahrt nach dem Inquest kam kaum eine Unterhaltung auf. Nicht nur dem Pfarrer, auch Miss Seeton gaben die Vorgänge des Vormittags genug Stoff zum Nachdenken, obwohl die Verhandlung so kurz gewesen war, wie Superintendent Delphick vorausgesagt hatte, und man, wie erwartet, César Lebel als des Mordes schuldig befunden hatte.

Miss Seeton war Nigel Colvenden im Grunde dankbar, daß er ihr die Augen geöffnet hatte, welche Berühmtheit sie geworden war. Sie hatte im voraus den klugen Beschluß gefaßt, was sich nicht ändern ließ, zu ertragen und möglichst zu ignorieren. Sie hatte sich vorgenommen, zurückhaltend zu sein und alles zu vermeiden, was Kommentare hervorrufen konnte, ohne dabei aber ihre Wesensart in Betracht zu ziehen, die ihr naturgemäß einen Strich durch die Rechnung machen mußte. Instinktiv nämlich verhielt sie sich stets der jeweiligen Situation entsprechend, und wenn sie auch konventionell bis auf die Knochen war, so konnte dem Zuschauer ihr natürliches und logisches Verhalten in unkonventionellen Situationen als höchste Exzentrik erscheinen.

Als der Coroner ihre Tapferkeit und Unerschrockenheit gelobt hatte, war sie zusammengezuckt, weil ihr Name in der

Öffentlichkeit genannt wurde, und hatte sich innerlich gewunden, im übrigen aber nichts von dem aufgenommen, was er sagte. Nach der Verkündung des Befunds hatte der Superintendent sie und den Pfarrer zum Lunch eingeladen, doch Reverend Treeves hatte sich entschuldigt und versprochen, sie am Bahnhof pünktlich vor Abfahrt des Zuges zu erwarten.

Das gemeinsame Mittagessen war reizend gewesen, und ihrem charmanten Tischgenossen war es mit Takt und Offenheit gelungen, sie beinahe mit der Rolle zu versöhnen, die sie gespielt hatte. Er hatte ihr begreiflich gemacht, daß man manchmal, wenn man getan hatte, was man für richtig hielt, mit unerwünschter Publicity bezahlen mußte – es sei eine Art Buße. Andererseits hatte er ihr nicht begreiflich machen können, daß ihr selbst noch immer Gefahr drohte und die Anklage gegen Lebel trotz des Befunds des Coroners zusammenbrechen mußte, wenn sie als Zeugin ausfiele. Die Abwesenheit des Pfarrers hatte es ihr erleichtert, das Thema *Singing Swan* anzuschneiden. Daß sich der Superintendent lebhaft dafür zu interessieren schien, hatte sie überrascht. Statt, wie erwartet, höflich und scheinbar aufmerksam zuzuhören, hatte er sie gründlich ausgefragt – die Fragen trafen so ins Schwarze, daß es mühsam gewesen war, Nigels Bericht sachlich wiederzugeben, ohne dessen Namen zu nennen oder Angela Vennings Verbindung mit dem Club zu erwähnen. Sie glaubte allerdings, es geschafft zu haben und freute sich über die Zusage des Superintendent, die Angelegenheit unauffällig untersuchen und etwas unternehmen zu lassen.

Auch Superintendent Delphick war zufrieden. Das Zusammensein mit Miss Seeton war erfrischend gewesen, und es war ihm gelungen, ihr die Presseleute vom Hals zu halten. Selbstverständlich würde es in Plummergen Gerede geben, aber daß der Klatsch nach London dringen würde, war kaum anzunehmen.

Und in Plummergen wurde tatsächlich geklatscht. Der Superintendent konnte nicht wissen, daß sich die Klatschbasen rasch in zwei Hauptparteien spalteten: Die eine Partei sah in Miss Seeton die Agentin eines Londoner Rauschgiftringes, die nach Plummergen gekommen war, um mit Mrs. Venning ein – bis jetzt nicht näher bezeichnetes – Hühnchen zu rupfen; die andere Partei sah in ihr das Opfer der Rauschgiftsucht, das nach verlorenem Kampf um weiteren Nachschub London den Rücken gekehrt und nach Plummergen gekommen war, um den Hauptlieferanten Sonia Venning persönlich aufzusuchen und seine Ansprüche durchzusetzen.

Delphick hatte einen seiner Männer beauftragt, mit Miss Seeton nach Brettenden zu fahren und darauf zu achten, ob sie beschattet würde; ihr Aufenthaltsort mußte auf jeden Fall irgendeiner interessierten Partei verborgen bleiben. Aber er hatte die Rechnung ohne den Pfarrer gemacht.

Dem Pfarrer hatte der Inquest auf beschämende Weise die Augen geöffnet. Er war mitgekommen, um einem in Bedrängnis befindlichen Gemeindemitglied beizustehen, das – wahrscheinlich aus Gedankenlosigkeit oder Naivität – in schlechte Gesellschaft geraten und einer leitenden Hand und moralischen Zuspruchs bedurfte, und mußte nun feststellen, daß das verlorene Schaf die Heldin des Tages war. Es deprimierte ihn tief, an seine vorherigen unschicklichen Befürchtungen denken zu müssen, aber er konnte nicht umhin, auch seiner Schwester einen Teil der Schuld zu geben – schließlich hatte sie ihn irregeführt. Verlegen und beschämt, wie er war, hatte er sich außerstande gesehen, an dem Lunch teilzunehmen, wie der Superintendent vorgeschlagen hatte; er brauchte ein wenig Zeit, um seine Verwirrung zu überwinden und sich eine passende Formulierung auszudenken, mit der er sich bei Miss Seeton wegen seiner grundlosen Verdächtigungen entschuldigen konnte. Als sich daher die Presseleute, die ihn im Gerichtssaal neben Miss Seeton hatten sitzen sehen und denen der Superintendent die Beute entführt hatte, auf ihn gestürzt hatten wie ein Taubenschwarm auf einen Brotknust, hatte er diese Gelegenheit zur Wiedergutmachung erfreut ergriffen. Er hatte verkündet, wie stolz sie in Plummergen seien, Miss Seeton in ihrer Mitte zu haben; ihr Beispiel sei ein Ansporn für sie alle; sie sei ein noch größeres Vorbild als ihre Großmutter, die so lange in Plummergen gelebt habe und deren Häuschen Miss Seeton jetzt bewohne. Damit hatte er auf einen Schlag alles zunichte gemacht, was der Superintendent so sorgfältig in den letzten Tagen geplant hatte.

Der Zug war schon beinahe in Brettenden, als Arthur Treeves endlich sein Problem gelöst und seine Entschuldigung im Geist formuliert hatte. Er räusperte sich.

»Ich ... hm ... ehem«, begann er. Miss Seeton blickte ihn fragend an. »Ich ... hm ... finde, das heißt, ich muß gestehen ... oder vielmehr, es ist meine Pflicht, Ihnen zu sagen, daß das alles höchst unglückselig ist«, erklärte er.

»Da haben Sie völlig recht«, entgegnete sie. »Höchst unglückselig, aber ich bin auch selber schuld. Eines ist mir jetzt klar – wenn man sich in irgend etwas einmischt, muß man sich damit abfinden, daß man die Folgen zu tragen hat. Natürlich ist es schrecklich, aber jetzt ist es ja vorbei. Ich möchte nie wieder darüber reden. Und ich habe einen festen Vorsatz gefaßt: In nächster Zeit lese ich einfach keine Zeitung, und nach ein paar Tagen spricht kein Mensch mehr davon, und dann kann ich es auch vergessen.«

Als sie nach Hause kam, wartete Nigel bereits auf sie. Sie unterdrückte ein Seufzen. Sie war abgespannt und müde und wäre gern allein gewesen. Aber als sie den Moment der Verstimmung überwunden hatte, fand sie es wohltuend, sich seinem heiteren Befehl zu fügen. Er hatte den Wasserkessel aufgesetzt, erlaubte ihr nicht, ein Wort zu sagen, ehe er ihr

Hut und Mantel abgenommen, sie behaglich in einem Sessel verstaut, den Tee aufgegossen und an den schon gedeckten Tisch im Wohnzimmer gebracht, ihre Tasse gefüllt und zugesehen hatte, wie sie den Tee langsam trank. Sogar eine Packung Schokoladenkekse hatte er als eigenen Beitrag mitgebracht – zufällig die einfache Sorte, die sie am liebsten mochte. Jetzt lehnte sie sich im Sessel zurück und lächelte ihm zu: Er war so gespannt, aber auch so rücksichtsvoll. Ihn noch länger hinzuhalten, wäre unfair. Sie mußte sich konzentrieren und sich an alles zu erinnern versuchen, was Superintendent Delphick gesagt hatte – auch wenn es, zusammengefaßt, nicht eben viel war.

Nigel kam ihr zuvor. »Hoffentlich sind Sie nicht wütend auf mich, daß ich so tue, als ob ich hier zu Hause wäre. Aber ich dachte, vielleicht sind Sie müde, wenn Sie zurückkommen. Darum bin ich zu Martha gegangen und hab' sie überredet, mich alles machen zu lassen.«

»Dafür bin ich Ihnen sehr dankbar«, sagte Miss Seeton.

Er lachte. »Das müssen Sie auch. Martha war fest entschlossen, Sie selber zu empfangen. Aber sie hat ausgerechnet heute ihren großen Poltertag, und das war so geräuschvoll, daß ich schändlicherweie behauptet habe, Sie erwarteten mich – bloß, damit ich sie loswurde.«

»O je.« Miss Seeton seufzte. »Was hat sie denn? Und was ist ein großer Poltertag?«

»Haben Sie das noch nicht miterlebt?« Sie schüttelte den Kopf. »Allmächtiger, da ist Ihnen was entgangen. ›Wenn die Leute über andere Leute ratschen, dann gehört den Leuten‹ – damit sind die zuerst genannten Leute gemeint – ›eine geknallt, und die Leute können sich darauf gefaßt machen, daß ihnen jemand Bescheid stößt.‹ Der Jemand ist natürlich Martha selbst. Und das Ganze von Türenknallen, Töpfeklappern und Herumhantieren mit Besen und Schrubber begleitet. Wenn sie nur hingehen und den Leuten eine knallen würde, auf die sie so böse ist, statt mit allem in Reichweite herumzupoltern, dann wäre es weniger laut und strapaziös. Außerdem wäre es vielleicht eine gute Tat.«

Miss Seeton lachte. »Wie dumm von mir – aber ich habe gar nicht gewußt, daß Sie Martha so gut kennen.«

»Und wie gut. Sie putzt seit Jahren bei uns. Ich kenne sie, seit ich laufen kann.«

»Und was hat sie so in Rage gebracht?«

»Geschwätz«, sagte Nigel düster und machte ein betont harmloses Gesicht. »Über Sie, fürchte ich. Gestützt auf genial falsch ausgelegte Zeitungsartikel ... Ich weiß«, fuhr er hastig fort, als er ihre Bestürzung sah. »Nehmen Sie's nicht schwer, der Sturm legt sich wieder. Inzwischen genießen die Dorfklatschbasen ihr Getratsche. Nach dem, was ich aus Martha rauskriegen konnte, hat man Sie mit Mrs. Venning liiert – dunkle Transaktionen im Holzschuppen, wissen Sie ...«

»Aber ich bin Mrs. Venning ja noch nicht einmal begegnet«, sagte Miss Seeton empört.

»Mit solchen Kleinigkeiten hält man sich nicht auf. Meiner Schätzung nach«, fuhr er fort, »stecken die ›Zicken‹ dahinter – Ihnen dem Namen nach als Miss Nuttel und Mrs. Blaine bekannt. Sie sind der dörfliche Ersatz für die Klatschspalte eines Hollywooder Skandalblattes. Nichts Unerfreuliches, das sie nicht im Ziegenstall wiederkäuen und noch mit ein paar abrundenden Giftspritzen versehen. Sicherlich haben sie neulich ›zufällig‹ das Marmeladenglas von Vennings gesehen. Mich würde es nicht wundern, wenn sie die Marmelade ›zufällig‹ auch probiert hätten.«

Miss Seeton beugte sich vor, setzte ihre Tasse ab und schob den Teewagen zur Seite. »Nun ja, da kann man nichts machen. Aber Sie möchten jetzt gern wissen, was der Superintendent gesagt hat.«

Nigel grinste. »Ja, zugegeben. Aber ich wollte nicht drängeln.«

Alles, was Miss Seeton zu Superintendent Delphick gesagt, alles, was er zu ihr gesagt hatte und alles, was aus Andeutungen und doppelsinnigen Bemerkungen zu entnehmen war, die beide gemacht hatten, wurde erschöpfend besprochen. Man hatte etwas unternommen, es war etwas eingeleitet worden; es war ziemlich nebulös, gewiß, aber immerhin etwas, und Nigel war erleichtert. Er rollte den Teewagen in die Küche; sein Angebot, beim Spülen zu helfen, wurde entschieden abgelehnt, und so verabschiedete er sich und versicherte Miss Seeton, er werde, falls der M.G.-Sportwagen seiner Mutter verfügbar sei, das Clubhaus weiterhin überwachen, um womöglich neue Informationen beizubringen.

Nachdem Miss Seeton das Geschirr weggeräumt hatte, beschloß sie, zum Abend nur etwas Leichtes zu essen und, da sie sehr müde war, früh schlafen zu gehen. Zuerst aber mußte sie ihre gewohnten Turnübungen machen. Sie ging ins Schlafzimmer, breitete in einer Ecke eine Reisedecke aus, legte Schuhe und Kleid ab, holte ihre Fibel und setzte sich. Als sie das Lehrbuch *Durch Joga jünger jeden Tag* aufschlug, hatte sie das Foto vor sich, auf dem sich ein Herr in Nachahmung des mit Schlangen kämpfenden trojanischen Priesters Laokoon und seiner Söhne versuchte: *Die Star-Position – Joga für Fortgeschrittene.* Etwas zu weit fortgeschritten, vielleicht. Und selbst wenn es ihr gelingen sollte, so sah sie nicht ein, was sie damit gewann, wenn sie mit einem Bein den Hinterkopf berührte, während der Fuß auf der entgegengesetzten Schulter ruhte. Etwas zu anstrengend. Sie blätterte ein paar Seiten zurück. Ah ja – hier war das Richtige: *Der Kopfstand. Stellen Sie einen Wecker so hin, daß Sie ihn sehen können. Schließen Sie die Augen, und atmen Sie ruhig.* So ein Unsinn – wie stellten die sich das eigentlich vor? Wo sollte man denn den Wecker hinstellen, damit man ihn mit dem Kopf nach unten und geschlossenen Augen sah? Miss Seeton regulierte die kleine Küchenuhr, so daß sie nach drei Minuten klingeln mußte. Sie kniete sich hin, legte die Hände ineinander, beugte sich vor, so daß der Kopf, von den Händen gestützt, auf dem Boden Halt fand, bog den Körper, machte mit den Füßen Gehbewegungen, schwang sich hoch und lehnte sich gegen die Wand.

Superintendent Delphick schob den überquellenden Aktenkorb mit der Aufschrift AUSGANG zur Seite und blickte befriedigt auf den leeren Korb EINGANG. Es klopfte. Auf sein ›Herein‹ betrat ein Constable das Zimmer, packte einen Stoß Papiere in den Eingangskorb, leerte den anderen, grüßte und ging hinaus. Heroisch enthielt sich Delphick jeden Kommentars.

»Bob.«

Sergeant Ranger legte die Akte hin, die er gelesen hatte. »Sir?«

»Verbinden Sie mich bitte mit Ashford. Ich möchte Chief Inspector Brinton sprechen.«

Er blätterte rasch die neuen Schriftstücke durch, kam zu dem Schluß, daß nichts davon eilig war, zog einen Block aus der Schublade und begann sich Notizen zu machen. Sekunden später unterbrach ihn der Sergeant.

»Chief Inspector Brinton am Apparat, Sir.«

Delphick nahm den Hörer ab. »Chris ... Ja, viel zu lange, das ist Ihre Schuld. Entweder ist bei Ihnen der Laden zu ruhig, oder Sie sind zu tüchtig ... So? Sind Sie etwa in letzter Zeit bescheiden geworden? ... Sagen Sie, Chris, so ganz unter uns: Habt ihr neue Informationen über den *Singing Swan*?« Eine Weile hörte er schweigend zu und notierte sich ein paar Stichworte. »Aha«, sagte er schließlich. »Nicht uninteressant. Aber Sie haben keine Ahnung, wo das Leck ist – falls es ein Leck gewesen ist? ... Nein, nein, noch nicht, aber ich habe so ein Gefühl, es könnte ... Jedenfalls, wenn es so ist, gebe ich Ihnen Bescheid, und vielen Dank ... Bis nächstens.« Er legte auf und sah zu Sergeant Ranger hinüber. »Bob, Sie kennen nicht zufällig jemand, der in Brettenden wohnt, oder besser noch in Les Marys?«

»Noch nie von den beiden Kaffs gehört, Sir.«

»Schade. Ein paar Tage Urlaub, um Freunde oder eine alte Tante zu besuchen, hätten Ihnen gutgetan. Aber mir ist so, als ob sich diese Lücke in Ihrem geographischen Wissen bald schließt.«

»Wo ist das denn, Sir?«

»In Kent, Bob, in Kent. Das eine ist nicht weit von dem anderen, und beide liegen in der Nähe von Plummergen.«

»Plummergen? Aber da ist doch Miss Seeton ... Wollen Sie etwa sagen, sie hat noch einen verkloppt, Sir?«

»Nicht ordinär werden, Bob. Keine Miss Seeton dieser Welt verkloppt jemand. Sie gibt ihrem Mißfallen mit Hilfe einer Schirmspitze Ausdruck.« Er schwieg einen Augenblick und setzte dann nachdenklich hinzu: »Aber wenn sie lügt, dann regt sich meine Neugier.«

»Ich kann mir vorstellen, daß Miss Seeton alles mögliche tut, Sir, aber eines nicht: lügen.«

»Da haben Sie recht, das wäre gegen ihre Prinzipien. Drumrumreden – so muß man es nennen. Nach dem Inquest haben wir miteinander zu Mittag gegessen, und da hat sie mir eine Menge Mumpitz erzählt, ganz im Ernst, aber trotzdem Mumpitz, und zwar über den *Singing Swan* bei Brettenden. Sie weiß überhaupt nichts davon – nur das, was ihr erzählt worden ist. Aber aus irgendwelchen Gründen hat sie mir nicht alles gesagt, was ihr mitgeteilt worden ist. Aber warum es ihr erzählt worden ist und warum sie es dann mir berichtet – und warum sie mir nicht alles berichtet, was ihr erzählt worden ist –, das ist es, was mich interessiert. Können Sie mir folgen?«

»Nein, Sir.«

»Sie deckt jemand. Und zwar jemand, der seinerseits jemand anders deckt... Das ist, falls Sie es nicht gemerkt haben sollten, eine intelligente Schlußfolgerung.«

Aber Ranger hörte nicht zu. Er versuchte, sich das Orakel und Miss Seeton beim gemeinsamen Lunch vorzustellen. Seine Phantasie ließ ihn im Stich. Wenn das Orakel anfing, mit Miss Seeton inoffiziell zusammenzuarbeiten, dann mußte man wirklich überlegen, ob nicht ein Antrag auf Versetzung dringend geboten war.

»Sie sehen bekümmert aus, Bob«, sagte sein Vorgesetzter.

»Na ja, Sir, Sie allein können schlimm genug sein – Sie sagen so komische Sachen. Aber sie sagt sie nicht nur, sie tut sie auch.«

»Sie enttäuschen mich, Bob. Sie sollten öfter mit Miss Seeton zusammenkommen.«

»Um Himmels willen, Sir.«

»Das ist mein Ernst. Noch eine Lücke in Ihrer Ausbildung. Wenn Sie Miss Seeton nicht begreifen lernen, bringen Sie es als Kriminalbeamter nicht weit. Sie ist das allgemeine Gewissen, Bob – die universelle ledige Tante, Cousine oder Schwester. Das Rückgrat der Menschheit. Die ganze Geschichte hindurch ist sie immer wieder für uns auf den Scheiterhaufen gestiegen – nicht, weil sie Sinn für Heldentum hat, sondern aus Prinzip und weil es ihr nicht im Traum einfallen würde, von ihren Grundsätzen abzuweichen. Sie putzt für uns, näht für uns, kocht für uns, pflegt uns, wenn wir krank sind, und ist uns eine nie versagende Stütze in Zeiten der Not.«

Der Sergeant sah sich selbst in Notzeiten von Miss Seeton unterstützt... Versetzung genügte nicht – auswandern mußte man. Vielleicht nach Kanada. Zur berittenen kanadischen Polizei. Die nahmen garantiert bloß Männer.

Delphick legte den Bleistift hin und lehnte sich zurück. »Der ganze verdammte Kram ist so nebulös. Ich weiß, die Morde an den beiden Mädchen haben einen Zusammenhang. Dieselbe Methode. Beide Prostituierte, beide rauschgiftsüchtig, beide Rauschgiftverteilerinnen. Lebel können wir auf den zweiten Mord festnageln, wir müssen ihn bloß noch finden. Aber wir haben nicht das Geringste, das ihn oder die Prévost mit dem ersten Mädchen in Verbindung bringt. Was nützt einem ein sicheres Gefühl, wenn man keine Beweise hat ...« Er seufzte. »Gräßlich, bloß auf den nächsten Schritt warten zu können.«

Das Telefon schrillte.

»Chief Superintendent Gosslin, Sir.«

Delphick griff zum Hörer. »Hier Delphick, Sir ... Die Abendzeitungen? Nein, noch nicht, Sir ...« Seine Stirn furchte sich immer mehr, während das Telefon quakte. Schließlich: »Nein, noch nichts. Wie das so geht ... Vielen Dank, Sir.« Er knallte den Hörer auf die Gabel. »Verflucht und zugenäht.«

»Was ist passiert, Sir?«

»Noch nichts«, sagte Delphick verbittert. »Aber dieser Schwachsinnige, dieser trottelige Pfarrer von Plummergen – alle meine kindlichen Vorsichtsmaßnahmen hat er zum Platzen gebracht. Stellen Sie sich vor: Er ist mit Miss Seeton nach London gekommen, hat sich geweigert, nach dem Inquest bei uns zu bleiben und hat seine Mittagspause dazu benutzt, der Presse ein brillantes Interview zu geben. Vermutlich hat er sich über Miss Seetons Familiengeschichte verbreitet, ihren Aufenthaltsort und die Zeit bekanntgegeben, in der sie für vorsprechende Mörder zu Hause ist – tatsächlich alles und jedes bis auf die Parkmöglichkeiten ... Der Chief hat die Abendausgaben schon, und da steht alles drin. Also ist der nächste Schritt jeden Moment zu erwarten. In Kent, nehme ich an.«

Nigel lag auf der Lauer. Ihm war kalt, es war unbequem, und er kam sich wie ein billiger Verschwörer in einem Schauerroman vor. Trotzdem blieb er auf seinem Posten, heilfroh, ein paar Gartenkissen mitgenommen zu haben. Bei der Beschaffung von Informationen hatte er sich darauf beschränken müssen, hin und wieder im Club aufzutauchen, Gesprächsfetzen aufzufangen und vor allem Angela Vennings Stimmungen und ihr leichtsinniges Geplauder zu deuten. Inzwischen war ihm klargeworden, daß seine gelegentlichen Besuche im Club bereits mißtrauisch beobachtet wurden, und dieses Mißtrauen konnte jeden Augenblick in Schlimmeres umschlagen. Seit der Brighton-Episode ging Angela ihm aus dem Weg. Sich auf die Lauer zu legen, war die einzige Möglichkeit, die ihm geblieben war.

Fünf junge Männer und zwei Mädchen hatte er seit langem als Hauptunruhestifter ausgemacht. Zwei von den Jungen besaßen Autos oder konnten sich welche ausleihen. In der Woche zuvor hatte er sich damit begnügt, den offenen Sportwagen seiner Mutter in der Nähe des Clubs zu parken und dem verheißungsvollsten dieser beiden Autos oder auch Angelas Wagen in gehörigem Abstand zu folgen. Falls noch ein Raubüberfall versucht werden sollte, war er entschlossen gewesen, entweder den Schauplatz durch Aufblenden zu erhellen, in der Hoffnung, die Kerle zu verscheuchen – oder sie zu verfolgen oder auch die Polizei zu benachrichtigen, je nachdem, was die Situation erforderte. Was er tun sollte, wenn Angela wieder dabei sein sollte, darüber war er sich nicht schlüssig geworden. Aber das Beobachten und Abwarten hatte zu nichts geführt. Von der Erkenntnis abgesehen, daß ihm die monotone, anstrengende Tätigkeit eines Privatdetektivs nicht lag, hatte er festgestellt, daß man sich gute Nacht zugerufen, den einen oder anderen zu Hause abgesetzt und die Autos für die Nacht geparkt hatte. Es sah so aus, als ruhe die Clique erst einmal auf ihren Lorbeeren aus.

Daß Rauschgifte irgendwelcher Art im Spiele waren, wußte er; unklar aber war ihm, ob es sich nur um Aufputschmittel oder um gefährlichere Dinge handelte. Am meisten beunruhigte ihn die Frage, wie weit die Entwicklung in Angelas Fall gegangen sein mochte. Ein paar Monate zuvor hatte sie ihn überredet, ein paar von den Tabletten zu nehmen, die sie ›ihre Stimmungspillen‹ nannte. Er hatte sie geschluckt und interessiert auf die Wirkung gewartet, in der Annahme, sie nach einem solchen Experiment besser verstehen und besser mit ihr fertigwerden zu können. Es hatte sich aber als Reinfall erwiesen. Entweder war die Dosis zu stark gewesen, oder er war allergisch dagegen. Denn gerade als er ein erstes leichtes Schwindelgefühl verspürte, empörte sich auch schon sein Magen, und er hatte alles wieder von sich geben müssen.

Nigel hatte sich im Gebüsch hinter den Holzplanken, die den Parkplatz des Clubs einzäunten, versteckt. Das Laub war feucht vom Tau, der Erdboden ebenfalls. Er hatte den bestimmten Eindruck, daß Insekten von oben, Spinnen, Ohrwürmer und ähnliches Gezücht, durch den Engpaß zwischen Hals und Hemdkragen nach unten strebten, während Kerbtiere von unten, Ameisen, Tausendfüßler und deren Verwandte, durch seine Hosenbeine nach oben wanderten und sich beide Ströme etwa in Höhe seiner Gürtellinie zum geselligen Beisammensein vereinten. Ihm war kalt, seine Kleidung feucht, und es juckte ihn überall.

Enttäuscht, daß die Polizei nicht schon in Armeestärke im Anmarsch war, hatte er nach einigem Nachdenken zugeben müssen, daß doch ein Fortschritt zu verzeichnen war: Immerhin hatte der Yard-Mann genaue Fragen gestellt und Miss Seeton versichert, es werde etwas geschehen. Dadurch ermutigt, hatte er beschlossen, die Nachtwachen fortzusetzen, solange er konnte oder vielmehr solange seine Mutter ihm bereitwillig ihren M.G. überließ. An diesem Abend hatte sie nur gemurmelt, mit einem Mann, der tagsüber schlafe und nachts Karnickel jage, und einem Sohn, der in ihrem Wagen übernachte, sei sie nicht nur Strohwitwe und Strohmutter, sondern bleibe auch hilflos im Stroh sitzen.

Auf der anderen Seite des Zauns parkte Angelas Wagen neben dem eines Verdächtigen, und auch der stand nahe genug, daß er, wenn sie nicht gerade flüsterten, jedes Gespräch belauschen konnte. Der Club leerte sich allmählich, es wurde spät. Jetzt wurde die Tür wieder aufgestoßen, und in dem Lichtschein trappste eine lärmende Gruppe junger Leute die Stufen hinunter. Die Tür schloß sich, und die dunklen Gestalten, die im Mondlicht wieder deutlicher wurden, näherten sich schwatzend Nigels Versteck.

»Glaubste, mich kannste veräppeln, Baby?« Eindeutig Cockney. »Hier soll's 'ne Berühmtheit geben, in diesem Kaff? Du willst mich wohl auf'n Arm nehmen, wie?«

Die Stimme war ihm fremd. Nigel spähte durch seinen Laubvorhang. Ja, es waren zwei ihm Unbekannte dabei. Was er Miss Seeton gesagt hatte, stimmte übrigens tatsächlich. Von den sieben jungen Leuten da konnte man jeden, den einen wie den anderen, irrtümlicherweise für Lebel halten, wenn man nach dem Foto in den Zeitungen ging – selbst aus ziemlicher Nähe.

»Aber es ist wahr, ich sag's dir doch.« Angelas Stimme, hell und klar und fiebrig-aufgeregt.

»Es ist bloß sechs Meilen von hier«, sagte eine andere Mädchenstimme.

«'ne richtige, echte Berühmtheit – das muß man gesehen ham. Wolln wir hin, sie besichtigen?«

»Eine Superidee! Ich habe sie schon längst kennenlernen wollen.« Angelas Stimme übertönte die Entzückensschreie der beiden anderen Mädchen.

Vier der jungen Männer verstärkten den Chor, aber einer

bremste. »Ist doch Quatsch – so spät in der Nacht. Sie schläft bestimmt schon.«

»Na und? Dann wecken wirse eben. Oder isse taub oder so was?«

Zustimmung klang auf. »Ja, machen wir«, rief Angela. »Los, fahren wir hin.«

»Ihr seid blöd, sag ich euch«, protestierte der andere. »Sie wohnt direkt an der Dorfstraße. Wir bringen das ganze Kuhdorf gegen uns auf.«

Eine Diskussion entspann sich, die der Neue abrupt beendete. »Ich will trotzdem mal sehn, wo euer Star wohnt«, sagte er eigensinnig.

»Und wennse so verflucht früh in die Heia geht, fahren wir eben bloß vorbei. Wir können ja aufblenden und hupen, als Salut, oder so was.«

»Also los«, rief Angela. »Ich fahre voran. Wir machen die Runde um die Marsch und kommen von der anderen Seite. Dann habt ihr gleich die richtige Richtung für die Heimfahrt.« Sie lief zu ihrem Wagen, stieg ein und ließ den Motor an. Die anderen kletterten lärmend in die übrigen Autos, nur der Neue ging, von seinem schweigsamen Kumpan begleitet, auf einen näher am Eingang parkenden Wagen zu.

Nigel hielt den Atem an, als Angelas Auto mit quietschenden Reifen scharf rechts in die Landstraße einbog, dicht dahinter die ihrer Freunde und, als Schluß, der Wagen des Unbekannten. Er kroch aus seinem Versteck, sah sich rasch um – niemand in Sicht –, warf die Kissen über den Zaun, sprang hinüber und hob sie auf. Ob er die Polizei anrufen sollte? Wenn die Clique in Fahrt kam, konnten die alles Mögliche anstellen ... Andererseits machten sie alle in dieser Nacht einen ziemlich harmlosen Eindruck, und der, den er unter dem Namen ›Art‹ kannte, hatte gebremst – zumindest wollte er nicht das ganze Dorf alarmieren ... Nigel kam zu dem Schluß, daß vermutlich nichts passieren würde und daß er, da sie einen Umweg machten, das Dorf beinahe ebenso rasch erreichen würde. Blieb alles ruhig, würde er gar nicht anhalten, sondern gleich nach Hause fahren. Ja. Er wollte es riskieren. Er rannte auf den Wagen zu, warf die Kissen auf die Rücksitze und rutschte hinter das Steuer.

Du lieber Himmel, was war das?

Aus dem Schlaf aufgeschreckt, wußte Miss Seeton im ersten Augenblick nicht, wo sie war.

Ach so. Die Hühner, natürlich. Was für ein Gezeter. Nein, wirklich – unerhört. Sie sprang aus dem Bett, schlüpfte in die Pantoffeln, zog den Morgenrock über und hastete die Treppe hinunter. Ohne mit Lichtanknipsen Zeit zu verlieren, zog sie, als sie am Schirmständer vorbeieilte, instinktiv den Schirm heraus, riegelte die Außentür auf und lief in den Garten hinaus. Wirklich unerhört. Wie gemein die Leute waren. Natürlich, Nigel hatte sie gewarnt. Die Hühner derart aufzuregen. Na, dem würde sie ein Ende machen. Gott sei Dank schien der Mond hell genug, so daß man sehen konnte, wohin man trat. Der arme Stan – er würde sich fürchterlich ärgern.

Das Gezeter im Hühnerstall ging in gleicher Lautstärke weiter. Miss Seeton hatte den Auslauf erreicht. Mit dem Schirm schlug sie gegen die Tür im Maschendraht.

»Lassen Sie das«, rief sie. »Hören Sie sofort damit auf! Verstanden?«

»Aber ja doch, Lady. Ich versteh schon.«

Sie stutzte. Ein Schatten trat hervor, eine Hand griff durch den Draht und hakte die Tür auf. Da er im Gegenlicht stand, konnte Miss Seeton nur den Umriß eines Mannes mit Mantel und tief heruntergezogenem Hut erkennen. Aber das Mondlicht schimmerte auf dem Lauf der Pistole, die er in der Hand hielt.

»Immer mit der Ruhe, Lady. Marsch, marsch zurück ins Haus und hübsch leise, kapiert?«

»Lassen Sie die Albernheiten«, fauchte sie. »Und nehmen Sie das Spielzeug weg, oder ich rufe die Polizei.« Sie schlug ihm mit dem Schirm haargenau aufs Handgelenk.

Ein Blitz. Ein Knall. Ein Aufschrei, gemischt aus Wut und Schmerz. Die Waffe fiel zu Boden.

»Ogottogott«, rief Miss Seeton erschrocken. »Entschuldigen Sie, ich habe nicht geahnt... Sie haben sich doch nicht verletzt?« Sie sprach ins Leere. Der Mann, der eben noch wie verrückt auf einem Fuß herumgetanzt war, während er den anderen festhielt, war auf den Hühnerstall gehechtet, hatte sich aufs Dach gezogen und war über die Mauer verschwunden.

Ein Plumps, ein Schrei, ein Fluch. Dann stolpernde Schritte, laufende Schritte. Fenster gingen auf, Türen gingen auf. Die Hühner verdoppelten ihre Anstrengungen, um die Konkurrenz zu übertreffen.

Rufe: »Was ist los?« – »Hilfe, Mörder!« – »Das waren doch Schüsse.« Eine Männerstimme: »Rasch, nu mach schon, rasch.« Zwei laute Knalle, Schmerzensschreie. Türenschlagen, aufheulende Motoren. Und über dem ganzen Tumult Sir Georges triumphierende Trompetenstimme: »Hab' ihn erwischt, bei Gott – eine Ladung in jede Hinterbacke!«

Zwei schnellfahrende Autos, eines dicht hinter dem anderen, Scheinwerfer voll aufgeblendet, kamen auf ihn zu – eben fuhren sie durch die zweite Biegung der vor ihm liegenden S-Kurve. Das mußten die Brettenden-Fahrer sein, folgerte Nigel. Erleichtert seufzte er auf. Dann konnte nichts passiert sein. Wenn sie schon jetzt hier waren, hieß das, daß sie im Dorf nicht einmal angehalten hatten. Angie mußte schon in die Seitenstraße nach *The Meadows* eingebogen sein, und der andere Wagen, der fremde, war bestimmt schon auf der Heimfahrt, ganz gleich, wo er zu Hause war.

Nigel nahm Gas weg, griff ins Handschuhfach und holte

eine starke Stablampe und eine Sonnenbrille heraus. Seit geraumer Zeit hatte er sich auf ihr Straßengraben-Spiel vorbereitet, aber erst jetzt kam, wenn er Glück hatte, die erste Gelegenheit, bei der er seine Gegenmaßnahmen ausprobieren konnte. Als die Autos in die gerade Strecke einbogen, setzte er die Sonnenbrille auf und blendete ab. Die Scheinwerfer der anderen blieben so hell wie zuvor. Er lächelte grimmig: Aha, der übliche Trick. Er hatte sie oft genug dabei beobachtet, meistens aber von hinten.

Der erste Wagen fuhr mit blendendem Licht direkt auf ihn zu. Erst im letzten Augenblick, als er wußte, daß der andere ausweichen würde, steuerte Nigel halb auf den Sommerweg, blendete seine Scheinwerfer voll auf und richtete die Stablampe direkt auf die Windschutzscheibe seines Gegners. Schreckensschreie und Flüche, gleich darauf das herzerquickende Geräusch splitternder Zweige und scheppernden Metalls. Einer im Straßengraben, der andere noch auf der Fahrbahn.

Mit aufgeblendeten Scheinwerfern und angeknipster Stablampe fuhr Nigel dicht an dem zweiten Wagen vorbei, der gebremst hatte, um seinem Kameraden Platz zum Manövrieren zu geben. Nigel widerstand der Versuchung, dem aus dem Fenster gereckten Kopf eine Backpfeife zu versetzen und den Kerl zu beschimpfen; er warf Sonnenbrille und Stablampe auf den Beifahrersitz, blendete ab, raste der S-Kurve zu und dankte dem Mond für die eben ausreichende Beleuchtung.

Sowie er die Kurve hinter sich hatte, blendete er auf und gab einen Jubelschrei von sich. Von der eigenen Bombe zerrissen! Wenigstens einmal hatten die Burschen abgekriegt, was sie verdienten. Sein Nummernschild hatten sie nicht sehen können, Platz zum Wenden gab es nicht, also war eine Verfolgung ausgeschlossen. Jedenfalls hatten sie genug damit zu tun, ihre Genossen aus dem Graben zu holen.

Wenige Augenblicke später fuhr er vergnügt in Plummergen ein. Alles ruhig in Miss Seetons Haus; kein erleuchtetes Fenster – gut. Als er am Ende der Dorfstraße rechts in die Marsh Road einbog, um nach Hause zu fahren, brach hinter ihm der Hühnerkrieg aus. Er trat auf die Bremse, fuhr rückwärts in einen Torweg, wendete und raste zurück.

Überall wurden Fenster hell. Vor Miss Seetons Haus würgte er den Motor ab und sprang hinaus. Was für ein Spektakel... Die Hühner, natürlich – es mußte hinten im Garten sein. Er rannte an der Mauer entlang. Als er den Hühnerstall fast erreicht hatte, erhellte sich der Weg im Licht von Scheinwerfern. Ein Wagen schoß an ihm vorbei, bog in die Dorfstraße und raste davon. Das Auto des Fremden! Nigel stürzte zu seinem M.G. zurück, sprang hinein, wendete, um den anderen zu verfolgen, trat wieder auf die Bremse, um seinem Vater auszuweichen, dessen untersetzte Gestalt plötzlich von dem Fußweg her auf die Dorfstraße rannte, die doppelläufige Flinte schußbereit unter dem Arm. Nigel stieß die Tür neben dem Beifahrersitz auf, sah gerade noch den Pfarrer mit rudernden Armen und flatterndem Nachthemd wie ein Gespenst vom Friedhof herangaloppieren und hörte ihn rufen: »Haltet den Dieb! Haltet den Dieb!«

Sir George schwang sich in den Wagen und knallte die Tür zu. Nigel schaltete in Windeseile durch sämtliche Gänge. Licht fiel aus offenen Haustüren, Taschenlampen blinkten auf, Leute in seltsamer Aufmachung liefen aus den Häusern, rannten zurück, schwenkten Schürhaken, Besen und Stöcke, jeder brüllte etwas anderes, und die so bewaffnete Meute stürzte sich in die Schlacht, während der M.G. auf der Straßenmitte seinem Wild nachsetzte – Sir George kampfbereit im Wagen stehend, die Flinte entsichert auf die Windschutzscheibe gestützt.

5

Am nächsten Morgen schliefen die Männer in *Rytham Hall* aus.

»Schon jemand auf?«

»Auf schon, aber noch nicht unten, *m'lady.*«

»Faulpelze«, sagte Lady Colvenden.

Sie machte die Haustür zu. Gott sei Dank war es ein Martha-Tag, da hatte sie Hilfe beim Kochen. Sie trug ihre Einkäufe in die Küche und ging daran, ein Tablett zu richten. Zehn nach Zehn. Für jeden ein Ei und zwei Scheiben Toast, das reichte für diese Tageszeit. Eben brummte der Staubsauger los. Na gut, wenn Martha das Eßzimmer machte, mußten sie sich eben in das Wohnzimmer setzen. Zum hundertsten Male wünschte sie, in der Küche ließe sich eine Eßecke einrichten, aber mit den ganzen Installationen direkt unter dem einzigen Fenster ging es einfach nicht. Das zu ändern, wäre eine Haupt- und Staatsaktion.

Beide sahen etwas dümmlich aus, fand Lady Colvenden, als die Männer Ei und Toast verspeist hatten – wie Schuljungen, die man bei einem Streich erwischt hatte. Und so war es wohl auch, nach dem, was im Dorf erzählt wurde, und nach dem Zustand, in dem sich ihr M.G. befand. Von einem betont gleichgültigen »Guten Morgen« abgesehen, hatte keiner von ihnen bisher etwas gesagt. Sie reichte ihnen die Teetassen.

»Habt ihr eine angenehme Nacht verbracht?« fragte sie munter.

Sir George verschluckte sich. Nigel mußte husten. Beide stellten hastig die Tassen ab. Sie warfen sich einen Blick zu und brachen in hemmungsloses Gelächter aus.

Es war einfach unfair. Lady Colvenden gelang es, noch einen Augenblick unschuldig und verwundert auszusehen, aber dann machte ein unwillkürliches Glucksen in ihrer Kehle ihre Anstrengung zunichte, und sie stimmte in das Gelächter ein. Es klopfte, und Martha steckte den Kopf durch die Tür.

»Die Polizei, für Sie«, meldete sie.

Das gab ihnen den Rest. Als Superintendent Delphick mit Sergeant Ranger auf den Fersen das Zimmer betrat, hatte er den flüchtigen Eindruck, daß er eigentlich einen Eimer voll Heringe bei sich haben müßte, um die Seehunde zu füttern.

Nachdem die Ordnung teilweise wiederhergestellt, das Vorstellen erledigt, Martha Bloomer zur Beschaffung von Kaffee in Marsch gesetzt war und die Kriminalbeamten sich auf Stühlen installiert hatten, wurden Entschuldigungen angeboten.

»Nein, nein, ich bitte Sie«, wehrte Delphick ab. »Die Polizei wird so selten derart stürmisch begrüßt . . . eine herzerfrischende Abwechslung. In erster Linie«, setzte er hinzu, »wollten wir Miss Seeton sprechen.«

»Das falsche Haus«, krächzte Sir George.

»Nein«, japste Lady Colvenden mit versagender Stimme. »Das richtige Haus, aber der falsche Zeitpunkt. Zum Lunch kommt sie wieder her.« Sie nahm sich zusammen. »Bitte, Superintendent, Sie dürfen es uns nicht übelnehmen. Ich weiß, es ist ernst, aber wir sind heute morgen alle ein bißchen überreizt. Mein Mann und mein Sohn sind eben erst zum Frühstück heruntergekommen, und so haben wir uns noch nicht über unsere diversen Betätigungen informieren können. Über die Aktivität meines Mannes und meines Sohnes hörte ich im Dorf verschiedene Versionen – alle sehr farbig und dramatisch und alle, fürchte ich, ungenau –, aber daß Miss Seeton den Rest der Nacht hier verbracht hat, wissen Sie noch gar nicht.«

»Hast du sie geholt, meine Liebe?«

»Ja, George, mit deinem Monstrum von Galakutsche, weil mein eigener Wagen mit anderem Auftrag unterwegs war.«

»Es tut mir leid, Mutter, mit dem M.G., aber wir mußten ...«

»Schon gut, Nigel«, sagte sie beschwichtigend. »Ich habe volles Verständnis. Zumindest« – das Gequälte ihres Lächelns wurde etwas ausgeprägter – »werde ich irgendwann vollstes Verständnis haben. Ich war heute morgen an der Tankstelle – Crabbe hat den M.G. in aller Frühe draußen vorgefunden, mit eurem Zettel unter dem Scheibenwischer, und seine Leute sofort darangesetzt. Der Kotflügel ist schon ausgebeult, und der Scheinwerfer funktioniert wieder, und jetzt sind sie dabei, die Stoßstange zu richten. Crabbe sagt, es wäre nicht weiter schlimm. Vielleicht bringt er ihn noch vor dem Lunch her.«

»Ja«, warf Delphick ein, »über diese besondere Episode hat uns schon die Polizei von Ashford informiert. Ich darf später darauf zurückkommen. Der einzige gesicherte Tatbestand ist bis jetzt, daß es gestern nacht zu einem Tumult gekommen ist, bei dem es sich allem Anschein nach«, Bob Ranger gab einen hörbaren Seufzer von sich, »um Miss Seeton drehte. Man hat uns dazugeholt, weil ein Zusammenhang mit dem Fall bestehen könnte, mit dem sie schon als Zeugin zu tun hatte. In Miss Seetons Haus war niemand, und so haben wir uns auf ihrem Grundstück umgesehen, um uns ein Bild zu machen. Dann hat uns eine Miss Treeves – soviel ich verstanden habe, die Schwester des Pfarrers – gesagt, Miss Seeton sei hier bei Ihnen. Miss Treeves, offenbar eine Augenzeugin, hat uns freundlicherweise die Vorfälle der letzten Nacht aus ihrer Sicht geschildert. Und der Pfarrer, ebenfalls Augenzeuge, gab uns liebenswürdigerweise seine Darstellung. Mehrere andere Leute, alles Augenzeugen, haben sich gemeldet und uns netterweise ihre Version dargestellt. Die Berichte decken sich nicht ganz – sie reichen von Eierdiebstahl über Miss Seetons Drohung, das ganze Dorf zusammenzuschießen, bis zur Großinvasion des Ortes seitens fremder Truppen. Deshalb sind wir hergekommen. Wir möchten versuchen, in diese Phantastereien ein wenig System zu bringen. Ich wäre Ihnen sehr dankbar, wenn Sie uns dabei helfen würden. Vielleicht ist es am einfachsten, wenn Sie, Lady Colvenden, den Anfang machen, da Sie offenbar mehr am Rande des Geschehens standen?«

Am Rande des Geschehens? Das ärgerte sie. »Tja, eigentlich hab' ich gar nichts getan, Superintendent«, antwortete sie leichthin. »Ich bin bloß rübergefahren, hab' sie entwaffnet und hierhergebracht.«

»Entwaffnet?« entfuhr es Sergeant Ranger. »Sie meinen, Sie haben ihr den Schirm weggenommen?«

»Aber nein« , entgegnete Lady Colvenden. »Den hatte sie in der anderen Hand. Ich meine die Pistole.«

»Allmächtiger!« sagte Sir George.

Nachdem Lady Colvenden erreicht hatte, was sie wollte, gab sie einen knappen Bericht über das wenige, was sie selbst miterlebt hatte.

Rytham Hall, am Ende einer gewundenen Auffahrt gelegen, die von der Marsh Road abzweigt, lag etwa hundert Meter von Miss Seetons Häuschen entfernt. Lady Colvenden hatte im Bett gelesen. Kurz nach Mitternacht, so erinnerte sie sich, hatte sie in der Ferne lautes Hühnergegacker und dann einen Knall gehört – es konnte auch ein Schuß gewesen sein. Sie war ans Fenster gegangen und hatte sich hinausgebeugt. Aus der Ferne hörte sie Geschrei, und dann knallte es noch zweimal. Gleich darauf schrie jemand auf, und jemand anders brüllte irgend etwas. Das Brüllen ähnelte der Stimme ihres Mannes, aber sie war sich dessen nicht ganz sicher. Rasch zog sie sich an, und da ihr eigener Wagen noch nicht zurück war, nahm sie Sir Georges Kombi. An der Dorfstraße angelangt, sah sie Leute auf Miss Seetons Häuschen zulaufen, manche mit Taschenlampen, obwohl das Mondlicht hell genug war. Der Pfarrer stürzte auf sie zu und wollte sie überreden, gemeinsam mit ihm die soeben entwichenen Eierdiebe zu verfolgen. Sie hielt es für sinnlos, mit Reverend Treeves, der im Nachthemd und ohne Pantoffeln war, auf dem Land herumzukutschieren, um einen unbekannten Wagen zu verfolgen, der in ebenfalls unbekannter Richtung davongefahren war ... Hoffentlich hatte Molly Treeves daran gedacht, ihren Bruder nach seiner Rückkehr in ein heißes Bad zu stecken.

Da sich Miss Seetons Hühner immer noch nicht beruhigt hatten, war Lady Colvenden um das Häuschen herumgegangen und hatte im Garten Stan und Martha Bloomer vorgefunden – Martha mit einem Besen ausgerüstet und Stan mit einer Hacke in der einen und einer Taschenlampe in der anderen Hand – und zwischen ihnen Miss Seeton. Die alte Dame, im Morgenrock und auf den Schirm gestützt, hielt eine Pistole auf einen Schwarm Dorfbewohner gerichtet, die sich am Gartentörchen zusammendrängten, während Stans Taschenlampe sie wie eine Zielscheibe anstrahlte. Dieses Bild hatte Lady Colvenden brutal gestört, indem sie die Leute aufforderte, nach Hause zu gehen; dann hatte sie Miss Seeton die Pistole weggenommen und sie überredet, schnell ein paar Sachen für die Nacht zusammenzupacken und mit ihr nach *Rytham Hall* zu kommen. Sie hatte im Gästezimmer das Bett überzogen und zwei Wärmflaschen hineingetan. Miss Seeton und sie hatten dann jede ein leichtes Beruhigungsmittel genommen und ein Glas heiße Milch getrunken, und danach waren beide zu Bett gegangen und hatten geschlafen.

»Das entspricht zwar, fürchte ich, nicht ganz der Tradition romantischen Heldentums«, schloß Lady Colvenden mit Blick auf Mann und Sohn, »aber ich glaube doch, daß es zumindest praktisch war.«

»Praktisch und sehr vernünftig«, sagte Delphick. Lady Colvenden strahlte – soviel zum Punkt: Am Rande des Geschehens. »Nur eine Kleinigkeit ist mir nicht klar«, fuhr der Superintendent fort. »Was haben Sie mit der Pistole gemacht?«

»Mit der Pistole?« fragte sie verdutzt. »Ich ... George, wenn du lachst, lasse ich mich scheiden, Ehrenwort. Und Nigel, wenn du wieherst, mußt du die Reparaturen an meinem M.G. selber bezahlen.« Mit unschuldigem Blick sagte sie: »Wie peinlich, Superintendent. Daran kann ich mich im Augenblick nicht erinnern ...«

»Nun, machen Sie sich deshalb keine Sorgen«, entgegnete Delphick ruhig. »Natürlich konnten Sie nicht ahnen, daß es wichtig sein würde – gestern nacht. Aber wir müssen schon versuchen, sie wiederzufinden. Weit weg kann sie nicht sein. Überlegen wir mal. Sie haben die Waffe nicht aus der Hand gelegt, als sie Miss Seeton beim Packen halfen?«

Lady Colvenden dachte nach. »Nein, ich glaube nicht.«

»Nein? Dann war sie Ihnen bestimmt beim Autofahren im Weg. Sie könnten sie auf den Rücksitz gelegt haben.«

»Superintendent, Sie sind großartig«, rief sie. »Jetzt fällt es mir ein: Genauso war es. Ich habe Miss Seetons Koffer hinten auf den Sitz gestellt und die Pistole hinterhergeworfen.«

Sir George wurde es heiß, Nigel wurde es kalt. Delphick lief ein Schauder über den Rücken. Mit der Pistole war vermutlich geschossen worden. Wenn das stimmte, dann war sie entsichert ... Miss Seeton hatte mit ihr auf die Dorfbewohner gezielt, Lady Colvenden hatte sie achtlos ins Auto geworfen – ein reines Wunder, daß niemand ums Leben gekommen war.

»Ist die Garage abgeschlossen?« fragte Delphick. Lady Colvenden schüttelte den Kopf. »Sergeant.« Bob Ranger stand auf und ging aus dem Zimmer.

»Schön, wenn Sie mich nicht mehr brauchen, gehe ich und helfe Martha beim Kochen«, sagte Lady Colvenden.

»Im Augenblick habe ich keine Fragen mehr an Sie, Lady Colvenden. Vielen Dank für Ihren klaren Bericht – und auch für Ihren raschen Entschluß, Miss Seeton aus der Gefahrenzone zu entfernen. Würden Sie ihr bitte ausrichten, daß wir nach dem Lunch vorbeikommen und sie sprechen möchten?«

»Selbstverständlich, Superintendent. Und bitte versuchen Sie doch, sie zum Hierbleiben zu überreden. Sie wollte schon heute nachmittag in ihr Häuschen zurück. Apropos, Nigel, wenn sie darauf besteht und vorausgesetzt, mein Wagen ist bis dahin zurück: Darf ich ihn benutzen? Oder hattest du weitere Manöver damit vor?«

»Bleib friedlich, meine Liebe. Der Junge fährt großartig. Höchste Zeit, daß er selber ein Auto bekommt.«

»Eine glänzende Idee, George. Am besten einen Jeep – oder noch besser: einen Panzer.«

Ihr Abgang verlor dadurch an Wirkung, daß sie mit Sergeant Ranger zusammenstieß, der mit dem Kaffeetablett hereinkam. »O wie schön«, sagte sie, als sie neben der Kaffeekanne die automatische Pistole sah, die auf einem sauberen Taschentuch lag. »Sie haben Miss Seetons Waffe gefunden. Gott sei Dank. Vermute ich richtig«, setzte sie stirnrunzelnd hinzu, »daß es gegen Ihre Vorschriften verstößt, mir heimlich einen Durchschlag Ihrer Notizen zuzustecken? Das wäre meine einzige Chance, je zu erfahren, was sie alle letzte Nacht eigentlich vorgehabt haben ...«

Die Tür schloß sich. Der Sergeant stellte das Tablett auf den Tisch, hob das Taschentuch an den Zipfeln hoch und brachte die Pistole seinem Vorgesetzten.

»Ich hab' sie gesichert, Sir. Fingerabdrücke sind vermutlich sowieso nicht drauf, oder wenn, dann stammen sie von allen möglichen Leuten, bloß nicht von ...«

»Danke, Sergeant«, sagte Delphick. »Und nun zu Ihnen, Sir George. Wo waren Sie, als die Schießerei anfing?«

»Unten am Kanal.«

»Mit einer Schußwaffe?«

»Schrotflinte. Karnickeljagd.«

»Ah ja, das wäre also direkt hinter Miss Seetons Grundstück. Erwischen Sie da unten viele Karnickel, Sir?« Sir George wurde rot im Gesicht. »Ist meine Annahme richtig, daß Sie gerade in diesen letzten Nächten, seit Miss Seetons Ankunft, besonders häufig auf Patrouille ... Entschuldigung, auf Karnickeljagd gewesen sind?«

Nigel beugte sich vor: »Großer Gott, Vater – warum hast du mir das nicht gesagt? Wir hätten abwechselnd Wache schieben können.«

Sir George wich dem Blick seines Sohnes aus. »Dachte, du wärest anderweitig beschäftigt.« Nigel lehnte sich zurück.

Der Superintendent beobachtete sie interessiert. Wie ähnlich sich die beiden in mancher Hinsicht waren. Aber wenn sie schon eine heimliche Zivilgarde bilden mußten, warum hatten sie die Sache nicht gemeinsam geplant? Sir George hatte offenbar gewußt, was sein Sohn machte ... Halt, nicht so rasch: vielleicht nicht gewußt, nur geahnt. Nichts war offen ausgesprochen worden. Aber warum nicht? Major General Sir George Colvenden, *Baronet, Knight Commander of the Order of the Bath, Distinguished Service Order, Justice of the Peace.* Ja, J. P., das konnte es sein. Sir George hatte ein obrigkeitliches Amt. In seiner Eigenschaft als Friedensrichter konnte er zwar eine Ahnung, ja, einen Verdacht ignorieren, nicht aber tatsächliches Wissen. Was wiederum bedeutete ... Miss Seetons Gerede über den Club! Ja, wahrscheinlich war Nigel ihr Informant. Und das ganze idiotische Drumherumgerede konnte nichts anderes bedeuten, als daß irgendein Freund von ihm in die Geschichte verwickelt war und sein Vater nichts davon wissen durfte ... Das warf allerdings ein merkwürdiges Licht auf bestimmte Aspekte und hieß, daß man, wenn man aus dem Jungen etwas herauskriegen wollte, ihn unter vier Augen befragen mußte. Oder sechs Augen, mit Ranger. Delphick unterdrückte ein Seufzen. Na schön, zurück zur Sache. Er wandte sich an Sir George.

»Selbstverständlich hatten wir die hiesige Polizei gebeten, ein Auge offen zu halten.«

»Klar. Braver Kerl, Potter. Aber Piksolo. Kann nicht überall sein.«

»Eben. Deshalb bin ich Ihnen für Ihr plötzliches Interesse an Karnickeln sehr dankbar. Sie sagten, Sie waren unten am Kanal?«

»Vier Autos sind über die Brücke gekommen. Fuhren den Weg rauf. Das letzte stoppte. Die verfluchten Hinkel fingen an zu zetern. Bin näher rangegangen. Hörte einen Pistolenschuß. Ehe ich rankommen konnte, plumpste der Kerl über die Mauer und rannte davon. Humpelnd.«

»Humpelnd? Na ja, hat sich vielleicht beim Runterspringen den Fuß verstaucht. Können Sie ihn beschreiben?«

»Hab' ihn bloß von hinten gesehen, Mantel und Hut. Hab's ihm aus beiden Läufen gegeben. Ihm den Hintern mit Schrot gesprenkelt – war an seinen Luftsprüngen zu erkennen. Ein junger Mann, den Bewegungen nach. Hat das Auto erreicht und war weg, ehe ich neu laden konnte. Rannte den Weg rauf, dem Wagen nach. Von überall kamen Leute, die sich um Miss Seeton kümmern würden. Hielt es für wichtig, den Wagen einzuholen, in die Reifen zu schießen. Fand meinen Sohn an der Dorfstraße – stieg ein und fuhr ihnen nach.«

Ihnen nach. Welche Straße jetzt? Maidstone Road nach Brettenden oder Ham Street nach Ashford? Hoffentlich wußte es der Junge. Offenbar wußte er's. Ohne zu zögern, bog Nigel an der Gabelung halbrechts, Richtung Ashford.

Sir George kniff die Augen im Gegenwind zu Schlitzen zusammen. Schade, daß er keine Schutzbrille hatte. Wie? Oh, tüchtiger Junge. Er nahm die Sonnenbrille, die Nigel ihm hinhielt, und setzte sie auf. Sinnlos, sich hinzusetzen – wenn sie in Sicht kamen, hätte er keine Zeit, sich wieder hochzurappeln. Albern, dieses Wägelchen von Meg – entweder Stehen oder Liegen, vernünftiges Sitzen einfach unmöglich. Er stützte sich gegen die Rücklehne und hoffte, daß die Landstraße keine Schlaglöcher hatte.

So konnte es nicht weitergehen. Dem mußte man ein Ende machen. Wenigstens, soweit es Nigel betraf. Meg hatte gut reden – sich nicht einmischen, den Jungen seine eigene Methode probieren lassen ... Und da es ihr Wagen sei, den Nigel benutze, läge die Entscheidung hauptsächlich bei ihr ... Er grinste kurz, als er sich an die Logik seiner Frau erinnerte. Aber so ging es nicht weiter. Sollte Angie zur Hölle fahren, wenn sie wollte. Das war ihr Wagen gewesen, der erste von den vier, heute nacht. War am Klang zu erkennen. Schön, Angie hatte nicht angehalten, aber sie war eben dabei gewesen. Albernes Gör, Prügel wäre das Richtige. Warum zum Teufel kümmerte sich Sonia nicht um sie ... Da stimmte was nicht, früher eine so nette Frau. Angie auch, nettes kleines Mädchen. Aber in letzter Zeit ... Dieses junge Volk machte alles bloß der Aufregung wegen. Aber die Leute, denen sie dabei auf die Füße traten, die waren ihnen wurscht.

»Wagen in Sicht, vorn«, brüllte Nigel.

Sir George spähte voraus. Ja, Scheinwerfer. Fuhr ziemlich rasch. Er beugte sich hinunter: »Kannst du die Nummer erkennen?«

»Nein. Aber den Wagen kenne ich, glaub ich.«

Glauben. Das genügt nicht. Blöder Esel. Auf bloßen Verdacht hin konnte man nicht ein fremdes Auto anschießen. »Versuch, ihn zu überholen. Dräng ihn an den Straßenrand, und zwing ihn, zu halten. Kann mich nicht ewig entschuldigen, falsche Autos angeknallt zu haben.«

Er straffte sich. Licht kam von der Seite, vorn an der Kreuzung. Diese verfluchten Hecken. Immer helleres Licht. Instinktiv nahm Nigel den Fuß vom Gas.

»Fahr weiter«, brüllte Sir George. »Wir haben Vorfahrt – die müssen halten, am Stoppschild. Fahr weiter. Du ...« Er bellte in die Nacht: »... du verdammter ...« Ein Wagen schoß aus der Seitenstraße, kurvte auf zwei Rädern in die gerade Strecke unmittelbar vor ihnen. »Halt. Halt, ihr Idioten! Wir haben Vorfahrt – Hauptverkehrsstra ...«

Seine Stimme ging im Heulen einer Sirene und im Quietschen der Reifen des M.G. unter, während Nigel mit Bremsen und Runterschalten versuchte, den schlingernden Wagen unter Kontrolle zu bekommen. Sir George ließ seine Flinte fallen, ein Schuß löste sich und ging in die Hecke, und klammerte sich an Lehne und Windschutzscheibe – und schon krachten sie gegen das erleuchtete Rückschild des anderen Wagens. Glas splitterte, und die Beschriftung ›Polizei‹ erlosch. Es roch stark nach Benzin.

Beide Fahrer sprangen auf die Straße. Die gegenseitigen Beschuldigungen gingen im Knattern eines Motors unter. Eine einsame Gestalt auf einem Moped tuckerte auf die Unfallstelle zu. Von dem Fahrer des Polizeiwagens zum Weiterfahren aufgefordert, zog Constable Potter, der einzige noch motorisierte Verfolger, Helm gerade aufgesetzt und Funkantenne ausgefahren, grüßend vorbei und knatterte seines Wegs.

»Ein erstklassiger Mann, dieser Potter«, bemerkte der Superintendent. »Er befand sich gerade an einer einen Kilometer vom Dorf entfernten Unfallstelle – die Straße heißt Bretten-den Road, glaube ich –, als er in der Ferne Schüsse hörte. Sofort gab er eine Funkmeldung durch und alarmierte die

Streifenwagen südlich und nördlich von Plummergen. Am Dorfausgang erfuhr er dann, daß zwei in Richtung Norden fahrende Wagen gesichtet worden waren. Da er ihnen nicht begegnet war, mußten sie die Ashford Road genommen haben, und so fuhr er, so schnell er konnte, mit dem Rad hinterher.«

»Kein Glück gehabt?« fragte Sir George.

»Leider nein. Der Wagen, mit dem Sie zusammengestoßen sind, hat noch Meldung gemacht, und man hat versucht, die Straßen abzuriegeln, aber viel Hoffnung hat von Anfang an nicht bestanden. Es gab zu viele Fluchtmöglichkeiten, und die Beschreibungen waren zu vage. Übrigens, Sir George, der Fahrer des Streifenwagens, den Sie unglücklicherweise außer Gefecht gesetzt haben, gibt zu, viel zu spät Signal gegeben zu haben – er hat nicht daran gedacht, daß die Hekken den Dachscheinwerfer abschirmen. Er spricht Ihrem Sohn seine volle Anerkennung aus, daß es nicht zu einem ernsteren Unfall gekommen ist.«

»Großzügig«, sagte Sir George.

Delphick grinste. »Anerkennung, wem Anerkennung gebührt. Ihr Wagen ist nicht allzu schwer beschädigt, wie ich höre?«

»Nein« , sagte Nigel. »Das Wägelchen hat eigentlich nur ein paar Beulen abbekommen. Den Streifenwagen hat's schlimmer erwischt, mit dem kaputten Benzintank. Wir haben den Beamten gesagt, was wir wußten, und dann haben sie eine Meldung durchgegeben und uns abschleppen lassen – ein Kotflügel hat nämlich geklemmt, und ein Scheinwerfer war hin.«

Delphick stand auf. »Gut. Vielen Dank, Sir George. Ich glaube, es ist alles klar, und ich brauche Sie nicht länger aufzuhalten. Jetzt fehlt uns nur noch Mr. Colvendens Aussage, und dann müssen wir noch mit Miss Seeton sprechen. Nur eines«, setzte er hinzu, als Sir George die Tür aufmachte.

»So dankbar wir für Ihre Hilfe sind, so muß ich Sie doch daran erinnern, daß der Waffenschein für Ihre Flinte nur sportliche Betätigung erlaubt und keine, wenigstens bei uns in England, Großwildjagd, so durchlöchernswert das Wild auch sein mag ...« Er grinste. »Allerdings besteht in diesem Fall wenig Wahrscheinlichkeit, daß Beschwerden kommen.«

Sir George lachte kurz auf und ging aus dem Zimmer.

Der Superintendent setzte sich nicht wieder hin. Er trat ans Fenster und bewunderte den Park.

Sehr schön angelegt und, in Anbetracht des Personalmangels, erstaunlich gut gepflegt. Wer auch die Bäume gepflanzt haben mochte, er hatte es mit liebevoller Sorgfalt und Voraussicht getan. Das Kupfer der Blutbuchen, das Rot und Purpur der Ahornbäume vor dem Blau der Zedern und Eukalyptussträucher ... dazwischen sämtliche Schattierungen von Grün. Und vor diese Kulisse hatten die gegenwärtigen Eigentümer kräftige Farben gesetzt – durch Blumenbeete, Stauden und Rabatten.

Bob Ranger beobachtete seinen Vorgesetzten beunruhigt. Kein gutes Zeichen, wenn das Orakel so lange schwieg.

Delphick drehte sich um. »Und nun, Mr. Colvenden ...« Aha, er hatte recht gehabt, dachte der Sergeant. Diese Stimme kannte er. Die Sturmzeichen waren aufgezogen. »Ihren Namen weiß ich, Ihr Wohnort ist Plummergen. Ihr Beruf?«

Nigel sah den Superintendent verblüfft an. Was bedeutete dieser Kasernenhofton nach der soeben noch höflichen, umgänglichen Art?

»Beruf? Ich bin noch in der Ausbildung.«

»Was für eine Ausbildung?«

»Landwirtschaft. In vierzehn Tagen geht's weiter. Vater hat Wunder vollbracht, um den Gutsbetrieb wieder in die Höhe zu bringen, aber er wirft nichts ab, und das muß sich erreichen lassen. Daß er sich rentiert, meine ich. Das ist mein Ziel.«

»Schweres Stück Arbeit.«

»Wie andere Berufe auch. Aber zufällig macht es mir Spaß.«

»Einziges Kind also?«

»Nein, ich habe noch eine ältere Schwester. Sie ist verheiratet und lebt in London.«

»Während Ihrer Ausbildungszeit sind Sie demnach nie sehr lange zu Hause. Oder irre ich?«

»Für das letzte Jahr stimmt es. Nur in den Ferien bin ich hier.«

»Gestern nacht sind Sie genau im richtigen Moment auf dem Schauplatz erschienen.«

»Ich ... ich denke, schon.«

»Es ist Tatsache. Wieso?«

»Wieso? Ich war auf dem Nachhauseweg.«

»Von wo?«

»Von Brettenden.«

»Von wo in Brettenden?«

»Ich war aus.«

»Offensichtlich. Wo?«

»In einem Lokal am Rand von Les Marys.«

»Wie heißt das Lokal?«

»Ist das denn wichtig?« Das barsche Verhör machte Nigel nervös.

»Wenn nicht, würde ich nicht fragen. Vermutlich waren Sie in einem Club namens *Singing Swan.*«

»Aber nicht drinnen.«

»Bitte, keine Haarspalterei«, fauchte Delphick. »Wo waren Sie genau?«

»Im Gebüsch hinter dem Parkplatz.«

»Allein?«

»Natürlich. Was denken Sie sich denn?«

»Ich denke mir gar nichts, Mr. Colvenden. Ich versuche, Tatsachen zu ermitteln. Sie waren allein im Gebüsch hinter dem Parkplatz. Warum? Oder gehört das zu Ihrer landwirtschaftlichen Ausbildung?«

»Ich wollte was beobachten, wenn Sie es genau wissen müssen.«

»Was oder wen?«

»Wie sie alle heißen, weiß ich nicht.« In seiner Wut sagte Nigel mehr, als er wollte. »Es ist eine Clique, die oft im Club auftaucht. Einer heißt Art und ein anderer Micky oder Nicky, genau weiß ich das nicht. Und eins von den Mädchen nennen sie Sue.«

»Gestatten Sie, daß ich Ihnen helfe.« Delphick ging zu dem Tisch, an dem der Sergeant saß, und nahm einen Zettel. »Susan Frith, Diana Dean, Arthur Grant, Michael Hughes, Percy Davis, James Trugg, John Hart. Waren sie gestern alle da?«

Nigel war völlig verblüfft. »Wenn sie so heißen, ja. Sie sind alle zusammen rausgekommen.«

»Noch jemand außerdem?«

»Nein«, antwortete er rasch, denn er dachte an Angela. Dann korrigierte er sich: »Das heißt, es waren noch zwei Kerle dabei, die ich nicht kenne. Sie haben sich mit den anderen unterhalten, aber sie gehören nicht dazu. Ich glaube, sie waren in einem eigenen Auto gekommen. Ich hatte den Eindruck, daß sie nicht von hier sind.«

»Was hat Ihnen diesen Eindruck vermittelt?«

»Eigentlich nur, daß einer halb Cockney, halb amerikanischen Slang gesprochen hat.«

»Können Sie die beiden beschreiben?«

»Leider nicht. Der Mond war nicht hell genug, und ich habe auch nicht darauf geachtet.«

»War einer von den beiden, die Sie nicht kannten, in Hut und Mantel?«

»Nein ... Oder, warten Sie: Doch, einer hat einen Mantel angehabt, glaube ich.«

»Haben Sie etwas von ihrer Unterhaltung verstanden?«

»Doch, sie standen ganz in meiner Nähe. Eine Zeitlang haben sie über Miss Seeton geredet. Es klang, als ob sie in den Zeitungen über sie gelesen hätten, und der mit dem Dialekt sagte, er hätte gern eine Berühmtheit kennengelernt. Aber der andere, dieser Art, sagte, das hätte keinen Sinn, es wäre zu spät. Aber dann beschlossen sie doch, um die Marsch herumzufahren und auf dem Weg, der an Miss Seetons Haus vorbeiführt, zurückzukommen. O ja, und in dem Augenblick sagte jemand, damit hätten sie dann die richtige Richtung für die Heimfahrt.«

»Wer hat das gesagt?«

Nigel runzelte die Stirn, als versuche er, sich zu erinnern. Jetzt hieß es vorsichtig sein. »Ich weiß nicht. Das heißt, ich bin nicht sicher. Eins von den Mädchen, glaube ich.«

»Und dann?«

»Dann sind sie weggefahren.«

»Alle vier Autos?«

»Ja ... nein.« Er stockte und fing sich wieder. »Drei Wagen. Die Brettenden-Clique hatte zwei Wagen, und der Wagen von den beiden anderen war mehr am Eingang abgestellt. Ich habe ihn nicht genau gesehen. Eine dunkle Limousine, mehr weiß ich nicht.«

»O doch, Mr. Colvenden, Sie wissen sogar viel mehr«, sagte Delphick entschieden. »Ungeachtet der Tatsache, daß diese ... diese ... sagen wir unverantwortlichen Freunde von Ihnen ...« Er blickte in die Liste, die er noch immer in der Hand hielt.

»Es sind keine Freunde von mir«, unterbrach ihn Nigel.

»... daß diese unverantwortlichen Bekannten von Ihnen sich vor dem Haus einer älteren, allein lebenden Dame versammeln wollten, sind Sie nicht auf die Idee gekommen, ihr eine freundliche Warnung zu geben, und ebensowenig sind Sie auf die noch bessere Idee gekommen, sich mit der Polizei in Verbindung zu setzen. Sie sind einfach ...« Er warf die Liste auf den Tisch: »... nach Hause gefahren.«

»Nein, ich ...« Nigel wollte protestieren.

Delphick ließ ihn nicht zu Wort kommen. »Nein? Dann haben Sie sich die Zeit genommen, auf Ihrem Nachhauseweg mit diesen Bekannten von Ihnen ein höchst gefährliches Spiel zu treiben und eines der Autos in den Straßengraben zu drängen.«

Nigel war so verdutzt, daß es ihm die Sprache verschlug. Wieso konnte der Superintendent das schon wissen? Wie konnte er das so schnell rausbekommen haben? Nigel versuchte sich in aller Eile an das Gesagte zu erinnern. Nichts war erwähnt worden, was ... Halt: Der Unfall auf der Landstraße nach Brettenden, den Potter aufgenommen hatte! Das mußte es sein. Sie hatten erraten, daß es sein Wagen gewesen war. Aber mit absoluter Sicherheit konnten sie es nicht wissen. »Das können Sie nicht beweisen«, erklärte er.

»Wenn es mich interessierte oder wenn es irgendwie wichtig wäre, könnte ich ein gutes Dutzend Beweise beibringen. Die Spuren von Ihren Reifen auf dem Sommerweg – das genügte schon.«

»Na schön« , antwortete Nigel aufgebracht. « Ich habe sie also in den Straßengraben gedrängt. Ich wünschte nur, den zweiten hätte ich auch erwischt. Und es war kein Spiel, wie Sie offenbar glauben. Die haben zuerst versucht, mich von der Straße zu drängen, aber darauf waren sie nicht gefaßt – daß ich nämlich den Spieß umdrehen würde. Ich hab' sie beschattet, als sie es mit anderen gemacht haben.«

»Aha. Sie hocken also nicht nur im Gebüsch, um andere zu belauschen, Sie beschatten sie auch – und Sie fahren ihnen nach.«

Bob Ranger mußte feststellen, daß ihm die Entwicklung

des Gesprächs gar nicht gefiel. Was wollte das Orakel eigentlich? Schließlich hatte dieser Junge Initiative gezeigt – und es gar nicht einmal schlecht gemacht. Ständig verlangte man doch von der Bevölkerung, die Polizei zu unterstützen. Na ja, und genau das hatte der Junge gemacht. Und was hatte er davon? Das Orakel schien ganz vergessen zu haben, daß der Junge eben noch ein Junge war. Als sich Bob, ein reifer 28jähriger, an seine weit zurückliegende Jugend erinnerte, gestand er sich ein, daß er selbst, wenn ihn das Orakel derartig mißgelaunt verhört hätte, längst klein beigegeben hätte – das Orakel hätte ihn längst in den Teppich rollen und wegtragen können ...

»Vielleicht erklären Sie mir mal, warum Sie diese Leute beobachtet haben und warum Sie ihnen nachgefahren sind.«

Wie naiv er gewesen war, dachte Nigel. Daß er sich glühend gewünscht hatte, mit diesen Scotland-Yard-Leuten zusammenzutreffen ... Daß er darauf gebrannt hatte, sie um Hilfe zu bitten ... Daß er verzweifelt gehofft hatte, sie würden ... Wo hatte er bloß seinen Verstand gehabt? Er hatte vorgehabt, ihnen sein Herz auszuschütten und alles zu sagen, was er wußte. Jetzt, nach der Begegnung mit diesem Typ, würde er ihnen nicht mal sagen, wie spät es war.

»Nun, Mr. Colvenden?«

Warum er ihnen nachgefahren war? Das konnte er getrost zugeben, überlegte er. »Weil sie – na ja, beweisen kann ich es nicht ... ich meine, es ist keine Tatsache, und so glaube ich nicht, daß es Ihnen was nützt. Aber ich weiß – 'tschuldigung, wieder falsch: Ich weiß es nicht, ich vermute nur, daß sie mit Einbrüchen angefangen haben. Diebstähle.«

»Sarkasmus und Unhöflichkeit bringen uns nicht weiter.«

»Da haben Sie recht«, antwortete Nigel scharf. »Aber ich sehe nicht ein, warum das nur für einen gelten soll.«

»Gleichgültig, welchen Verdacht Sie diesen Leuten

gegenüber haben – nach dem wenigen, was Sie mir gesagt haben, ist er offenbar unbegründet.«

»Unbegründet?« rief Nigel empört. »Wenn Sie sonst nichts glauben – wie ist das mit gestern nacht?«

»Gestern nacht haben Sie, Mr. Colvenden, persönlich mitgeholfen, daß sie ein hieb- und stichfestes Alibi haben. Beide Autos meilenweit weg von Plummergen, einer davon im Straßengraben ... In dem Augenblick, in dem die Schießerei stattfand, die Insassen beider Wagen in Gesellschaft eines Polizeibeamten, dem sie den Unfall erklären ... Demnach können sie es nicht gewesen sein. Nein, ich halte es für viel wahrscheinlicher, daß Sie mit diesen jungen Leuten wegen irgendeiner eingebildeten Beleidigung oder Kränkung eine Rechnung begleichen wollen. Hinzu kommt, falls ich nicht irre, daß Sie die Polizei für Ihre private Vendetta einzuspannen versuchen, indem Sie anonyme Anzeigen und Warnungen durchgeben, die sich dann als völlig stichhaltlos erweisen.«

»Völlig stichhaltlos erweisen?« Nigels Wut löste ihm die Zunge. »Und wie ist das mit dem bedauernswerten Ehepaar, das neulich ausgeraubt und zusammengeschlagen wurde? Ist das auch eine Einbildung von mir?«

»Eine konkrete Beschuldigung.« Delphick ging zu seinem Stuhl, setzte sich, streckte die Beine von sich und schob die Hände in die Taschen. »Endlich. Vielleicht kommen wir jetzt weiter. Woher wissen Sie, daß diese Leute damit zu tun haben? Sind Sie dabeigewesen?«

»Nein, ich war nicht dabei«, sagte Nigel gereizt. »Ich hab' nicht mal gewußt, was los ist. Erst am nächsten Tag hab' ich's erfahren.«

Stirnrunzelnd sagte Delphick: »Heute morgen habe ich mir die Akten dieses Falles angesehen. Aussagen von Ihnen werden nicht erwähnt. Wenn Sie soviel wissen, warum sind Sie dann nicht offen zur Polizei gegangen?«

»Das hätte eine Menge genützt.«

»Jawohl, es hätte eine Menge genützt. Die einzige vernünftige Erklärung, falls Sie nicht selbst in die Geschichte verwickelt sind, ist die, daß Sie jemand zu decken versuchen.«

»Ich . . .«

»Sie brauchen gar nicht zu protestieren. Ersparen Sie sich das. Ich habe weder Zeit noch Lust, mit Ihnen Ringelpiez zu spielen. Wenn ich recht habe, würden Sie es doch abstreiten, und rauskriegen tue ich es sowieso. Eines möchte ich aber ganz klar betonen: Ich schätze es nicht, wenn«, die nächsten Worte kamen scharf und deutlich, »wenn unverschämte, dumme, miese Halbstarke andere Leute in Lebensgefahr bringen und deren Eigentum ruinieren, bloß, um ihr Amüsement zu haben. Oft nehmen sie auch noch Rauschgift, damit die Sache noch aufregender wird, und dadurch werden sie charakterlich genauso mies, wie sie sich benehmen. Ich weiß, heutzutage gilt es als fortschrittlich, diese Typen für krank, bemitleidenswert und hilfsbedürftig zu erklären, aber wenn man sieht, was ich gesehen habe, und wenn man weiß, was sie damit anrichten, dann wird einem klar, daß es angesichts der Zahl anständiger Leute auf dieser Welt bloße Zeit- und Geldverschwendung ist, diesen Abschaum vor dem Untergang zu bewahren. Besser und viel einfacher, man schwemmt ihn in die Gosse, wo er hingehört.«

Nigel sprang auf. Vor Zorn stotterte er. »Wie k-können Sie so etwas sagen. Sie w-wissen überhaupt nichts davon. Bloß, weil Sie älter sind, glauben Sie, Sie können alle Probleme der Welt lösen und wissen, wie man mit s-sämtlichen Schwierigkeiten fertig wird. Wie ist das mit den Eltern, häh? Sehen Sie sich zur Abwechslung die mal an . . . Sie können sich nicht vorstellen, w-was es heißt, jung zu sein, ohne Bruder oder Vater oder Schwester, bloß mit 'ner Mutter, die den ganzen Tag blöde Bücher schreibt und nie irgendwohin geht ... oder einem erlaubt, irgendwohin zu gehen. Sie werden verdammt schnell versuchen, ein paar Freunde zu finden, die genauso jung sind wie Sie, mit denen man was unternehmen kann, mit denen man ein b-bißchen Spaß haben kann, und schließlich endet es damit, daß Sie an die Falschen geraten und gräßlich in die Klemme kommen, so wie es Angie passiert ist.«

6

Sehen Sie. Das ist die letzte Unterschrift. Die letzte. Ich glaube, wir können sagen, damit ist alles abgeschlossen. Ja, das ist der Schluß. Wenigstens im Augenblick.« Hubert Trefold Morton, Rechtsanwalt, Stadtrat und zukünftiger Bürgermeister von Brettenden, lehnte sich strahlend zurück. »Die gerichtliche Bestätigung des Testaments dürfte nicht lange auf sich warten lassen. Nicht lange. Eine vollkommen klare Hinterlassenschaft. Keine Legate, außer den kleinen an Mr. und Mrs. Bloomer. Sagen wir, drei Monate – höchstens. Ihre Tante war eine wunderbare Frau. Ich hatte die Ehre, alle ihre Angelegenheiten regeln zu dürfen, und ich schmeichle mir, sie nicht schlecht geregelt zu haben. Gar nicht schlecht, in der Tat. Natürlich – in meiner Position, mit meiner Kenntnis von den lokalen Verhältnissen habe ich sozusagen die Hand am Puls, und wenn ein bißchen zusätzliches Kapital herumliegt, dann ist es mir ein Leichtes, es nutzbringend unterzubringen.« Er lachte schallend. »Eigentum. Darauf kommt es an. Grundbesitz ist etwas, das einem wirklich gehört, das ist mein Standpunkt. Und da wir gerade von Grundbesitz sprechen: *Sweetbriars* ist ein sehr hübsches kleines Besitztum, sehr hübsch, wirklich. Ich weiß nicht, ob Sie vorhaben, dort zu wohnen, oder ob Sie erwägen, es zu verkaufen.«

»Ich habe mich noch nicht entschieden« , murmelte Miss Seeton.

»Sehr begreiflich. Verstehe ich vollkommen. Viel zu früh. Aber wenn Sie es erwägen, dann denken Sie bitte daran, daß wir da wahrscheinlich ein sehr zufriedenstellendes Geschäft machen können. Wirklich sehr zufriedenstellend.« Wieder strahlte er sie an. »Und nun, ist da noch irgend etwas, das Sie wissen wollten? Irgendein Punkt, bei dem ich behilflich sein könnte?«

Miss Seeton rieb sich mit der Fingerspitze die Stirn. »Nein, nicht daß ich wüßte. Vielen Dank.« Also wirklich, dieser Mr. Morton, so erdrückend, obwohl er bestimmt nur entgegenkommend und freundlich sein wollte. Und er redete so schrecklich laut ... Sie verstand nicht, wie Tante Flora ... Andererseits hatte das meiste natürlich durch Briefwechsel erledigt werden können, vor allem in letzter Zeit, und Briefe machten wenigstens keinen Lärm. Seufzend stand sie auf.

Mr. Trefold Morton kam schwerfällig auf die Füße und stützte sich auf den Schreibtisch. »Ich hoffe, Sie nehmen es mir nicht übel, Miss Seeton, wenn ich es sage, und ich möchte nicht unritterlich erscheinen, aber Sie sehen ein bißchen erschöpft aus. Offenbar sind Sie nicht ganz auf der Höhe. Nicht ganz, oder vielmehr: gar nicht. Kein Wunder, natürlich, nach allem, was man in den Zeitungen liest. Sie müssen eine unerfreuliche Zeit hinter sich haben. Eine sehr unerfreuliche Zeit. Und es geht das Gerücht – natürlich ist es nur ein Gerücht, aber Sie wissen ja, wie sich diese Dinge in kleinen Orten herumsprechen, und Plummergen ist schließlich so weit nicht weg, so weit nicht –, daß es gestern abend noch einen häßlichen Vorfall gegeben hat. Ich glaube selbstverständlich nicht die Hälfte von dem, was ich höre. In der Tat, fast gar nichts. Aber man sagt, es wären Schüsse gefallen ...« Erwartungsvoll schwieg er.

Miss Seeton nahm ihre Handtasche auf. Sie konnte unmöglich ... nein, sie konnte wirklich nicht auf das alles eingehen.

Mr. Trefold Morton ließ sich seine Enttäuschung nicht anmerken. »Alles weit übertrieben, davon bin ich überzeugt. Vollkommen überzeugt. Aber trotzdem lästig. Sie müssen sich jetzt schonen. Von einem gewissen Alter an müssen wir uns alle etwas mehr schonen. Soll ich Ihnen einen Wagen für die Heimfahrt bestellen? Es wäre vielleicht besser ...«

»Nein, bitte nicht. Das ist wirklich nicht nötig«, sagte Miss Seeton entschieden. Allein die Vorstellung, auf ein Taxi warten zu müssen, während dieser Mr. Morton weiter so laut redete, war unerträglich. Außerdem schien er fast alles zweimal zu sagen, als ob man schwer von Begriff wäre. Andererseits – er gehörte dem Stadtrat an, und sie wollte gern glauben, daß er viele Reden halten mußte. Wahrscheinlich war das die Erklärung ... »Mir fehlt nichts«, sagte sie. »Nur habe ich zufällig starke Kopfschmerzen. Aber ein bißchen frische Luft, und dann sind sie weg.«

»Kopfschmerzen?« Mr. Trefold Morton blickte sie aufmerksam an. »Aber nein, das können wir nicht dulden. Das kommt gar nicht in Frage.« Er nahm einen Bleistift und notierte auf einem Block rasch ein paar Zahlen. Er berechnete irgend etwas, war mit dem Ergebnis anscheinend zufrieden, knüllte den Zettel zusammen und warf ihn in den Papierkorb. »Warten Sie einen Augenblick. Ich glaube, ich habe genau das Richtige für Sie. Es sei denn, ich hätte es weggegeben. Aber ich glaube nicht – nein, ich bin sicher, daß ich es noch habe. Das wäre genau das Richtige.« Er machte eine Tür hinter sich auf und eilte hinaus.

Der Büroraum entspannte sich in beglücktem Schweigen. Das Mobiliar schrumpfte auf seine normalen Proportionen, die Luft und Miss Seetons Kopf hörten auf zu vibrieren. Nicht lange allerdings. Das hemmungslose Geschwätz kehrte mit Mr. Trefold Morton zurück. Triumphierend hob er ein Tablettenröhrchen hoch: »Heureka, liebe Miss Seeton. Da ist es. Wenn Sie nach Hause kommen, legen Sie sich ein bißchen hin und nehmen eine davon. Es wird Ihnen wie ein Wunder vorkommen. Wie ein Wunder.«

»Sehr liebenswürdig, Mr. Morton ...«

Er zuckte zusammen. »Trefold Morton. Wir benutzen den vollen Namen.«

»... Mr. Trefold Morton, aber ich nehme selten Medikamente oder Drogen.«

»Drogen?« Er blähte sich auf. »Um Himmels willen, nein! Nichts dergleichen, ich versichere Sie. Homöopathisch, glaube ich. Ein Freund hat sie mir gegeben, ein sehr guter Freund, vor einiger Zeit, als die Dinge ein wenig ... ein wenig kompliziert aussahen. Bei mir haben sie Wunder gewirkt. Nein, kein Wort mehr.« Er drückte ihr das Röhrchen in die Hand. »Vergessen Sie es nicht. Nehmen Sie eine, sowie Sie zu Hause sind. Und nehmen Sie ruhig wieder eine, wenn es Ihnen zuviel werden sollte, bei diesen anstrengenden Zeiten, die Sie durchmachen. Sie werden feststellen, daß sie ungemein entspannend wirken. Ungemein.«

Eine Schande. Wirklich skandalös – diese beiden Frauen vor ihr. Und noch dazu mit so lauter Stimme. Sollte sie sich das verbitten? überlegte Miss Seeton. Sollte sie ihnen sagen, daß kein Wort wahr war an dem, was sie da erzählten? Aber es wäre so peinlich, eine Szene zu machen. Und auch noch im Bus. Im Bus war so etwas besonders schlimm. Überall konnte man sagen, was man dachte und dann einfach weggehen. Aber in einem Bus war das unmöglich. Man konnte höchstens den Fahrer bitten, anzuhalten und dann aussteigen. Aber dann mußte man natürlich zu Fuß nach Hause gehen ... und das war zu weit. Oder zwei Stunden auf den nächsten Bus warten. Ogottogott, sie wünschte, sie wäre auf Mr. Trefold Mortons Vorschlag mit dem Taxi eingegangen. Innerlich kochend, saß Miss Seeton da. Die Frau auf der anderen Seite hatte die Dicke mit ›Mrs. Blaine‹ angeredet. Also mußte die Dünne Miss Nuttel sein. Nigel hatte recht gehabt. Widerliche Weibsbilder. Wie konnten sie behaupten, es wäre Miss Venning gewesen, von der sie gestern nacht angegriffen worden sei ... Und sie selbst – ausgerechnet sie! – hätte versucht, das Mädchen zu erschießen. Wie kamen sie bloß auf solche Hirngespinste! Nur, weil irgendein dummer Dorfjunge versucht hatte, Eier zu stehlen ... Einfach skandalös, Miss Venning damit in Verbindung zu bringen.

Der Bus verlangsamte sein Tempo und hielt an der Einmündung eines Heckenweges an, um eine rundliche, frisch aussehende ältere Frau mitzunehmen, die dort wartete. Das weiße Schild vor der Hecke trug in Schwarz die Aufschrift *The Meadows,* und ein Pfeil wies in den Weg.

Miss Seeton stand auf und ging rasch durch den Mittelgang. *The Meadows* war doch das Haus, in dem die Vennings wohnten. Also konnte Plummergen nicht mehr weit sein, höchstens einen guten Kilometer. Eine Kleinigkeit, von hier aus zu Fuß nach Hause zu gehen. Was für ein Glück, daß sie das Schild gesehen hatte. Sie mußte Mrs. Venning sofort aufsuchen und ihr alles erklären. Nur dadurch ließen sich diese unheilvollen Gerüchte im Keim ersticken, ehe sie Schaden angerichtet hatten. Miss Seeton fegte an Mrs. Blaine und Miss Nuttel vorbei, ohne sie eines Blickes zu würdigen, und die rundliche Frau trat zur Seite, um ihr beim Aussteigen Platz zu machen.

Mrs. Fratters sah sich überrascht um, während sie einstieg. Jemand, der Mrs. Venning besuchen wollte ... Das gab Ärger. Aber es ließ sich nicht ändern. Sie hatte jetzt keine Zeit, der Unbekannten nachzugehen und behutsam herauszukriegen, was sie wollte. Nein, sie mußte unbedingt Kenia-Kaffee besorgen, denn wenn Mrs. Venning nach dem Lunch keinen Kaffee bekam, gab es ebenfalls Ärger. Und für einen einzigen Vormittag hatten sie schon genug Ärger gehabt – mit Miss Angie und dem Zustand, in dem sie war ...

Die Zicken sahen Miss Seeton nach, als sie rasch in den Heckenweg einbog, und wechselten vielsagende Blicke. Der Bus fuhr an. Durch das offene Fenster sprudelte ein schrilles Kichern: »Was hab' ich dir gesagt? Der beste Beweis ...«

Vom Wellenkamm ihrer Empörung wurde Miss Seeton schwungvoll vorangetragen, dann aber, noch weit vor ihrem Ziel, schmählich auf den Sand gesetzt, so daß sie von den Gegenströmungen des Zweifels hin- und hergerissen wurde.

Sie hatte ja keine Ahnung gehabt, daß Mrs. Venning so weit draußen wohnte. So ... so isoliert. Durchaus möglich, ja, fast wahrscheinlich, daß sie von diesem schrecklichen Getratsche gar nichts erfuhr. Oder wenigstens noch nichts erfahren hatte. Boshaftes Geschwätz zu beklagen und ein unschuldiges Opfer zu trösten war eine Sache; aber es war etwas ganz anderes, wenn das Opfer nicht wußte, daß es ein Opfer war ... Wenn man erst erklären mußte, was man beklagte, ehe man es beklagen konnte. Jemand trösten zu wollen, der nicht wußte, daß er des Trostes bedurfte, würde heißen, daß man erst einmal wissen mußte, worin das Tröstliche lag und warum es nötig war, Trost zu ... Ogottogott, wie kompliziert. Und peinlich, natürlich. Andererseits – wenn Mrs. und Miss Venning bis jetzt nicht wußten, was erzählt wurde, wäre es sicher besser, sie im voraus zu warnen, denn irgendwann mußten sie es ja erfahren. Man konnte damit sozusagen das Gift aus dem Stachel entfernen, ehe er ins Fleisch drang. In diesem Fall war es klar, wo die Pflicht lag. Aber dann wieder ... Wer ist schon gern Überbringer schlechter Nachrichten? Ach, es gab so viele Standpunkte, von denen aus man es betrachten konnte …

Voller Zweifel ging Miss Seeton weiter und betrachtete es von allen Standpunkten. Sie kam zu einer hohen Backsteinmauer, teilweise mit Geißblatt und Efeu bewachsen. Der Weg machte eine scharfe Biegung nach rechts, führte an der Mauer entlang und endete an einem großen Holztor mit einer kleinen Nebentür. Miss Seeton ging auf die kleine Nebentür zu.

Alles machte einen abweisenden Eindruck. Man erwartete beinahe, auf eine Schildwache zu stoßen. Keine Klingel, kein Türklopfer, nicht einmal ein Briefkasten. Nur eine glatte Holztür mit einem Schnappschloß und einem ringförmigen Griff. Sie drehte den Ring, schob die Tür auf und ging über die Schwelle. Verblüfft blieb sie stehen. Sie hatte gar nicht darauf geachtet, daß es ein ziemlich windiger Tag war – erst jetzt, als die Tür zuging, fiel ihr auf, daß sich plötzlich nichts mehr regte. Was für ein Friede. Nein, Friede war nicht das richtige Wort. Stille. Ein phantasievoller Mensch hätte vielleicht gesagt ›lastende Stille‹.

Rechts ein Hof und eine Garage, links eine hübsch angelegte Rabatte mit Stauden. In der Mitte ein betonierter Pfad, der zur Rückseite eines kleinen Nebengebäudes führte. Rechts davon ein Gewächshaus, links eine hohe, beschnittene Hecke, hinter der der Pfad verschwand.

Niemand zu sehen. Kein Laut. Als sie die Biegung hinter sich hatte, sah sie die … ja, das mußte es sein … die Rückfront des Hauses. Das steile Ziegeldach senkte sich tief über die niedrige Eichentür. Eine Miniatur-Schiffsglocke hing daneben. Die Fenster rechts und links waren geschlossen. Aber weiter weg stand ein Fensterflügel auf – das erste, was ihr wie ein Lebenszeichen erschien. Ob man die Schiffsglokke läutete? Oder ob man um das Haus herum zur Vorderfront ging? Woher sollte man wissen, was richtig war … In solchen alten Häusern wurde oft nur die Hintertür benutzt. Aber vielleicht war es doch korrekter, zur Vordertür zu gehen.

Die Vordertür war eine einfache Eichentür mit schwerer Klinke. Keine Klingel. Kein Klopfer. Kein Briefkasten. Wie machte das der Briefträger? Miss Seeton klopfte mit der Schirmkrücke an die Tür. Eine Weile blieb alles still, dann scharrten plötzlich Riegel. Die Klinke bewegte sich, und die Tür schwang nach außen auf, so daß Miss Seeton einen Schritt zurücktreten mußte. Eine hochgewachsene, apart, aber abgehetzt aussehende Frau blickte sie stumm und fragend an. Miss Seeton errötete vor Verlegenheit.

»O je. Bin ich an die falsche Tür gekommen?«

»Ja.«

Miss Seeton entfloh. Die Riegel wurden wieder vorgeschoben. Mrs. Venning ging durchs Haus, Miss Seeton eilte um das Haus herum, kam außer Atem an der Hintertür an, als sie gerade aufging, und sah sich vor derselben Situation: dieselbe Frau, derselbe Blick, dasselbe Schweigen.

Zu dumm, sich von einer Kleinigkeit wie dem Irrtum mit der Tür nervös machen zu lassen. Schließlich war es ein naheliegender Irrtum, und offenbar fand Mrs. Venning das auch, sonst hätte sie ja nicht sofort die andere Tür aufgemacht. Aber irgendwie war es jetzt noch schwerer zu erklären, warum sie gekommen war. Wie sollte man es ausdrükken? Ach, das Beste war, einfach zu sagen, was los war. Die Tatsachen mußten für sich selber sprechen.

»Ich bin gekommen, um mich zu entschuldigen«, sagte sie einleitend. »Das heißt, nicht, um mich direkt zu entschuldigen ... jedenfalls nicht in diesem Sinne, denn ich selbst habe nichts getan, natürlich. Nur – ich war so entsetzt, als ich es hörte. Und da ich von allen Leuten am besten weiß, daß kein Wort davon wahr ist, und da ich zufällig an Ihrem Weg vorbeigekommen bin, dachte ich, es gehörte sich einfach, die Dinge sofort klarzustellen.«

Sonia Venning sah ihre Besucherin stumm an. Schließlich murmelte sie: »Ich habe nicht die leiseste Ahnung, wovon Sie sprechen.«

»Sie sind doch Mrs. Venning?« fragte Miss Seeton leicht beunruhigt.

»Ja.«

Miss Seeton lächelte erleichtert. »Dann ist es gut. Wie ungeschickt von mir, das hätte ich als erstes fragen sollen. Ich verstehe durchaus, daß Sie nicht verstehen, was ich sagen will. Mir war klar, daß es so sein könnte, aber als ich darüber nachdachte, hatte ich das Gefühl, man müsse Ihnen Bescheid sagen, damit Sie es entweder ignorieren oder sich zur Wehr setzen können, wenn Sie es erfahren, und das ist ja schließlich unvermeidlich.«

»Bitte, wovon reden Sie?«

»Von Eiern«, sagte Miss Seeton ernst. »Es wird behauptet, Ihre Tochter hätte bei mir Eier gestohlen. Das ist unerhört.«

Mrs. Venning blieb ruhig, ihre Stimme aber war scharf: »Wer behauptet das?«

»Eine Mrs. Blaine und eine Miss Nuttel – so heißen sie, glaube ich.«

»Dann brauchen wir uns nicht darum zu kümmern. Die behaupten alles mögliche.«

»Aber es war in einem Bus, in aller Öffentlichkeit.«

»Angela soll Ihre Eier in einem Bus gestohlen haben? Was für ein Quatsch. Überflüssig, darüber zu reden.«

»Nein. Sie haben mich mißverstanden. Es ist in einem Bus behauptet worden. Jeder konnte es mit anhören. Ich wollte eigentlich protestieren, aber leider konnte ich mich nicht dazu aufraffen, in aller Öffentlichkeit eine Szene zu machen. Und da habe ich den Wegweiser zu Ihrem Haus gesehen und bin ausgestiegen und sofort hierhergekommen. Was gestern nacht wirklich passiert ist, war einfach kindisch und albern.

Aber wegen der Schießerei und weil dann die Polizei da war, könnte die ganze Sache leicht zum Skandal werden. Und den Namen Ihrer Tochter damit in Zusammenhang zu bringen, bloß aus Klatschsucht, das ist unverzeihlich.«

Mrs. Vennings Gesicht glich einer ausdruckslosen Maske. Sie trat zur Seite. »Ich glaube, am besten kommen Sie herein und erklären mir diese absurde Sache etwas genauer.«

Sonia Venning versuchte, sich über ihre Besucherin ein Bild zu machen und zugleich über deren Darstellung nachzudenken. Bestimmt hatten sich die Dinge nicht so abgespielt, wie sie erzählte. Weniger sicher war, was an der Geschichte wahr sein mochte. Ein Dorfjunge sollte nach Mitternacht Eier stibitzt haben? Ausgeschlossen. Vorstellbar, aber unwahrscheinlich, daß er auf die Hühner selbst ausgewesen war. Unvorstellbar, daß er eine Schußwaffe bei sich gehabt hatte ... Daß die Mitglieder der Familie Colvenden so prompt auf ihr jeweiliges Stichwort erschienen waren, ließ beinahe vermuten, daß sie verabredet gewesen waren. All das mußte mit der nächtlichen Polizeiaktion zusammenhängen, von der Mrs. Fratters erzählt hatte – und die bezog ihre Informationen vom Milchmann ... Übrigens sollten nicht bloß ein Dorfpolizist, sondern Streifenwagen unterwegs gewesen sein, und zwar mehrere ... Konnte das hier eine Falle sein? Oder sagte diese Miss Seeton die Wahrheit, soweit sie ihr bekannt war? Angela war kurz nach Mitternacht nach Hause gekommen. Und allein. Aber kein Kunststück, sich vorzustellen, wie der Dorfklatsch sie mit der Affäre in Verbindung bringen würde. Und was den Kern der Sache betraf, hatte man vermutlich recht ... Die Frage war, wieweit war Angela diesmal in die Geschichte verwickelt? Und ließ es sich beweisen? Mrs. Venning kam zu dem Schluß, daß Miss Seeton im großen Ganzen aufrichtig war. Aber wie war das mit dem Glas Marmelade, das sie zu Hause vorgefunden haben wollte? Na ja, vielleicht hatte Angela es hingebracht.

Ja, höchstwahrscheinlich stellte die alte Dame die Dinge so dar, wie sie selbst sie sah und hatte wohl nur den Wunsch, hilfsbereit zu sein.

Mrs. Venning stand auf. »Es war sehr liebenswürdig von Ihnen, hierherzukommen, und ich bin Ihnen sehr dankbar. Ich weiß, wie ekelhaft das mit Dorfklatsch ist. Und im voraus Bescheid zu wissen, ist immer gut. Entschuldigen Sie, daß ich vorhin so kurzangebunden war, aber meine Haushälterin ist beim Einkaufen, und ich war mitten in der Arbeit ...« Sie wies auf die Schreibmaschine und das Chaos auf dem Schreibtisch: »... und da fällt es einem schwer, sich plötzlich auf etwas anderes zu konzentrieren. Vor allem ...« Sie lächelte um Entschuldigung bittend und fuhr sich mit der Hand an die Stirn: »... wenn man gerade schauderhafte Kopfschmerzen hat.«

»Oh, das tut mir leid. Wie scheußlich für Sie«, sagte Miss Seeton mitfühlend. »Ob Sie sich nicht besser hinlegen? Aber ... was für ein Zufall!« Sie machte ihre Handtasche auf und begann, darin herumzuwühlen. »Vorhin hat mir jemand etwas gegen Kopfschmerzen gegeben. Ich brauche es wahrscheinlich nicht, denn ich bin nicht sehr für Medikamente oder Drogen ...«

»Warum nicht? Wer ist nicht für Drogen?«

Beide Frauen drehten sich um, als sie die Frage hörten. Mrs. Venning ging schnell zur Tür.

»Angela, was machst du hier unten? Geh wieder in dein Zimmer.«

»Ach, sei doch nicht so stur. Was ist los? Wer ist die alte Dame?«

»Widersprich mir nicht. Geh sofort in dein Zimmer. Dir geht es nicht gut. Du weißt doch, wie übel dir heute nacht war. Geh wieder ins Bett und bleib liegen, wie ich dir gesagt habe, sonst wirst du mir noch ernstlich krank. Also bitte tu, was ich dir sage.« Widerwillig ging das junge Mädchen die

Treppe hinauf. Eine Tür knallte. Mrs. Venning zwang sich zu einem Lächeln. »Entschuldigen Sie ...«

»Aber ich bitte Sie«, sagte Miss Seeton verständnisvoll. »Ich muß mich entschuldigen. So beunruhigend für Sie. Und die jungen Leute – so ungeduldig. Immer glauben sie, daß sie alles am besten wissen.« Aus ihrer Handtasche zog sie das Tablettenröhrchen. »Da hab' ich es ja. Bitte, für Ihre Kopfschmerzen.«

Das Lächeln auf Sonia Vennings Gesicht gefror. Sie stieß ein häßliches, schrilles Lachen aus. Miss Seeton zuckte zurück. Mrs. Venning ging rasch auf sie zu und schlug ihr das Röhrchen aus der Hand.

»Raus!« zischte sie. »Raus, Sie verlogene, gemeine Spionin. Raus! Wenn Sie Geld wollen, versuchen Sie es woanders. Diesmal haben Sie einen Fehler gemacht. Raus. Sofort raus!«

Das Mittagessen in *Rytham Hall*, zu dem Miss Seeton zu spät kam, da sie entweder die Entfernung oder ihr Marschtempo falsch eingeschätzt hatte, verlief nicht besonders erfolgreich. Gegenüber einem geistesabwesenden Gast, einem mürrischen Sohn, der an andere Dinge zu denken schien, und einem Ehemann, der noch nie ein brillanter Gesprächspartner gewesen war, verebbten Lady Colvendens Bemühungen, die Tischrunde zu heiterem Plaudern zu bewegen, und so beendete man die Mahlzeit schweigend.

Nach Tisch sagte Miss Seeton, daß sie in ihr Häuschen zurückkehren wolle. Superintendent Delphick, der in diesem Augenblick mit Sergeant Ranger eintraf, um ihr seine Fragen zu stellen, unterstützte die Proteste der Familie Colvenden in der Hoffnung, sie zum Dableiben zu überreden, doch sie ließ sich nicht umstimmen. Sie sei sehr dankbar, in der letzten Nacht hier Unterschlupf gefunden zu haben, aber jetzt bestehe kein Grund mehr, länger zu stören. Und sie habe sich, schlicht gesagt, in ihr Häuschen verliebt und wolle heim. So fuhren Delphick und Bob Ranger sie hinüber, um dort mit ihr zu reden.

Miss Seeton und der Superintendent hatten sich behaglich rechts und links vom Kamin niedergelassen, und der Sergeant nahm mit seinem unvermeidlichen Notizbuch an einem Tisch neben dem Fenster Platz, das auf die Dorfstraße blickte.

»Dann müssen wir uns also damit abfinden, daß diesmal zwar der Ton funktionierte, aber das Bild nicht. Oder vielmehr: daß das Bild nur hin und wieder aufflimmerte.«

Miss Seeton lächelte. »Leider ja, Superintendent. Aber ich fürchte, Sie irren sich, wenn Sie glauben, es sei derselbe Mann gewesen wie der in London. Der hier war englisch bis ins Mark.«

»Lebels Eltern waren vermutlich Franzosen, aber er selbst ist in London geboren und aufgewachsen – er hat keinen fremdländischen Akzent. Wie hat die Stimme geklungen?«

Sie dachte nach. »Nein, leider kann ich Ihnen nicht helfen. Es war eben eine Stimme. Sehr gewöhnlich. Nicht gebildet. Ich weiß noch, daß er mich ›Lady‹ genannt hat. Er hat gesagt: ›Gehen Sie ins Haus, Lady‹ oder so etwas Ähnliches.«

»Haben Sie ihn gehen sehen?«

»Ja, er ist auf mich zugekommen, als ich dort war – am Hühnerstall, meine ich.«

»Können Sie sich entsinnen, ob er hinkte? Sir George meint, er hätte gehumpelt. Mich interessiert, ob er wirklich hinkt oder ob er sich vielleicht nur den Fuß verstaucht hatte.«

»Oh ...« Langes Schweigen. Miss Seeton stieg das Blut ins Gesicht.

»Sie erinnern sich nicht?«

»Doch, doch ... Ja. Leider. Ich habe deswegen ein sehr schlechtes Gewissen. Sehen Sie, ich war ärgerlich, wegen der Hühner, denn ich wußte, daß Stan sich aufregen würde. Und da habe ich ihm gesagt, er soll damit aufhören – aufhören, die Hühner aufzuscheuchen. Und weil er nicht gehorchen wollte und mir sagte, ich soll wieder ins Haus gehen und mit der Waffe auf mich zeigte, habe ich unglücklicherweise die Geduld verloren und ihm aufs Handgelenk gehauen. Und das Ding ist explodiert. Ich glaube, er hat was am Fuß abbekommen. Ich habe sofort gefragt, ob er verletzt sei, aber er hat nicht geantwortet. Er ist nur jammernd herumgehüpft und hat seinen Fuß festgehalten ... Und dann ist er auf den Hühnerstall geklettert und verschwunden.«

Es war zuviel. Es war eine Kleinigkeit mehr, als der stärkste Mann vertragen konnte. Der Sergeant mußte sich einfach dazu äußern. Zu seinem Vorgesetzten gewandt, sagte er: »Sie hat ... hihihi ...« Ein Kichern entfuhr ihm. Über den Ton erschrocken und unter dem drohenden Auge des Orakels zusammenschrumpfend, biß er die Zähne zusammen. Mit bebenden Lippen sagte er: »Entschuldigen Sie, *madam.* Für die Akten: War es Ihr Schirm ... ich meine, haben Sie ihm damit aufs Handgelenk gehauen?«

»Ja, natürlich«, sagte Miss Seeton. »Woher wissen Sie das?«

»W-weil es gar n-icht anders sein k-konnte. Nur Sie ... huhuhu ...« Heroisch brachte er sich zum Schweigen, indem er sich mit aller Kraft auf die Zunge biß.

»Geht's jetzt wieder, Sergeant?«

Glutrot blickte Bob das Orakel in stummer Verzweiflung an. Schmerz und Druck trieben ihm das Wasser in die Augen. Zwei große Tränen rannen seine Wangen herab. Delphick blickte hastig weg. Eine Träne tropfte auf das Notizbuch, machte einen Klecks und blieb dort als sichtbares Zeugnis eines herzbewegenden Interviews.

»Gut ... Ja.« Delphick wußte nicht weiter, was ihm sehr selten passierte. Er versuchte es noch einmal, und zwar umgekehrt: »Ja ... Gut. Das erklärt das Humpeln. Und ausgezeichnete Zielsicherheit, wenn ich so sagen darf.« Er holte tief Luft. »Und jetzt zwei andere Dinge.« Er lächelte. »Sie tun mir leid, Miss Seeton, denn es muß Ihnen wie ein endloser Katechismus vorkommen. Aber Polizeiarbeit besteht nun mal aus Informationen. Aus Stößen von Informationen. Die sämtlichst aufgenommen, in Tabellen erfaßt, miteinander verglichen und sonstwie bearbeitet werden müssen. Und aus diesem Verarbeitungsprozeß ergeben sich, wenn wir Glück haben, Tatsachen. Manchmal werden uns Informationen ohne Aufforderung geliefert, aber meistens müssen wir sie mühselig ausgraben – durch endlose Fragen.«

»Aber natürlich, Superintendent. Ich helfe Ihnen gern, wenn ich kann. Ich wüßte nicht, wie Sie Ihre Arbeit tun sollten, wenn die Leute Ihnen nicht sagen, was los gewesen ist.«

»Eben. Nun, da gibt es eine Schriftstellerin, die hier lebt und Dinge schreibt, die von manchen Leuten als ›blöde Bücher‹ bezeichnet werden.«

»Sie meinen Mrs. Venning? Ob die Bücher blöd sind, davon weiß ich nichts, aber sie gehen sehr gut. Ich habe keines gelesen. Es sind Kinderbücher.«.

»Und sie hat eine Tochter namens Angie?«

»Angela, ja.«

»Sie kennen Mrs. und Miss Venning?«

Man mußte es dem Orakel lassen, dachte der Sergeant. Ihm war es nicht gelungen, den Namen von Mr. Colvendens ›blöder Schriftstellerin‹ noch vor dem Lunch herauszukriegen, weil der Police Constable von Plummergen auf Streife war, und jetzt zog der Super Miss Seeton diese Information aus der Nase, ohne daß sie überhaupt merkte, ihm eine Auskunft gegeben zu haben. Als nächstes würde er sie um eine Beschreibung bitten.

»Wie sind die beiden?« fragte Delphick.

»Es tut mir leid – ich weiß es nicht. Mit Mrs. Venning habe ich nur ein einziges Mal gesprochen. Und ihre Tochter habe ich nur ganz kurz gesehen. Sie war krank.«

»Aber Sie haben doch einen Eindruck gewonnen ... von der Mutter zumindest. Was für eine Frau ist sie?«

Miss Seeton stockte. »Ich ... ich weiß es nicht, Superintendent. Ich kann es Ihnen nicht sagen.«

»Dann erzählen Sie mir, wie es gekommen ist, daß Sie sie kennengelernt haben. Soviel ich weiß, lebt sie beinahe wie eine Einsiedlerin?«

»Ich habe sie besucht.«

»Kürzlich?«

»Ja. Heute vormittag, auf dem Rückweg. Kurz vor dem Lunch. Ich habe Äußerungen mit anhören müssen, sehr ehrenrührige, und da ich wußte, daß es ganz anders war, dachte ich, man müßte ihr Bescheid sagen. Und so habe ich ihr einen Besuch gemacht und ...«

»Und?«

»Und ...« Wieder stockte sie. Ihre Hände bewegten sich fahrig. »... das ist alles.«

»Entschuldigen Sie, daß ich Ihnen so zusetze, aber es ist wichtig für mich, mehr von den Vennings zu erfahren. Sie wissen doch – Sie waren mit mir einer Meinung, daß wir unsere Arbeit nicht tun können, wenn man uns nichts sagt.«

»Es ist nicht, daß ich nicht will ... ich kann einfach nicht. Oh, ich könnte Ihnen natürlich sagen, daß ihr Benehmen etwas seltsam war. Und daß sie sehr grob zu mir war. Aber das wäre ganz falsch. Es wäre nicht wahr.« Wieder diese fahrigen Gesten, die gar nicht zu ihr paßten. »Nicht wirklich wahr, meine ich.«

Delphick hatte sie aufmerksam beobachtet. Er sprang auf. »Jetzt weiß ich's. Fangen Sie an. Nehmen Sie Papier, Ihren Zeichenblock, Bleistifte, Ölkreide ... was Sie eben brauchen. Der Sergeant und ich gehen ein bißchen in den Garten, wenn Sie erlauben. Wir können uns den Hühnerstall ansehen, die Mauer, das Grundstück dahinter. Wir können auf Händen und Knien herumkriechen und uns die Hosen ruinieren. Wir können Grashalme durch die Lupe betrachten. Haben Sie Ihre Lupe bei sich, Sergeant?«

»Nein, Sir.«

»Macht nichts. Dann tun wir's mit dem bloßen Auge. Hauptsache, wir sehen wie richtige Detektive aus. Und Miss Seeton bleibt hier und arbeitet schön.« Er wandte sich mit breitem Lächeln an sie. »Habe ich nicht recht? Das ist doch die Methode, mit der Sie Ihre Probleme lösen, mit der Sie herauskriegen, was mit den Leuten los ist, an die Wahrheit herankommen. Ihre Hände sagen es Ihnen, nicht wahr? Ihre Hände bringen es zu Papier, und dann können Sie es sehen. Habe ich recht?«

Miss Seeton war äußerst verlegen. »Ich glaube, nicht... Nun ja, vielleicht. Ja... irgendwie schon. Es stimmt, ich zeichne Gegenstände. Und Leute. Ich habe immer das Gefühl, ich sollte es eigentlich nicht. Aber ich kann mich dem nicht entziehen. Es ist... es ist wie ein Zwang, wirklich. Aber es hilft. Es hilft mir, meine ich, die Dinge klarer zu sehen. Aber natürlich sind es ganz private Skizzen. Ein bißchen so wie sehr private Tagebuchblätter. Ich zeige sie nie irgend jemand.«

»Nur uns. Wir sind Beichtväter, denken Sie daran. Wir sind Ärzte, Geistliche; wir sind das anormale Linderungsmittel für krankhafte Zustände der menschlichen Gesellschaft. Wenn ich daran denke, daß ich einmal die Begierde eines Süchtigen fast nicht erkannt hätte, weil es sich zufällig auf Papier und Bleistift richtete und nicht auf ›Schnee‹... Höchste Zeit für mich, mal auszuspannen und auf die Weide zu gehen.« Er lächelte ihr zu. »Wir lassen Sie jetzt allein. Kommen Sie, Sergeant, grasen wir.«

Miss Seeton sah ihnen nach, als sie in den Garten hinausschlenderten. Was für ein verständnisvoller Mensch, der Superintendent ... sehr tröstlich, irgendwie. Und dieser riesige junge Mann mit dem Notizbuch, der so selten etwas sagte. Beide waren sie ... so zuverlässig, ja, das war es. Sie setzte sich an den Sekretär nahe am Fenster, zog eine der tiefen Schubladen auf, nahm Zeichenkarton aus der Mappe, schob die Schublade zu, klappte die Schreibplatte herunter und legte sich Bleistifte, Kohle und Radiergummi zurecht. Einige Augenblicke lang genoß sie die Luft am offenen Fenster, den Blick in den Garten und die Ruhe. Wie hübsch es hier war. Was für ein Glück sie hatte ... Sie wandte sich wieder dem Zeichenblatt zu und stellte fest, daß ihre Hand wie von selbst ein Stück Kohle genommen und begonnen hatte, Linien zu zeichnen. Ziellos zuerst, dann mit zunehmender Konzentration begann sie, dem Ausdruck zu geben, was sie empfand.

Die Hühner, die sich für die Kriminalbeamten flüchtig interessiert hatten, kümmerten sich nicht weiter um sie, da kein Futter in Sicht kam. Bob kletterte wieder über die Mauer und blieb rittlings darauf sitzen.

»Haben Sie gehofft, hier unten was zu entdecken, Sir?«

»Zum Beispiel ein paar Briefchen Heroin, die ihm aus der Tasche gefallen sind?« Das Orakel grinste freundlich. »Nein, Bob. Wenn er den Hühnern Heroin gestreut hat, dann bin ich dafür, schlafendes Geflügel nicht zu wecken. Wer bin ich denn, daß ich ihnen ihr schlichtes Vergnügen mißgönnen dürfte ... Und ich glaube nicht, daß wir Sie mit der Durchsuchung des Hühnerstalls beauftragen sollten, denn selbst wenn wir Sie hineinbekämen – wenn Sie ausatmen oder noch mal einen hysterischen Anfall bekommen, dann sprengen Sie den ganzen Bau in die Luft.«

»Es tut mir schrecklich leid, Sir«, sagte Bob zerknirscht. »Aber ich mußte lachen. Ich konnte es mir einfach nicht verkneifen.«

»Schon gut. Aber wenn Sie wieder mal weinen müssen, dann seien Sie so nett, und schauen Sie mich nicht auch noch an dabei. Das hätte mir fast den Rest gegeben.«

»Ihnen? Sie haben nicht mit der Wimper gezuckt, Sir.«

»Freut mich zu hören, aber ich bin nicht sicher, ob mir nicht doch in den Innereien was Wichtiges gerissen ist... Nein, im Moment schlagen wir nur die Zeit tot und tun so, als ob – für den Fall, daß es was zu sehen gibt. Schade, daß die Mauer hinten so niedrig ist«, fuhr er nachdenklich fort. »Die Aussicht vom Haus ist dadurch bestimmt schöner, aber das niedrige Gemäuer ist geradezu eine Einladung.«

»Glauben Sie, Lebel hat Kontakte hier unten, Sir?«

»Wenn Sie Komplizen meinen – nein. Aber Leute, die er kontaktieren könnte, ja. Vergessen Sie nicht, Bob, daß Rauschgift Geld wie Heu bedeutet und daß Geld wie Heu eine Riesenorganisation bedeutet. Ich könnte mir vorstellen, daß Lebel nur ein Schmalspur-Schlepper und ein Strohmann für die Organisation ist, aber damit alles glattgeht, muß eine Organisation die eigenen Leute schützen – oder sie eliminieren. Im Augenblick ist Miss Seeton ihnen lästig, weil sie einen ihrer Leute festnageln kann, der für den Ring offensichtlich sehr brauchbar ist. Aber falls wir seinen Vorsprung aufholen oder die Dinge so brenzlig werden, daß er für die Organisation eine Belastung ist, dann bringen sie ihn einfach um, wenn wir Glück haben, und lassen Miss Seeton in Ruhe. Was zwar dem Rauschgiftdezernat nicht gerade gefallen würde, uns aber eine Menge Lauferei ersparte.«

»Und glauben Sie, daß Mrs. Venning in die Sache verwikkelt ist, Sir?«

»Am Rande damit verknüpft, vermute ich.«

»Sonderbar bei so jemand. Sie ist ziemlich bekannt.«

»Jetzt sagen Sie bloß nicht, sie ist Ihre Lieblingsautorin!«

»Meine Schwester hat Kinder, und die sind begeistert von

ihren Büchern. Sie drehen sich alle um ein Kaninchen. Jack heißt es.«

»Welche Belesenheit«, sagte Delphick bewundernd. »Na ja, möglich, daß die Mutter nur die Tochter deckt, die anscheinend zu der Clique gehört.«

»Und Rauschgift nimmt?«

»Ich vermute es nur. Jedenfalls scheint sich der junge Colvenden um sie zu sorgen. Nach dem, was er nicht gesagt hat, war sie gestern nacht offenbar mit von der Partie. Und laut Miss Seeton war sie heute morgen krank. Das sieht mir ganz nach dem bekannten düsteren Schema aus.«

»Bedauerlich«, meinte Bob.

»Ja«, stimmte Delphick zu. »Und noch bedauerlicher, wenn's wahr wäre. Aber Kopf hoch – es muß ja nicht so sein. Ich mag es nicht, wenn sich kleine Amateure mit Profis einlassen. Das ist lebensgefährlich. Deshalb habe ich den jungen Colvenden so zusammengestaucht. Ihn in Wut zu bringen, war die einzige Möglichkeit, sonst wäre er nicht mit der Sprache rausgerückt. Mit seinem Räuber-und-Gendarm-Spielen und dem Rumspionieren, womit er doch bloß die kleine Venning decken wollte, hätte er im Krankenhaus landen können, wenn nicht sogar im ... Und ihr scheint das völlig wurscht zu sein. Eine Glanzleistung von ihm, diese Rabauken in den Straßengraben zu werfen – da hatten wir sämtliche Namen und Adressen auf dem Präsentierteller. Jetzt können sich die vom Rauschgiftdezernat auf diese Clique konzentrieren, statt den Club allgemein zu beobachten. An sich sind sie unwichtig. Wichtig ist der, der sie erstens drauf gebracht hat und sie zweitens mit Stoff versorgt. Aber die Vennings, glaube ich ...« Achselzuckend setzte er hinzu: »Ich weiß nicht recht, mir ist nicht ganz wohl dabei. Kommen Sie. Vielleicht gibt uns Miss Seeton einen Tip. Inzwischen hat sie Zeit gehabt, eine Gemäldegalerie zu füllen.«

»Aber was versprechen Sie sich davon, daß sie Mrs. Venning zeichnet, Sir? Daß sie sie in einen Käfig steckt, wie sie es mit Lebel gemacht hat?«

»Das wäre allerdings sehr aufschlußreich... Ich weiß nicht, was ich erwarte, aber ich habe den Verdacht, daß Miss Seeton, ohne es zu wissen, für übersinnliche Einflüsse empfänglich ist. Aber ob sie sich diesmal beim Zeichnen über ihre Gedanken klar wird und uns sagen kann, was sie denkt, oder ob die Zeichnung selbst etwas enthält, das uns weiterbringt – das alles ahne ich nicht. Kommen Sie, gehen wir hin, und stellen wir es fest.«

Als sie auf die Terrassentür zugingen, konnten sie Miss Seeton bei der Arbeit sehen. Versunken arbeitete sie mit Kohle, verrieb und schattierte mit Daumen, Fingern und Wattebäuschen. Delphick und Bob Ranger blieben stehen und sahen ihr zu. Nach ein paar Augenblicken lehnte sie sich zurück, betrachtete die Skizze, nahm dann ein Stück Kohle, strich damit quer über den oberen Rand des Blattes und verteilte die Kohle mit dem Handballen. Dann schob sie den Stuhl zurück, stand auf und besah das fertige Werk. Delphick trat vor.

»Dürfen wir hereinkommen?«

Sie drehte sich um, stutzte und sah sie verständnislos an. Dann: »Oh, Superintendent. Ja, natürlich, kommen Sie herein. Ich wollte mir gerade die Hände waschen. Kohle ist nicht das sauberste Material.« Sie zeigte ihre schwarzen Hände vor. Sogar im Gesicht hatte sie ein paar Kohletupfer. »Ich bin gleich wieder da.«

Nachdenklich standen sie vor dem Chaos auf dem Schreibtisch. Obenauf lag die Kohlezeichnung, an der sie Miss Seeton hatten arbeiten sehen. Na ja, jeder Schuß trifft eben nicht, dachte der Sergeant. Diesmal hatte das Orakel eine Niete gezogen. Oder vielmehr Miss Seeton. Während sie im Garten spazierengegangen waren, hatte sie ein paar Familienporträts von den Vennings zeichnen sollen. Aber das hatte sie vergessen. Statt dessen hatte sie eine Landschaft produziert. Eine ziemlich düstere Gegend übrigens. Gut gezeichnet, vermutlich – aber leben würde er dort nicht gern. Diese hohen Berge im Hintergrund, mit dem dunklen Himmel darüber. Es war ... unheimlich. Ja, das war das richtige Wort. Unheimlich. Und die Klippe links ... nein, eigentlich keine Klippe, ein Felsen. Nur der eine Lichtstrahl, der auf herabtropfendes Wasser fiel – in Wirklichkeit zwei Bäche, aber der eine verschwand auf der anderen Seite. Der Lichtstrahl ließ noch den Teich unten aufleuchten, wo – Allmächtiger – ein Mädchen hingestürzt dalag und eine Flasche oder so etwas hatte fallen lassen, die kaputtgegangen war. Das Mädchen ... ob es noch lebte? Es sah aus, als läge es halb im Wasser. Ziemlich deprimierend das Ganze. Nicht seine Kragenweite, ganz und gar nicht.

Delphick zog ein Blatt Papier unter der Zeichnung hervor. Bob gluckste. Das war schon besser. Das konnte man wenigstens verstehen. Eine flüchtige Federzeichnung, nur ein paar energische Striche ... Auf einem Rednerpult, hinter einem Tisch, über dem anstelle einer Fahne eine Bürgermeisterkette wie eine Girlande aufgehängt war, hielt ein dicker, aufgeblasener Mann eine Ansprache, in der hocherhobenen rechten Hand ein Tablettenröhrchen: Eine boshafte Karikatur von Mr. Trefold Morton in der Rolle eines Quacksalbers.

Delphick lachte noch, als Miss Seeton zurückkam. »Wer ist der Herr, den Sie nicht leiden können?«

»Oh«, rief Miss Seeton erschrocken. »Das sollten Sie gar nicht sehen.« Vorwurfsvoll blickte sie ihn an. »Es hat untendrunter gelegen.«

»Ich weiß«, sagte Delphick. »Aber eine Ecke guckte heraus, und ich war zu neugierig. Sehr witzig, die Zeichnung.«

»Nicht nett von mir, zugegeben«, erklärte Miss Seeton. »Aber er hat mich in Grund und Boden geredet. Das ist der

Anwalt meiner Tante. Ich mußte heute morgen wegen des Testaments zu ihm, und er wollte mir unbedingt Tabletten für meine Kopfschmerzen geben. Ich wollte sie gar nicht, aber es war einfacher, sie anzunehmen, als sich mit ihm herumzustreiten.«

Der Superintendent überlegte: Die Karikatur war zweifellos witzig. Und doch ... Ein Schwindler, wenn er je einen gesehen hatte. Und wie merkwürdig, daß auf beiden Zeichnungen ein Medizinfläschchen oder -röhrchen auftauchte. Reiner Zufall? Ein bißchen Bohren würde sich vielleicht bei diesem Herrn lohnen. Ein paar Erkundigungen über seine Finanzlage und über die seiner Klienten ... Aber bei einem Anwalt mußten derartige Erkundigungen sehr diskret eingezogen werden.

Er legte die Skizze hin und betrachtete die Kohlezeichnung. Miss Seeton beobachtete ihn unruhig. »Ich weiß nicht, ob es sehr klar ist. Hilft es Ihnen überhaupt?«

»O ja. Ich glaube, schon.« Der Sergeant sah ihn überrascht an. »Nicht gerade erheiternd, das Bild ... oder die darin angedeuteten Unterstellungen. Aber ... o ja, ich glaube, es hilft mir. Niobe weint Bäche von Tränen.«

Miss Seeton strahlte vor Freude. »Dann verstehen Sie, was ich empfunden habe.«

»Sie sagten, sie ist grob zu Ihnen geworden?«

»Nun ja, schon. Aber ich glaube bestimmt, es war ein Mißverständnis. Sie hatte Kopfschmerzen, und ich habe ihr Mr. Trefold Mortons Tabletten angeboten. Sie hat sie mir aus der Hand geschlagen und was von Spionieren gesagt und daß ich sofort weggehen soll. Aber ich bin überzeugt, sie hat es nicht so gemeint. Wissen Sie, ich denke mir, sie ist sehr unglücklich und völlig erschöpft.«

Delphick deutete auf die Zeichnung. »Deshalb die zerbrochene Medizinflasche hier unten?«

Sie nickte. »Sie müssen verstehen – ich habe Mrs. Venning

mitten in der Arbeit gestört, und schöpferische Leute können das nicht vertragen. Sehr begreiflich übrigens.«

»Was bekümmert Sie, Sergeant?«

Bob sah verwirrt aus. »Ich kapiere das nicht, Sir. Ich kenne das Niobe-Standbild, und ich dachte immer, es wäre eine Griechin, die nicht aufhören könnte zu weinen, weil alle ihre Kinder tot sind.«

»Eine griechische Sage«, korrigierte das Orakel. »Artemis und ihr Bruder töteten alle Kinder der Niobe bis auf eine Tochter und verwandelten Niobe selbst in einen Felsen, und ihre Tränen wurden Zwillingsbäche, die zu Tal strömten. Der Felsen, Sergeant: Erkennen Sie nicht das Gesicht einer Frau darin?«

Plötzlich sah Bob das Gesicht. Die Schatten und der Pflanzenwuchs, das waren Augen, Nase, Mund. Wie eine tragische Maske. Komisch, daß er es vorhin nicht erkannt hatte. Jetzt konnte er es gar nicht mehr anders sehen. Alle Kinder getötet, bis auf eine Tochter... Er sah wieder zum unteren Teil der Zeichnung. Das Mädchen lag zusammengekrümmt halb im Wasser. Ihm gefiel diese Unterstellung auch nicht.

7

Wirklich, es war sehr verwirrend. *Treten Sie die Erde beim Pflanzen gut fest, damit an den Wurzeln keine Lufttaschen zurückbleiben.* Das klang klar und vernünftig. Dann, ein paar Seiten später, unter *Pflege und Wartung: Hacken Sie gut rund um die Wurzeln, damit Luft herankommt.* Eigentlich schade, daß man die Luft nicht gleich von Anfang an dort gelassen hatte. Und auf Seite 53: *Rosen dürfen Sie niemals hakken, da ihre Wurzeln dicht unter der Oberfläche liegen, könnten sie leicht beschädigt werden.* Miss Seeton klappte das Buch zu und legte es neben sich auf den Rasen. *Wegweiser für Gartenfreunde* – ja, aber welchen Weg wies er? War es mit Gartenbau vielleicht genauso wie mit vielen anderen Berufen? fragte sie sich. Erfolglose Sängerinnen gaben bekanntlich oft Gesangsunterricht, erfolglose Schriftsteller schrieben Bücher mit dem Titel *Wie lerne ich schreiben?,* und erfolglose Malerinnen wurden, wie man selbst nur zu gut wußte, nicht selten Zeichenlehrerinnen. Und in der Tat tröstete man sich gern mit dem Gedanken, daß gerade solche Leute die besten Lehrer seien. Und natürlich hätte man, wenn man erfolgreich wäre, gar keine Zeit zum Unterrichten. War es so, daß erfolglose Gärtner Gartenbücher schrieben? Oder war eine solche Idee Ketzerei? Zumindest bekam man den Eindruck, wenn man nur die Hälfte von dem tun würde, was für das Gedeihen einer x-beliebigen Pflanze anempfohlen wurde, man für nichts anderes mehr Zeit haben würde, nicht einmal fürs Essen. Wirklich, alles sehr verwirrend. Am besten fragte sie Stan ... Hatte es da nicht geklopft? Wahrscheinlich jemand, der es vergebens an der Vordertür versucht hatte. Sie stand auf, ging über den Rasen, nahm den Schlüssel vom Nagel und schloß das Seitentörchen in der Mauer auf.

»Hättense nich an was Interesse, Miss?« Helle Augen leuchteten unter einem rötlichen Haarschopf. Die geschmeidigen, schnellen Bewegungen der Jugend ... sympathisch. Der klare kindliche Teint, der bald unter Pickeln verschwinden würde. Kälberspeck, der Magerkeit weichen würde. Ein argloser Cherub, der sich allmählich in ein hinterlistiges Frettchen verwandelte.

Miss Seeton verstand nicht gleich. »Interesse? An was?«

»Gott, irgendwas, Miss. Grünzeug, Sprudel, Eier, Käse, Konserven. Nich gelogen: Sagense, wasse wolln, wir hams.«

»Tja, ich glaube nicht, daß ich etwas brauche. Augenblicklich nicht, vielen Dank.«

»Na, nu hörense doch! Billiger wie geschenkt. Ohne Zwischenhandel, verstehnse? Wir bringens Ihnen direkt vors Haus, un Sie suchen sich aus, wasse wollen. Kommense, sehense bloß mal«, schmeichelte er. »Verflichtetse ja zu nischt, bloß mal kieken.«

Miss Seeton ging durch das Törchen, während er zur Seite trat. Quer über den Gehweg, die hinteren Türen offen, so daß sie rechts und links des Tores die Mauer berührten, stand ein klappriger Lastwagen, dessen rückwärtiger Teil in einen geschlossenen Lieferwagen umgebaut worden war. Auf dem Plankenboden lagen zwei, drei welke Kohlköpfe mit gelben Blättern, standen ein paar Flaschen Limonade und ein Karton, aus dem Seifenpulverpakete und Konservendosen heraussahen.

Miss Seeton betrachtete das armselige Angebot. »Leider brauche ich wirklich nichts, glaube ich ...«

Ihre Stimme ging in gedämpftes Quaken über, als ihr ein Sack über den Kopf gestreift wurde, sie an den Knöcheln gepackt und zwischen die Waren geschoben wurde. Die Türen schlossen sich, ein Schaukeln, als sich der Fahrer hinter das Steuer schwang, und ein Knall, als er die Tür der Fahrerkabine zuschlug. Der Motor heulte auf, und Miss Seeton rollte, von den Flaschen begleitet, von der einen Seite zur anderen, während der Lieferwagen anfuhr, zurückstieß und dann sein Tempo beschleunigte.

Miss Seeton wand und drehte sich, um die Arme freizubekommen, um dem Mief des Sacks zu entgehen, in dem sie fast erstickte. Aber das Schwanken des Wagens machte koordinierte Bewegungen fast unmöglich. Gegenstände mit scharfen und stumpfen Kanten kamen ihr plötzlich in die Quere. Wenn sie endlich etwas erwischt hatte, gegen das sie die Füße stemmen konnte, löste sich dieser Halt sofort wieder in Nichts auf, und wieder rollte sie hin und her, hin und her, zusammen mit den vielen Flaschen ... aber so viele waren es doch gar nicht gewesen! Plötzlich gab ihr etwas einen Stoß in den Nacken, verhedderte sich mit dem Sack, hielt ihn fest. Sie schlängelte sich nach unten, bekam die Ellbogen frei. Jetzt war es ein Kinderspiel. Sie schob den Sack über den Kopf, setzte sich im Dunkeln auf und atmete dankbar die abgestandene, nach Kohl und Benzin riechende Luft ein – nach ihrer Knebelung der reine Ozon. Miss Seeton, die sich selten über etwas ärgerte, war wütend.

Das war kein Scherz mehr. Das war eine Unverschämtheit. Vielleicht war dieser junge Rotschopf derjenige, der hinter ihren Eiern hergewesen war, und das hier entsprach seiner Vorstellung von Rache? Möglich, daß er es für einen Ulk hielt. Aber es war nicht ulkig. Nicht im geringsten. Ein tadelloser, guter Hut, und noch beinahe neu – bestimmt war er ruiniert. Sie lehnte sich an die Wand und tastete ihn vorsichtig ab. Ja, das hatte sie sich gedacht. Vollkommen zerdetscht. Ihre Empörung wuchs. An die Wand zu klopfen, ihm zu sagen, er solle anhalten, wäre sicher sinnlos. Wenn er dazu bereit wäre, hätte er ja gar nicht damit angefangen. Wo fuhren sie eigentlich hin? Und was hatte er mit ihr vor, wenn sie dort waren, wo er hinwollte? Nein, wirklich, diese jungen Leute – so gedankenlos. Überlegten sich nie die Folgen. Nein, sie war auf sich selbst angewiesen. Aber was konnte man tun? Wie brachte man einen Wagen zum Stehen, wenn man hinten eingeschlossen war?

Herumtastend, begann sie über den Boden zu kriechen. Plötzlich bekam sie etwas zu fassen, das sich wie ein größerer Gummikappenverschluß anfühlte. Sie klammerte sich daran, denn eben schwankte der Wagen durch eine Kurve. Die Kappe löste sich, blieb in ihrer Hand, und sie fiel auf die Ellbogen zurück. Der Benzingeruch wurde stärker. Miss Seeton kroch zur Quelle des Geruchs zurück.

Ja, da unten plätscherte es. Wenn man nur etwas sehen könnte ... So schwierig, im Dunkeln herumzurätseln. Nein, dieser Geruch war zu fürchterlich. Aber wie merkwürdig ... Sie verstand nichts von Autos, natürlich, aber der Benzintank war doch bestimmt immer draußen? Vielleicht beim Lieferwagen nicht? Sie streckte die Hand aus, um die Gummikappe wieder aufzusetzen. Halt. Noch nicht ... Irgendwas ... Was war es nur? Richtig: Wasser im Benzin. Sie hatte mit angehört, wie sich Leute darüber beschwerten. »Der Motor lief nicht, weil Wasser im Benzin war.« Wasser ... Tja, sie hatte keins. Aber ... Man muß nur darauf kommen: Ob Sprudel es auch tat? Sie begann zu suchen. Die Flaschen, so störend zuvor, als man sie nicht brauchte, machten sich jetzt rar. Endlich. Hier war eine. Noch zwei stießen ihr gegen die Beine. Miss Seeton sammelte sie auf und bereitete ihre Aktion vor. Was für ein Glück ... Die Flaschen hatten Schraubverschlüsse. Sie leerte alle drei Flaschen in das Rohr, das aus dem Boden ragte. Offensichtlich, um mitzuspielen, stieß ein Karton gegen sie. Sie schob ihn weg. Oh – einen Augenblick mal. Waren da nicht ... Ja, aus dem Karton ragten Seifenpulverpakete. Ob die was nützen konnten? Sie zog eine Schachtel heraus und zerrte an der oberen Ecke. Wie ... komisch. Sie hatte gar nicht gewußt, daß Pappe so zäh sein kann. Da. Das Loch mußte genügen. Das Paket hin- und herschüttelnd, ließ sie den Inhalt in das Rohr rieseln. Befriedigt, daß alles getan war, was sich tun ließ, setzte sie die Gummikappe wieder auf und hoffte, daß der Geruch, der sie allmählich schwindlig machte, nachlassen würde. Zumindest, dachte sie, mußte sich bei dieser Schüttelei da unten ganz schöner Schaum bilden. Der Lieferwagen rumpelte seines Wegs. Schade ... es funktionierte wohl doch nicht. Nebelwolken, bis jetzt durch Aktivität verscheucht, legten sich auf ihr Gehirn. Der Lieferwagen gab ein höfliches Rülpsen von sich. War das etwa ...? Nein, sie fuhren immer noch.

Wieder zwei Schluckaufs. Miss Seeton versuchte, sich dafür zu interessieren. Da, ein Schluckauf nach dem anderen. Sehr erschöpfend, so etwas, dachte Miss Seeton halb im Traum. Und es konnte gefährlich werden, wenn es andauerte. Mancher soll am Schluckauf gestorben sein. Stille senkte sich hernieder, als der Motor aussetzte und sie schwankend zum Stehen kamen.

»Panne, Kumpel?«

Ein roter Schopf kam unter der Motorhaube hervor. »Weiß nich. Muß was mit der Pumpe sein. Benzin jede Menge, aber's kommt nich durch.« Sein Blick streifte den stämmigen Fahrer des hellblauen Lastwagens, der neben ihm angehalten hatte. »Lassense man, ich krieg's schon hin.«

»Nee, so nich. Gib mal den Schraubenschlüssel.«

Ein leises Pochen klang von der Rückwand her. »Was fährste denn, Dicker? Viehzeug?«

»Nee. Bloß Stückgut. Und ne olle Henne zum Abliefern.«

Der stämmige Mann löste die Schraube vom Vergaser. »Jetzt wolln wir mal sehn.« Und es gab etwas zu sehen. Heraus schäumte ein Berg blauer Blasen. »Womit fährste denn, Dicker? Mit Seifenlauge?« Er warf den Kopf zurück und lachte schallend.

»Hilfe!« rief eine schwache Stimme aus dem Lieferwagen. Das Lachen verstummte abrupt. Er drehte sich um. Ein Klicken. Er wich aus, nur halb auf den Angriff vorbereitet. Das Messer fuhr ihm in den linken Arm und nicht in den Magen. Sein Stiefel kam mit Schwung herauf, stieß zu. Sein Angreifer kreischte, krümmte sich zusammen. Seine rechte Faust fuhr herunter, und es war vorbei. Am Fuß schleifte er den bewußtlosen Jungen zu seinem eigenen Wagen, zog einen Strick aus der Fahrerkabine, fesselte ihn und warf ihn auf die Seite. Dann rannte er zur Rückfront des Lieferwagens, legte den Riegel um und zog die Türflügel auf. Der Mund blieb ihm offenstehen.

»Nur Mut, Miss. Gleich hamses überstanden.«

Mit benebeltem Kopf, nach frischer Luft ringend, rutschte Miss Seeton zur Tür und ließ sich vom Rand herunter. Taumelnd stand sie da und wollte ihrem Retter danken, doch die Knie gaben unter ihr nach, und sie sank in sich zusammen.

»Entschuldigen Sie«, murmelte sie. »Die Dämpfe, wissen Sie. Zu stark.«

Er half ihr auf und hielt sie fest. »Immer langsam, Miss. Muß Ihnen ja ganz schwindlig sein, da drinnen eingesperrt!«

Erschrocken sagte sie: »Ihr Arm ... Sie bluten ...«

Er blickte an sich herunter. Blut tropfte von seiner Hand und sickerte durch den Jackenärmel. »Ach, das is nichts, Miss. Bloß 'n Stich von Ihrem Chauffeur da.«

»Nein, sagen Sie – ist er tatsächlich mit einem Messer auf Sie losgegangen? Bei ihm muß irgendwas nicht stimmen. Und ich bin Ihnen so dankbar. Wie soll ich Ihnen nur sagen, wie dankbar ... Ich weiß nicht, was ich gemacht hätte, wenn Sie nicht gekommen wären. Aber was ist geschehen? Ist er weggerannt?«

»Nee, nich gerade. Da drüben is er und erholt sich. Ich hab ihn gebündelt, damit ihm nichts passiert.«

Miss Seeton hatte das Schwindelgefühl überwunden. »Ziehen Sie die Jacke aus«, befahl sie, »und zeigen Sie mir sofort Ihren Arm.«

Nach genauer Untersuchung erwies sich die Wunde als nicht so tief, wie sie befürchtet hatte. Aus dem sauberen Taschentuch, das sie bei sich hatte, machte sie eine Kompresse, die sie mit dem einigermaßen sauberen Taschentuch aus der Hosentasche des Fahrers auf der Wunde festband. Der stämmige Mann sah ihr aufmerksam zu.

»Jetzt weiß ich«, sagte er plötzlich. »Sie sind doch die Lady aus der Zeitung – stimmt's? Die Schirmlady. Da war ein Bild von Ihnen drin. Was hamse denn jetzt vorgehabt? Hamse den Rotkopf fassen wolln?« Mit wachsendem Interesse fragte er: »Is das der Kerl, der das Mädchen in London umgelegt hat?«

»Nein, nein, das ist er nicht. Das hat damit nichts zu tun. Wenigstens glaube ich es nicht.« Etwas unsicher fuhr sie fort: »Ich kann mir nur vorstellen, daß es ein kindischer ... na ja: Ulk sein sollte, denke ich mir. Gestern nacht hat einer Eier bei mir stibitzen wollen. Ich bin aufgewacht und habe ihn daran hindern können. Und entweder ist das der – es war so dunkel, daß ich es nicht weiß –, oder es ist ein Freund von ihm, der es mir heimzahlen wollte.«

Der stämmige Mann schien nicht ganz überzeugt. »Wenn Sie meinen, Miss ... Aber was machen wir jetzt? Den Rotkopf können wir nich hier liegen lassen. Der Wagen kann auch nich stehenbleiben. Viel Verkehr is ja nich, aber man kommt doch schlecht dran vorbei. Am besten, wir schleppen ihn ab. Ich nehme Sie ins Schlepptau.«

»Mich ins Schlepptau?« fragte sie bestürzt. »Oh, das geht nicht. Ich kann nicht Auto fahren.«

»Brauchense auch gar nich. Keiner muß ihn fahren. Geht ja auch gar nicht. Keine Ahnung, was er getankt hat, aber es kommen bloß blaue Blasen raus.«

»Das war ich«, erklärte sie. »Ich habe nämlich was in die Leitung gegossen, in der das Benzin drin sein muß – in der Hoffnung, daß der Motor streikt. Etwas anderes ist mir nicht eingefallen«, setzte sie entschuldigend hinzu.

»Das hat bestens geklappt.« Er blickte in den Laderaum, sah die Flaschen und lachte schallend. »Mit Sprudel außer Gefecht gesetzt! Das is mal was Neues.« Prustend und hustend ging er zu seinem Wagen, fuhr ihn rückwärts heran, stieg mit einem Seil in der Hand wieder aus und machte sich daran, das Schlepptau zu befestigen. Miss Seeton trat an den gefesselten, reglos daliegenden Jungen heran und fragte: »Glauben Sie, daß bei ihm alles in Ordnung ist?«

»Na klar, Miss. Der is bald wieder munter, da könnense Gift drauf nehmen. Sicher hat er 'n steifen Hals und ziemlich empfindliche ... na ja, zwei, drei Tage wird er beim Gehen Schwierigkeiten haben. Geschieht ihm nur recht.«

Miss Seeton hob das Messer auf. »Und was ist damit? Ich glaube, das dürfen wir auch nicht hier liegenlassen.«

»Stimmt. Gebenses lieber her.« Miss Seeton wischte das Blut, so gut es ging, mit einem Grasbüschel ab und reichte es ihm. »Das kriegt er mit, wenn ich ihn bei der Polizei abliefere.«

»Bei der Polizei?« rief sie erschrocken. »Muß das sein? Nein, nein, natürlich haben Sie recht«, sagte sie hastig, als sie seinen Gesichtsausdruck sah. »Das sehe ich ein. Sie mit einem Messer anzufallen – das ist unentschuldbar. Es war nur ... ich hatte mir das nicht überlegt. Wie dumm von mir. Aber die Polizei ... und dann die Zeitungen. Bestimmt denken sie ... oder stellen sich vor ... Ogottogott, wie lästig.«

Der stämmige Mann erhob sich mit befriedigtem Grunzen. »So, Miss, das hält. Jetzt müssen wir nur noch den Rotkopf verfrachten.« Als er den Bewußtlosen aufhob, begann er sich zu regen. »Sehense, der fängt schon wieder an, sich für die Umwelt zu interessieren. Höchste Zeit, daß wir 'n wegräumen. Wenn er wach wird, kriegt er von mir was zu hören. Aber da sind Sie besser nich dabei.« Er schob ihn hinten in den klapprigen Lieferwagen, machte die Türen zu und legte den Riegel vor. »Kommense, Miss, steigense ein.«

Miss Seeton sah dem Bevorstehenden beunruhigt entgegen. »Glauben Sie denn, daß Sie mit Ihrem Arm überhaupt fahren können?«

»Na klar, Miss. Hab kein Gefühl drin, aber das geht schon.«

»Wissen Sie, ich weiß doch nicht recht, ob ich das machen kann. Verstehen Sie: Ich habe keine Ahnung vom Autofahren.«

»Da is nichts bei, Miss. Kommense, ich zeig's Ihnen.«

Miss Seeton stieg ein, nahm Platz und saß steif und gespannt da. Er legte ihre Hände auf das Steuerrad. »Jetzt merkense sich: Rechte Hand nach unten – Sie fahren rechts. Linke Hand nach unten – Sie fahren links.« Sie befolgte seine Anweisungen. »Prima, aber nich so fest dranklammern. Immer schön locker. Und hier ...« Er plazierte ihren Fuß auf ein Pedal: »... das is die Bremse. Lassense den Fuß drauf, aber nur so schweben, und wenn's langsamer gehen soll, dann drückense drauf. Sehense zu, daß das Seil zwischen uns straff bleibt. Tretense das Pedal bloß ganz durch, wennse stehenbleiben wollen. Und nicht mit 'm Ruck, sonst reißt das Seil. Immer mit der Ruhe. Ich sehe Sie im Rückspiegel und passe schon auf. Und wir fahren hübsch langsam und gemütlich. Immer gradeaus ...«, er zeigte auf die Straße, »... da kommen wir auf die Brettenden Road. An der Kreuzung geht's dann links. Und dann immer gradeaus, bis auf die Kurven.« Er machte ihre Tür zu, grinste sie an, drückte beide Daumen und stieg in seinen Lastwagen. Langsam, zögernd, setzten sie sich in Bewegung.

Wozu benutzten Zeugen eigentlich ihre Augen, fragte sich Delphick verzweifelt. Zwei Frauen aus den gegenüberliegenden Häusern, die an Miss Seetons Gartentörchen einen Lieferwagen hatten stehen sehen, beschrieben den Fahrer als hochgewachsen, klein, blond, rothaarig, jung und ich-weiß-nicht-genau. Und eine dritte Frau, die in der Dorfstraße zum Einkaufen unterwegs gewesen war, erinnerte sich an einen komischen Lieferwagen, der ungefähr zur betreffenden Zeit vorbeigekommen war und an dessen Steuer ein »schrecklich aussehender Mann mit weißem Gesicht und funkelnden

Augen« gesessenn hatte. In der besten Beschreibung des Lieferwagens hieß es, daß er niedrig, dunkelbraun oder schwarz gewesen sei. Sicher war nur eines: daß der Mann in nördlicher Richtung davongefahren war. Man konnte nur auf ein Wunder hoffen, dachte der Superintendent, als der Sergeant und er sich zum fünftenmal zu einer Streifenfahrt über die Brettenden Road aufmachten. Diese endlosen Abzweigungen ... Aber was hätten sie sonst noch tun sollen? Sperren auf allen Hauptverkehrsstraßen ... Alle verfügbaren Motorstreifen unterwegs ... Er beneidete den jungen Colvenden, der mit dem M.G. kreuz und quer über das Land raste. Er beneidete beinahe Sir George, der in dem riesigen Kombi, beinahe ein Ausflugsomnibus, durch die Gegend rumpelte ... Man mußte diesen Kerl rechtzeitig erwischen, unbedingt. Aber wie sollte man ihn auf diese Weise rechtzeitig ... und wenn man ihn später schnappte, was für Beweise hätte man dann? Es sei denn, daß im Wagen selbst noch ein paar Spuren ... Aber das wäre viel zu spät – da konnte auch Glück nicht mehr helfen.

An der Steigung hinter der S-Kurve knapp oberhalb der Stelle, an der Nigel den Wagen in den Straßengraben gedrängt hatte, bogen sie auf den Sommerweg, hielten an und blickten über die Marsch. In der Ferne krochen zwei LKWs, der eine dicht hinter dem anderen, über eine Seitenstraße, bogen auf die Hauptstraße ein und wandten sich links, Richtung Brettenden.

Sie stutzten. Der hintere Wagen war niedrig. Und dunkel. Von hier aus gesehen, konnte er grau oder braun sein. Delphick schaltete das Sprechgerät ein.

»Wagen 403. Wagen 403. Position: eine Meile nördlich Plummergen, Fahrtrichtung Brettenden. Zwei LKWs eine halbe Meile voraus, aus Seitenstraße kommend, Fahrtrichtung Brettenden. Langsames Tempo. Erster LKW hellblau. Zweiter LKW niedrig, Farbe Dunkelgrau oder Braun.« Bob fuhr an, während Delphick schneller sprach: »Hinterer LKW nimmt gefährlichen Kurs, quer über die Straße, bis an den Rand, um durch die Kurve zu kommen. Schert aus … Versucht es noch mal.« Seine Stimme wurde lauter. »Ein Auto kommt auf sie zu – gleich krachen sie zusammen. Nein … sie rollen zurück. Versuchen es immer noch … Bemühen sich, vorbeizukommen – könnte gesuchter Lieferwagen sein. Nehme Verfolgung auf. Ende. Ende.«

Bobs strahlendem Gesicht den Rücken kehrend, blickte er zu ihr hin, während der Sergeant hinter das Steuer des Lieferwagens rutschte, um das Lenken beim Abschleppen zu übernehmen. Er sah sie an. Was hatte er sich in der letzten Stunde für Sorgen gemacht – beinahe aus der Haut gefahren war er vor Nervosität. Und was hatte sie inzwischen getan? War über Land kajolt, hatte sich in Lebensgefahr gebracht, war der Gefahr glücklich entronnen, hatte sämtliche Wahrscheinlichkeitsgesetze außer Kraft gesetzt, hatte Seifenblasen in der Benzinleitung verursacht, brachte ihren Mann gefesselt an – und alles, was sie sagen konnte, war: »Was für ein Glück, Superintendent. Ich hatte so sehr gehofft, Ihnen zu begegnen.« So sehr gehofft … Was sollte man machen? Delphick hielt ihr die Tür des Streifenwagens auf. Er blickte auf den zerdetschten Hut, die kleine, ramponierte Gestalt, und in seiner Erleichterung unterdrückte er den innigen Wunsch, sie übers Knie zu legen und zu versohlen.

8

Die Woche, die Miss Seetons Entführungsabenteuer folgte, verbrachten Superintendent Delphick und Sergeant Ranger in Plummergen. Die Plackerei mit den Informationen, die zunächst beschafft, dann sortiert und gesichtet und, in der Hoffnung, sie eines Tages bei der Anklage verwerten zu können, miteinander verglichen werden mußten, war ein langsamer, mühseliger Prozeß, von dem die Presse und die Öffentlichkeit so wenig Vorstellung hatten, daß sie ungeduldig endgültige Ergebnisse forderten.

Die über Mrs. Venning gesammelten Informationen schienen bisher harmloser Natur, von zwei bezeichnenden Lücken abgesehen. Als Dreiundzwanzigjährige hatte sie einen leitenden Angestellten eines Bauunternehmens geheiratet. Da es dem jungen Paar finanziell gut ging und es eine gesicherte Zukunft vor sich sah, hatte man auf großem Fuß gelebt und keinerlei Rücklagen gemacht, so daß Mrs. Venning, als ihr Mann bei einem Autounfall ums Leben kam, mit ihrer zweijährigen Tochter in einer teuren Wohnung, ohne Ersparnisse und ohne sichtliche Einkünfte zurückblieb. Weder die Eltern noch die Schwiegereltern waren in der Lage, die junge Witwe finanziell zu unterstützen. Trotzdem nahm sie nach Ablauf der Trauerzeit das gesellschaftliche Leben wieder auf; sie kleidete sich gut und hatte als Haushälterin ihre alte Kinderfrau, eine Mrs. Fratters, engagiert, die sich auch um das Kind kümmerte. Sonia Venning bezahlte ihre Rechnungen und hatte keine Schulden, aber woher ihre Geldmittel stammten, blieb ein Rätsel. Dann begann sie die Märchen niederzuschreiben, die sie sich als Gutenachtgeschichten für ihr Töchterchen ausgedacht hatte. Ein Verleger interessierte sich für das Manuskript, und das Buch wurde ein Erfolg. Nach dem Erscheinen ihres zweiten Buchs gab Mrs. Venning die Stadtwohnung auf und zog nach Plummergen. Von da an war alles klar. Sensibel, heiter und gesellig, hatte sie bei allen gesellschaftlichen Veranstaltungen mitgemacht, bis sie sich vor etwa einem Jahr plötzlich abkapselte und praktisch zur Einsiedlerin wurde. Ihre Bücher erschienen weiterhin in regelmäßigen Abständen, aber das war auch alles, was man jetzt von ihr wußte. Ihre plötzliche, unerklärliche Eigenbrötelei hatte viele Spekulationen hervorgerufen, die auch jetzt noch nicht verstummt waren. Auch die Polizei stellte Vermutungen an. Es war durchaus denkbar, daß allein die offensichtlichen Scherereien mit ihrer Tochter die Zurückgezogenheit erklärten, aber es war doch naheliegend, die beiden rätselhaften Kapitel ihres Lebens miteinander zu verknüpfen und sich zu überlegen, ob hier Ursache und Wirkung vorlagen. Außer ihrem Ehemann schien es in ihrem Leben keinen Mann gegeben zu haben; zwar hätte sich ihre gute finanzielle Lage in der ersten Zeit ihrer Witwenschaft auf diese Weise am leichtesten erklären lassen, doch war von einer solchen Beziehung keine Spur zu entdecken. Eine Liebesgeschichte wäre ebenfalls eine einleuchtende Erklärung ihrer jetzigen Zurückgezogenheit gewesen, aber es gab keinen Hinweis darauf, und es schien kaum vorstellbar, daß sich der Dorfklatsch nicht mit Wonne darauf gestürzt hätte, wenn auch nur der geringste Anhaltspunkt vorhanden gewesen wäre. Die Klatschbasen hätten sie bestimmt in spontaner Großzügigkeit nicht nur mit einem, sondern gleich mit einem ganzen Dutzend Liebhaber ausgestattet.

Im Fall von Mr. Trefold Morton war das Einholen von Erkundigungen durch die gebotene Diskretion erschwert. Als Anwalt konnte und würde er zweifellos Scherereien machen, wenn er von den Nachforschungen Wind bekäme. Es lag nichts gegen ihn vor. Die Polizei konnte ihre Neugier mit nichts begründen. Er stand in dem Ruf, eher prominent als populär zu sein – so bezeichnete ihn einer seiner Kollegen im Gespräch als »Luftblase mit Einfluß«. Es war nichts Greifbares vorhanden, doch der Superintendent kam zu dem Schluß, daß an Mr. Trefold Morton ein Mißklang war. Irgend etwas stimmte nicht. Offensichtlich war er gutsituiert. Durchaus möglich, daß er – wenn man es auch in diesem Stadium nicht nachweisen konnte – noch besser situiert war, als vermutet wurde. Das einzige, was sich als Tatsache feststellen ließ und was Delphick als möglicherweise interessant registrierte, war, daß vier seiner Klienten, die dem Anwalt die Regelung aller ihrer Angelegenheiten überlassen hatten, keines natürlichen Todes gestorben waren – genauer gesagt, drei; der vierte Klient – es war eine Klientin – befand sich in mißlichsten Lebensumständen, und das voraussichtliche Ende stand noch bevor.

Eine Mrs. Cummingdale, verwitwet und nicht mehr jung, die man für reich gehalten hatte, war bei einem Brand ums Leben gekommen, der angeblich durch Rauchen im Bett entstanden war. Ihr in Schottland lebender Neffe hatte seiner Überraschung ungeniert Ausdruck gegeben, als er erfahren mußte, daß sie kaum mehr als sechshundert Pfund hinterlassen hatte. Wie der Superintendent erfahren hatte, sollte sie sich – laut Aussage der Nachbarn – einige Zeit vor ihrem Tode sehr seltsam benommen haben.

Ernest Foremason, ein Junggeselle in den Fünfzigern, hatte seinen Wagen gegen eine Mauer gefahren; die Mauer hatte es überlebt. Nach Ansicht der Polizei war es Trunkenheit am Steuer gewesen. Mr. Foremason hatte kein Testament hinterlassen, und da er keine Verwandten hatte, war sein Nachlaß – einige hundert Pfund und ein mit Hypotheken belastetes Haus – an die Krone gefallen. Auch er hatte als sehr vermögend gegolten.

Eine Miss Worlingham, ledig, 63 Jahre alt, war durch Selbstmord geendet. Sie hatte ein handschriftliches Testament hinterlassen, das sie am Tage ihres Todes verfaßt und vom Milchmann und ihrer Putzfrau als Zeugen hatte gegenzeichnen lassen. Das Dokument war jedoch wertlos, da der Nachlaß nicht einmal ihre Schulden deckte. Obwohl man sie für begütert gehalten hatte, war niemand überrascht, da sie in ihren letzten Lebensjahren durch sonderbares Benehmen aufgefallen war.

Miss Hant, ebenfalls eine alte Jungfer, jedoch unbekannten Alters, befand sich wegen Rauschgiftsucht in einem privaten Pflegeheim; es hieß, sie sei unheilbar. Niemand besuchte sie dort, von ihrem Anwalt abgesehen. Soweit man wußte, hatte sie weder Verwandte noch Freunde. Anscheinend hatte sie einmal Geld gehabt, doch jetzt wurde sie, wie man glaubte, von Mr. Trefold Morton aus reiner Menschenfreundlichkeit unterstützt.

Die eine benahm sich seltsam, die zweite sonderbar, der dritte war betrunken, die vierte, Miss Hant, konnte ohne Heroin nicht leben ... Das war kaum als normal zu bezeichnen. Alle vier waren alleinstehend und hatten keine nahen Verwandten, die nach ihrem Tod Fragen hätten stellen können. Alle angeblich reich, in Wirklichkeit aber arm, und auch bei Miss Hant hieß es bereits, sie habe kein Geld mehr. Zufälle, die man sich merken sollte? Der Superintendent meinte, ja – andererseits: Wie viele Anwälte hatten nicht in einer dreißigjährigen Praxis ähnlich hohe Prozentsätze vom Mißgeschick verfolgter Klienten? Nein, die Polizei konnte die Nachforschungen nicht weitertreiben. Und Miss Hant in dem Pflegeheim zu interviewen, wäre sinnlos – wie ihr Arzt sagte, hatte sie zwar klare Augenblicke, aber wie alle Süchtigen würde sie der Polizei keine zweckdienlichen Auskünfte geben. Und was hätte er damit erreicht? Nur, daß Mr. Trefold Morton von seinem Interesse erfuhr. Was für ein Jammer, sie nicht noch bei Lebzeiten sehen zu können – ihr Arzt gab ihr keine allzulange Frist –, denn nach ihrem Tode konnte die

Polizei mit dem, was man jetzt in der Hand hatte, nichts unternehmen. Und man hatte tatsächlich nichts in der Hand... Dem Superintendent kam ein Gedanke, wie er trotzdem erreichen konnte, was er wollte. Aber ob er seine Idee höheren Orts vortragen oder auf eigene Kappe handeln sollte, darüber mußte er sich noch klarwerden.

Die Ermittlungen im Fall von Miss Seetons Entführung, die ein Kinderspiel hätten sein müssen, da die Tatsache unbestritten und der Schuldige in Haft war, erwiesen sich vom Standpunkt der Polizei aus als ungewöhnlich schwierig. Bis jetzt hatte man keine weiteren Informationen beschaffen können, und der Fall grenzte ans Lächerliche. Die Vorführung vor dem Magistrat am Vormittag nach der Verhaftung hatte die Presse alarmiert, und Reporter strömten herbei. Wie die Geier hatten die Journalisten über den Hauptakteuren gekreist, ehe sie sich vier Tage später mit flatternden Notizblöcken im Gerichtssaal von Ashford niederließen.

Der Fall war ein Geschenk des Himmels. Von Sex abgesehen war alles vorhanden, was das Herz eines Reporters höher schlagen läßt: eine tapfere Frau, ein ritterlicher Retter, der im Kampf verwundet worden war, und ein rätselhafter Schurke.

Der Fall war eine Pest. Von Sex abgesehen war alles da, was einem Polizeibeamten mißfällt: eine tapfere Frau, ein ritterlicher Retter, der die Polizei um eine Wagenlänge geschlagen hatte, und ein rätselhafter Schurke. Letzteres war der größte Haken. Miss Seeton und ihr stämmiger Freund hatten ihren Häftling zwar säuberlich gebündelt, aber ohne Etikett an die Justiz abgeliefert. Das Etikett fehlte noch immer. Der Häftling weigerte sich rundweg, irgend etwas zu sagen. Seine Fingerabdrücke waren nicht registriert – also schien er Amateur zu sein. Er hatte nichts bei sich, wodurch man ihn hätte identifizieren können – also schien er ein Profi zu sein. Der von ihm benutzte Lieferwagen, ein umgebauter alter

Buick, dessen Aufbau für das Chassis viel zu groß war, war in Brettenden gestohlen worden; der Eigentümer hatte den Diebstahl erst bemerkt, als ihm der Wagen zurückgebracht wurde. Versuche, die Identität des Schuldigen durch die Veröffentlichung seiner Fotografie festzustellen, führte zu der üblichen Überschwemmung mit Hinweisen, die sämtlich unbrauchbar waren. Vorführungen des Schuldigen zusammen mit anderen Häftlingen vor Mitgliedern des *Singing Swan*, vor Nigel Colvenden und vor Angela Venning wurden arrangiert. Die sieben verdächtigen Clubmitglieder und Angela sagten mit betonter Entschiedenheit, sie hätten ihn nie gesehen. Die Betonung überzeugte die Polizei vom Gegenteil, aber weniger Feinhörige konnten ihnen womöglich glauben. Von anderen Mitgliedern, die in der Nacht des Hühnerkrieges im Club gewesen waren, meinten drei – zwei davon waren allerdings nicht ganz sicher –, der Häftling habe mit anderen an einem Ecktisch gesessen. Zwei weitere behaupteten entschieden, er sei nicht im Club gewesen. Diese Aussagen hoben einander auf. Nigel meinte, der Schuldige sei einer der beiden Fremden vom Parkplatz, doch die Beleuchtung sei zu schlecht gewesen, und ohne seine Stimme zu hören, könne er nichts mit Bestimmtheit sagen. Der Schuldige blieb stumm und das Belastungsmaterial unzureichend.

Die Polizei erwog, eine Fristverlängerung zu beantragen, kam aber zu dem Schluß, daß der Fall um so lächerlicher werden mußte, je länger er dauerte, falls der Häftling weiterhin schwieg. Und da die Anklage auf Entführung und gesetzeswidrige Körperverletzung lauten würde, war ohnehin damit zu rechnen, daß der Fall an das Schwurgericht in Maidstone überwiesen werden würde, und damit gewann die Polizei automatisch vor Beginn des eigentlichen Prozesses Zeit.

Dem jungen Mann war Rechtsbeistand gewährt worden, und da sein Anwalt nichts gegen Publicity hatte, stürzte er sich begeistert in den Kampf. Zunächst machte er geltend, die Anklage sei gegenstandslos, denn sein Mandant sei eher das Opfer als der Angreifer gewesen. Dann ließ er, da er durch keinerlei Instruktionen seines Mandanten gebunden war, seiner Phantasie freien Lauf, und somit wurde rasch klar, welche Linie die Verteidigung vor Gericht einschlagen würde. Die Polizei hatte den Häftling im Krankenhaus unter Beobachtung gestellt, und in dem schriftlichen Bericht des Arztes hieß es, es seien weder körperliche noch organische Schäden, noch offene Anzeichen von Unzurechnungsfähigkeit festzustellen. Mündlich äußerte sich der Arzt klarer: »Er ist höllisch gerissen!« Ein von der Verteidigung hinzugezogener Arzt bestätigte den Befund, gab aber zu bedenken, daß es unmöglich sei, eindeutig festzustellen, wie sich der Schock und das Eingesperrtsein in gefesseltem Zustand im rückwärtigen Teil eines fahrenden Lieferwagens auf einen äußerst nervösen Menschen ausgewirkt habe; ein zeitweiliger Gedächtnisverlust und ein Aussetzen des Sprechvermögens seien nicht auszuschließen. Der von der Anklage bestellte Arzt, der noch einmal aufgerufen wurde, konnte diesen Einwand nicht widerlegen. Das Match der medizinischen Fachleute endete also mit einem Unentschieden und der Festsetzung eines Wiederholungsspieles vor dem Schwurgericht in Maidstone.

Was die Entführung betraf, so klammerte sich die Verteidigung an Miss Seetons Vermutung, es habe sich um »eine Heimzahlung für einen verhinderten Eierdiebstahl« gehandelt, um die Straftat in milderem Licht erscheinen zu lassen, und was die gesetzeswidrige Körperverletzung anging, so spielte der stämmige Lastwagenfahrer der Verteidigung in die Hand, indem er sagte: »Der Rotschopf hat sich wie 'n Verrückter aufgeführt.«

Nach Lage der Dinge sah es so aus, überlegte Superintendent Delphick, daß der verflixte Halbstarke als Angeklagter ohne Vorstrafen straflos davonkommen würde, wobei ihm das Gericht noch sein Bedauern wegen des erlittenen Ungemachs aussprechen würde. Der LKW-Fahrer konnte von Glück sagen, wenn ihm keine Anklage wegen Körperverletzung angehängt würde, und Miss Seeton konnte heilfroh sein, wenn sie mit einer Geldbuße wegen mutwilliger Beschädigung eines fremden Fahrzeugs davonkäme.

Der Superintendent, entschlossen, sich Mr. Trefold Morton nicht durch die Lappen gehen zu lassen, nur weil ein schwieriger Test unterlassen worden war, entschied sich, seinen Plan zur Befragung Miss Hants in die Tat umzusetzen.

9

Glück gehabt?« fragte Delphick.

»Leider nicht, Superintendent. Obwohl ich alles getan habe, was Sie mir aufgetragen haben. Ich bin bei dieser bedauernswerten Miss Hant gewesen. Ich weiß, das ist natürlich alles sehr tragisch, und solche Leute sollten einem leid tun, und sie tut mir auch leid, natürlich ... Aber es gibt so viele Menschen, die ohne eigenes Verschulden in Not sind, und ich weiß, es ist herzlos von mir, aber ich kann schwer mit jemand Mitleid haben, der sich selber mit aller Gewalt ins Unglück bringt. Sehen Sie, ich habe versucht, Anteilnahme zu zeigen, wie Sie mir geraten haben, und gefragt, wieso sie gerade auf Rauschgift gekommen sei, aber sie hat ziemlich wirr geantwortet, und, offen gesagt, ich glaube ihr einfach nicht.«

»Da haben Sie sicher recht. Rauschgiftsüchtige und Alkoholiker haben eines gemeinsam: Sie stehen mit der Wahrheit auf Kriegsfuß.«

»Sie hat sich, glaube ich, geärgert, weil ich so aufdringlich war, und das kann ich ihr nicht mal übelnehmen. Und so war mein Besuch, fürchte ich, ganz vergeblich.«

»Meinen Sie?« Eine Augenbraue hob sich. »Was mich vor allem interessiert hätte, wäre der Eindruck, den Sie von Miss Hant bekommen haben. Was sie von sich selber erzählt, ist gar nicht so wichtig.«

»Den Eindruck, den ich ...«, wiederholte Miss Seeton verwirrt. »Aber ich ... ich habe gar keinen Eindruck von ihr.«

Delphick lächelte. »Nicht einmal einen skizzenhaften?« Er blickte zu ihrem Sekretär: Die Klappe war nicht ganz geschlossen, und ein paar Zeichenbogen guckten oben heraus.

Sie folgte seinem Blick. »Das ... ach, das ist ganz was anderes. Ich meine, das hat mit Miss Hant nichts zu tun. Wenigstens nicht direkt.«

»Ob direkt oder nicht«, sagte Delphick, »allein, daß Sie so bald nach dem Besuch bei ihr etwas gezeichnet haben, macht die Sache interessant.«

Sie gab nach. »Wenn Sie wollen, sehen Sie es sich an. Aber mit Miss Hant hat es bestimmt nichts zu tun. Es ist ... nun ja, sehr unfreundlich, wirklich, und sogar ein bißchen gemein.«

Der dickwanstige ältere Herr auf der Zeichnung hatte die Züge eines Europäers, war aber nur in seine dunkle Haut und in ein Grasröckchen gekleidet. Er machte aus hämischer Freude einen Luftsprung, schwenkte in der Linken einen Speer und hielt in der Rechten vier Schrumpfköpfe hoch. Oder waren es fünf? Vier der Köpfe hatten mit Bleistift angedeutete Gesichter, der fünfte war glatt und weiß wie ein Ei.

»Ich habe es niemand zeigen wollen«, sagte Miss Seeton verlegen. »Und eigentlich darf ich gar nichts gegen ihn sagen.

Schließlich war Mr. Trefold Morton sehr liebenswürdig und rücksichtsvoll. Allerdings ... er redet einen in Grund und Boden.«

Delphick legte die Zeichnung wieder hin, klappte den Sekretär zu und lächelte. »Sind Sie durch Ihren Besuch bei Miss Hant an ihn erinnert worden?«

»Nein«, erklärte Miss Seeton. »Er kam gerade, als ich von Miss Hant wegging. Ich bin ihm in der Halle begegnet.«

»Verflucht«, sagte Delphick.

».. . aber ich sage Ihnen doch, das kann für mich fatale Folgen haben. Wirklich fatale Folgen. Offenbar machen Sie sich den Ernst der Lage nicht klar. Diese Person – eine gräßliche Person – scheint mit der Polizei eng liiert zu sein. Vielleicht arbeiten sie sogar zusammen. Vielleicht wird sie inoffiziell eingesetzt. Als professioneller Spitzel. Mit ihr muß was geschehen. Und zwar sofort ... Aber ich sage Ihnen doch, es eilt. Diese Person muß mir nachgegangen sein. Ist mir sogar zuvorgekommen. Heute morgen, als ich Miss Hant besuchen wollte, war sie schon dort. In dem Pflegeheim. Ist gerade weggegangen. Hat Miss Hant besucht. Also, warum kann sie Miss Hant besucht haben? Wie erklärt sich das? Dr. Knight hatte irgendeine Ausrede – es wäre gut, wenn sie mal von jemand Besuch bekäme. Ich glaube ihm kein Wort. Buchstäblich kein Wort. Diese Person hat ihn eingewickelt. Oder die Polizei steckt dahinter ... Aber ich sage Ihnen doch, es ist wichtig. Selbstverständlich ist es wichtig. Und es betrifft nicht nur mich. Es betrifft auch Sie. Verstehen Sie denn nicht? Ich habe dieser gräßlichen Seeton ein paar Pillen gegeben ... Nein, ob sie welche genommen hat, weiß ich nicht. Keine Ahnung, was sie damit gemacht hat. Aber wenn die Polizei sie in die Finger bekommen hat ... Nun ja, das war nicht meine Schuld. Sie schien so vielversprechend. Durchaus brauchbar. Damals geradezu ideal. Nicht reich, natürlich nicht. Nicht wirklich reich. Aber ein ganz nettes kleines Vermögen. Das lohnte sich schon. Lohnte sich durchaus. Und als sie tatsächlich über Kopfschmerzen klagte ... Ja, selbstverständlich ist mir jetzt klar, daß es eine Falle ... Jetzt ist mir das klar. Aber wie hätte ich das wissen sollen, vor ein paar Tagen ... Können Sie nicht irgendwas arrangieren? Irgendein Arrangement treffen und sich mit ihr befassen? Ich meine, wirksam mit ihr befassen? ... Sehr gut, also. Ich warte hier auf den Anruf.«

Mr. Trefold Morton legte den Hörer auf, zog ein blütenweißes Taschentuch aus der Brusttasche und trocknete sich die Stirn.

Zwei Stunden später schrillte das Telefon. Er nahm den Hörer ab. »Trefold Morton hier.«

Das Telefon quakte.

Mr. Trefold Morton unterbrach das Quaken. »Anweisungen? Meine Anweisungen? Aber ich darf in keiner Weise hineingezogen werden. Das wäre verhängnisvoll. Absolut verhängnisvoll. Es muß Ihnen doch bewußt sein, daß jemand in meiner Position als Stadtrat ... meine Position ist schließlich ...«

Das Telefon machte ein paar quakende Bemerkungen über Mr. Trefold Mortons Position.

»Aber wenn ich Ihnen die Dame auf dem Tablett serviere, wie Sie es formulieren – ist Ihnen denn nicht klar, was das bedeuten könnte? Grundgütiger Himmel, es würde bedeuten, daß ich mitbeteiligt wäre. Ich wäre Helfershelfer. Das kann ich nicht riskieren. Das könnte für mich katastrophal sein. Katastrophal.«

Das Telefon quakte einmal kurz auf.

»Aber ... aber es ist auch in Ihrem Interesse. Schließlich haben Sie das Geld bekommen. Sie selbst haben auf prozentualer Beteiligung bestanden. Und zwar auf einem sehr guten

Prozentsatz, bei allen drei Vermögen. Wenn man bedenkt, daß die Idee, die ganze Arbeit und das ganze Risiko bei mir ... ausschließlich bei mir liegt. Und das von Miss Hant kommt noch. Wenn aber irgendein Verdacht entsteht ... wenn irgendein Verdacht auf mich fällt ... Oh, grundgütiger Himmel ...« Mr. Trefold Mortons Stimme zitterte: »Was soll ich also tun?«

Das Telefon quakte und quakte.

»Na gut. Ich sehe, es bleibt mir nichts anderes übrig. Aber zum Dinner kann ich sie nicht einladen. Das wäre lächerlich. Absolut lächerlich. So kurzfristig. Ich kenne die Frau ja kaum. Und sowieso habe ich eine andere Verpflichtung. Ich lasse mir etwas einfallen. Ein Dokument, das unterschrieben werden muß ... Irgendeine dringende Unterschrift. Ich setze sie an der Kreuzung bei Plummergen Common ab, wie Sie sagen, aber mit dem, was dann geschieht, habe ich nichts zu tun. Absolut nichts. Ich will nichts davon wissen. Ist das ganz klar?«

Das Telefon quakte zustimmend.

Mr. Trefold Morton schob den Apparat zur Seite und lehnte sich im Sessel zurück. Er trocknete sich noch einmal die Stirn und stopfte das Taschentuch wieder in die Brusttasche, aus der es zerknittert, schmutzig und sehr feucht weit heraushing, ein trauriges Sinnbild seines Eigentümers.

»Sehr liebenswürdig von Ihnen, daß Sie so verständnisvoll waren ... Immerhin habe ich Ihnen den ruhigen Abend verdorben. Sehr liebenswürdig. Ein unentschuldbares Versehen meinerseits, nicht daran gedacht zu haben, daß dieses Dokument unbedingt Ihre Unterschrift haben muß. Vollkommen unentschuldbar. Ein solch geringfügiges Versäumnis kann, wie Sie wissen, den ganzen Prozeß der Testamentsbestätigung verzögern, und das wollte ich in Ihrem Interesse vermeiden. Wohlgemerkt, in Ihrem Interesse.« Eine kurze

Atempause, die Miss Seeton ungenutzt verstreichen ließ. »Immerhin«, fuhr Mr. Trefold Morton fort, »Ende gut, alles ...« Er stockte, fing sich wieder: »Das heißt, jetzt kommt das Schriftstück mit der ersten Post an, gerade noch rechtzeitig ... Aber sagen Sie – macht es Ihnen wirklich nichts aus, von der Kreuzung aus zu Fuß nach Hause zu gehen?«

»Nein, gar nichts «, murmelte Miss Seeton.

»Wirklich Pech, daß die Leute, zu denen ich zum Dinner hatte kommen sollen – wenn ich Glück habe, komme ich jetzt noch zum Mokka zurecht –, ausgerechnet in entgegengesetzter Richtung wohnen. Wirklich Pech. Aber selbstverständlich bringe ich Sie bis vor die Haustür, wenn Sie es möchten. Selbstverständlich. So spät es dann auch für mich wird. Oder wenn es nicht anders geht, kann ich die Leute auch anrufen und sagen, ich könnte leider nicht kommen.«

»Aber ich bitte Sie«, protestierte Miss Seeton. »Kein Wort mehr davon. Sie sagen ja, es ist gar nicht weit – eine Viertelstunde zu Fuß. Und für alle Fälle habe ich eine Taschenlampe bei mir. Es ist sehr nett von Ihnen, daß Sie mich überhaupt so weit gebracht haben.«

»Das ist doch das Wenigste, was ich tun konnte. Das Allerwenigste. Außerdem ist es auf dieser Strecke bis hierher gar kein Umweg gewesen. Erst hier trennen sich unsere Wege.«

Die Kreuzung kam in Sicht, er bremste, fuhr an den Straßenrand und hielt. Miss Seeton stieg aus. Mr. Trefold Morton rief durchs Fenster: »Sie müssen hier einbiegen, das wissen Sie, nicht wahr? Diese Stelle heißt Plummergen Common. Sie halten sich rechts, der Weg führt dann direkt ins Dorf runter. Und es macht Ihnen bestimmt nichts aus? Bestimmt nicht? Dann verabschiede ich mich also. Mir ist es sehr peinlich, Sie hier so stehen zu lassen. Sehr peinlich. Aber Not bricht Eisen ... eh ... so ist es, Not bricht Eisen.«

Ohne auf Antwort zu warten, fuhr er mit einem Satz an, schaltete knirschend in den zweiten Gang und raste davon.

Wenn er bloß nicht soviel reden würde. Allein vom Zuhören war sie erschöpft. Natürlich war es sehr rücksichtsvoll von ihm gewesen, sie von einem Taxi nach Brettenden holen zu lassen. Aber ehrlich gesagt, wenn sie gewußt hätte, daß er sie bei der Rückfahrt mitnehmen und hier absetzen wollte, dann hätte sie das Taxi warten und sich wieder nach Hause fahren lassen. Oh! Ein Knall. Beinahe wie ein Schuß. Verscheuchte jemand Vögel auf einem Feld in der Nähe? Abends, wenn es dunkel war ...? Ah ja, jetzt fiel es ihr ein. Stan hatte gesagt, daß manche Bauern Kaninchen und ähnliches Getier mit Selbstschüssen verjagten ... Wäre es nicht viel praktischer gewesen, wenn Mr. Trefold Morton mit dem Dokument, das sie unterzeichnen mußte, zuerst zu ihr nach Plummergen gekommen und von dort aus zu seinen Bekannten gefahren wäre? Aber sie hatte ihm das am Telefon nicht vorschlagen wollen, da er sagte, das Taxi sei bereits unterwegs. Wahrscheinlich war er es einfach gewöhnt, alle geschäftlichen Dinge im Büro zu erledigen. Aber er hatte buchstäblich seit ihrem Eintreffen nicht mehr zu reden aufgehört. Beinahe, als sei er nervös, aber das war ja lächerlich. Er konnte doch nicht annehmen, sie werde seine Bitte, ihn nach Dienstschluß im Büro aufzusuchen, als Einladung zum Rendezvous mißverstehen? Miss Seeton lächelte über diese Idee, nahm die Taschenlampe aus der Handtasche und knipste sie an.

Wie war das – ging man auf der Landstraße als Fußgänger rechts oder links? Es gab da irgendeine Regel. Entweder ging man auf derselben Seite, auf der die Autos fuhren, oder es war umgekehrt. Wenn man zur U-Bahn hinunterging, war da immer ein Schild: BITTE ... HALTEN. Sie versuchte, sich das Schild vorzustellen. Ah ja. BITTE RECHTS HALTEN. Also galt hier wahrscheinlich dasselbe. Sie leuchtete quer über die Straße. Aha, damit war es entschieden. Drüben waren eine Hecke und ein Graben. Wenn ein Auto vorbeifuhr, konnte man beim Ausweichen stolpern und in den Graben fallen. Zu dumm, daß es neben Landstraßen keine Bürgersteige gab ... Hier auf dieser Seite dagegen war der Boden neben der Fahrbahn verhältnismäßig eben. Natürlich, das mußte Plummergen Common sein. Plötzlich leuchteten ein Stück weit vor ihr Scheinwerfer auf. Miss Seeton trat ein paar Schritte zur Seite und wandte sich ab, um nicht geblendet zu werden. Nanu – ein See. Nein, See war wohl übertrieben. Ein ziemlich großer Teich. Sie beschloß, unter dem Baum zu warten, bis der Wagen vorbei war. Merkwürdig, diese verfälschende Wirkung des künstlichen Lichts. Die Blätter an Bäumen und Sträuchern, die sich über das Wasser neigten, sogar die Zweige sahen aus, als seien sie aus Pappe ausgeschnitten, flach wie Kulissen. Und doch, noch während sie es beobachtete, änderte sich die Lichtwirkung, die dritte Dimension kam hinzu, die Formen wurden plastisch. Miss Seeton blickte über die Schulter. Ah ja, das erklärte es. Ein Auto kam aus der entgegengesetzten Richtung. Wie schwer sich bei Nacht Entfernungen schätzen ließen. Der erste Wagen schien überhaupt nicht näher zu kommen. Als ob er angehalten hätte. Vielleicht ein Pärchen ... Nein, dann wäre er von der Straße abgebogen. Und außerdem hätte man die Scheinwerfer ausgeschaltet. Die Scheinwerfer des zweiten Wagens wurden immer heller. Heller? Sie kamen direkt auf sie zu. Was denkt sich der Fahrer eigentlich?

Sie schwenkte den Schirm, um auf sich aufmerksam zu machen, drehte sich um und rannte. Geblendet, wie sie war, stieß sie gegen den Baum, verlor den Hut, stolperte um den Baumstamm herum und lief blindlings weiter. Ein Krach, ein Splittern – der Wagen war gegen den Baum geprallt, unter dem sie gestanden hatte.

Da! Sie hatte es kommen sehen.

Entsetzt drehte sie sich um, wollte hinlaufen, um zu helfen, trat ins Leere, verlor das Gleichgewicht, fiel hintenüber und platschte aufs Wasser.

10

Der dörfliche Nachrichtendienst in Aktion: Eine Beobachtung hier, ein zufälliges Aufschnappen von Gesprächsfetzen dort, zwei, drei Begegnungen, ein bißchen Geplauder, ein paar Telefonanrufe – und das Bild wurde scharf.

Miss Treeves hatte Miss Seetons Abfahrt beobachtet. Wollte sie auswärts zu Abend essen? Ungewöhnlich. Und warum ein Taxi bei Pratt in Brettenden bestellen, statt das von Crabbe aus dem Dorf zu nehmen? Miss Treeves erörterte das mit Martha Bloomer, während beide die Blumenvasen in der Kirche mit Wasser auffüllten und die verwelkten Blüten entfernten.

Doris, Kellnerin im Gasthaus *The George and Dragon*, hatte zufällig abends mit angehört, wie der Superintendent und dessen Sergeant bei Tisch konferierten. Sie hatte mit der Büfettfrau darüber gesprochen, daß Miss Seeton schon wieder abgängig war, daß die Polizei Tod und Teufel alarmierte und der junge – der dicke – Polizeibeamte den Wagen holte.

Die Büfettfrau gab diese Tatsachen an Stan Bloomer weiter, als er sein gewohntes abendliches Bier trank. Stan erzählte es bei seiner Heimkunft sofort seiner Frau, die gleich in Miss Seetons Haus hinüberging und von dort aus Lady Colvenden anrief, denn es hätte ja sein können, daß Miss Seeton auf der Rückfahrt dort kurz hereinschaute.

Lady Colvenden, ein Spätstarter, da sie nicht direkt an der Dorfstraße wohnte, holte rasch auf und ließ ihre Konkurrenten weit hinter sich, indem sie geschickt von ihrem Titel und ihrem Telefon Gebrauch machte. Sie wählte die Privatnummer des alten Mr. Pratt, erfuhr, daß Mr. Trefold Morton das Taxi bestellt und daß Mr. Pratt selbst Miss Seeton abgeholt und sie zum Büro des Anwalts gefahren hatte, aber nicht hatte warten müssen, weil Mr. Trefold Morton sie nach Hause bringen wollte. Unbeirrt davon, daß die Haushälterin des Anwalts sagte, er diniere auswärts und sie wisse nicht, wo, ließ sich Lady Colvenden eine Liste möglicher Namen und Adressen geben. Beim dritten Versuch hatte sie Glück, bestand darauf, mit dem Anwalt selbst zu sprechen, und als sie erfuhr, daß er Miss Seeton bei Plummergen Common abgesetzt hatte, von wo aus sie zu Fuß nach Hause gehen wollte, machte sie eine Bemerkung über sein Benehmen, die Blasen auf der Haut eines Rhinozerosses hervorgerufen hätte.

Sir George war in einer Versammlung. Nigel sprang sofort auf, als ihm der Sinn der hektischen Telefonate seiner Mutter aufging, und stürzte zur Tür. Lady Colvenden rief ihm nach: »Wenn du den M.G. ohne mich nimmst, werde ich . . . werde ich . . .«

Da ihr keine passende Drohung einfiel, mußte sie sich auf den Ton ihrer Stimme verlassen. Nachdem sie Martha durch einen kurzen Anruf instruiert hatte, warf sie den Hörer auf, griff in der Halle Mantel und Kopftuch und lief hinaus, um sich ihrem Sohn anzuschließen.

Martha übermittelte die neuesten Informationen der Polizei, so daß Delphick und Bob Ranger, als die Colvendens in die Dorfstraße einbogen, schon von dem gegenüberliegenden *George and Dragon* aus starteten. Die beiden Wagen rasten davon, Nigel um Haaresbreite voraus.

Arme ruderten, tastende Hände suchten Halt, klammerten sich an irgend etwas. Miss Seeton kämpfte, um Fuß zu fassen und sich hochzuziehen. Plötzlich merkte sie, daß sie, wenn sie sich oben anklammerte und unten auf die Zehenspitzen stellte, das Kinn über Wasser halten konnte.

Einzig und allein ihre eigene Schuld. So gedankenlos – man mußte doch hinsehen, wohin man trat. Natürlich, sie war geblendet gewesen, aber sie hätte an den Teich denken müssen. Und was für ein Glück noch, etwas entdeckt zu haben, an das sie sich ... Sie blickte auf. Vor dem Lichtschein, der quer über die Wasserfläche fiel, sah sie alles ringsum wie einen Schattenriß. Nanu – da war ja ihr Schirm, er hatte sich mit der Krücke an dem Ast verfangen, an den sie sich klammerte. Sollten die jungen Kolleginnen ruhig lachen, daß sie bei jedem Wetter den Schirm mitnahm – man konnte wirklich nie wissen. Praktisch war er auf jeden Fall ... Wie war das jetzt – ob sie sich an dem Schirm aus dem Wasser ziehen konnte? Sie mußte doch denen, die mit dem Auto verunglückt waren, zu Hilfe kommen. Sie konnten verletzt, womöglich schwer verletzt sein ... Als sie ein Geräusch hörte, spähte sie durch die belaubten Zweige. Ja. Da war der Wagen. Er war mit dem Kotflügel gegen den Baum geprallt, der andere Scheinwerfer brannte noch. Die Wagentür ging auf, und jemand stieg aus. Ein junger Mann. Das heißt, so schien es ihr. Junge Männer und junge Mädchen zogen sich heutzutage zum Verwechseln ähnlich an; sehr vernünftig, aber manchmal etwas verwirrend. Gerade wollte Miss Seeton hinüberrufen, da trat die Gestalt in den Lichtschein. Miss Seeton konnte langes blondes Haar schimmern sehen.

Das war doch nicht möglich ... doch, es stimmte! Der gräßliche Bursche, der das Mädchen in London erstochen hatte. Miss Seeton spürte auf einmal, wie kalt ihr war. Das Wasser, natürlich.

Der gräßliche Bursche ging zum Wagen zurück, beugte sich hinein, stolperte rückwärts und zog dabei eine andere Gestalt heraus. Ein Mädchen. Er hob den leblosen Körper hoch, schwang ihn über den Kopf und ... oh, nein, nein, bitte – er konnte doch nicht ... oh, nein, wie grauenhaft – schmetterte den Kopf gegen den Türrahmen.

Verzweifelte Anstrengungen, um aus dem Wasser zu kommen. Man mußte ihn hindern ... Er mußte sofort damit aufhören ... Ihr Fuß rutschte ab, ihre Hand rutschte ab, sie glitt unter Wasser.

Ihr Schrei ging in einem Gurgeln unter.

Er lief zum Ufer und warf den leblosen Körper am Teichrand zu Boden, so daß er mit dem Kopf im Wasser lag. Den Boden absuchend, ging er weiter. Ein Knall, als sich wieder ein Schreckschuß löste. Er fuhr herum, duckte sich, Pistole in der Hand. Scheinwerfer aus der Ferne näherten sich. Er richtete sich auf, wartete einen Augenblick und rannte dann zur Straße. Der Wagen, den Miss Seeton in einiger Entfernung hatte stehen sehen, kam langsam heran, die Tür neben dem Beifahrersitz stand offen. Der junge Mann hatte ihn erreicht, sprang hinein. Die Tür knallte zu. Der Wagen beschleunigte sein Tempo.

»Es ist zwecklos, Mr. Colvenden. Abgesehen von der Kopfverletzung – das Genick ist gebrochen. Sie war tot, ehe sie auf dem Wasser auftraf.« Widerstrebend ließ Nigel die tote Angela Venning wieder auf den grasbewachsenen Boden gleiten und stand auf. »Wir müssen den ärztlichen Bericht abwarten«, fuhr Delphick fort, »und den Boden bei Tageslicht absuchen, dann wissen wir mehr. Aber es sieht so aus, als hätte sie die Herrschaft über den Wagen verloren. Wahrscheinlich hat sie versucht, rauszuspringen, ist gegen den Baum geprallt, ehe es ihr gelang, ist hinausgeschleudert worden und hat dabei die Kopfverletzung davongetragen ...

Bleiben Sie hier, Sergeant, bis der Unfallwagen da ist – ich fahre weiter und suche Miss Seeton.«

»Könnten Sie wohl meinen Sohn mitnehmen, Superintendent? Ich möchte nämlich...« Lady Colvenden holte tief Luft: »... ich glaube, es wäre besser, wenn ich zu Mrs. Venning fahre und ihr die Nachricht überbringe.«

»Würden Sie das tun? Da wäre ich Ihnen sehr dankbar. Es ist rücksichtsvoller, wenn Sie es tun. Fahren wir also los, Mr. Colvenden. Die Streifenwagen kommen bestimmt bald, aber wir dürfen keine Zeit verlieren.« Delphick ging zu seinem Auto, und Nigel folgte ihm wie ein Schlafwandler.

Lady Colvenden drehte sich noch einmal um und warf einen letzten Blick auf die Leiche des Mädchens und den zertrümmerten Wagen. Sie stutzte, lief ein paar Schritte zurück und kniete sich hin.

»Sergeant.« Ihre Stimme war scharf.

Bob Ranger rannte zu ihr hin. Seine Taschenlampe beleuchtete die Reste von Miss Seetons Hut, der zerquetscht unter einem Vorderrad lag. Stumm begann er, den Wagen in Spiralen zu umkreisen, wie ein riesiger, nach Spuren schnüffelnder Jagdhund. Die zweite Spirale brachte ihn ans Ufer.

»Halten Sie die Taschenlampe, bitte.«

Lady Colvenden lief zu ihm hin, nahm die Lampe und hielt sie ruhig. Da – wie ein von oben ins Bild zeigender Pfeil hing dort ein Schirm an einem Ast. Der Sergeant zog sich hastig Schuhe, Jackett und Hose aus und trat an den Teichrand. Der Kegel der Taschenlampe zitterte. Wenn er sprang, mußte es eine Flutwelle geben. Und vielleicht landete er – platsch, mitten auf... Lady Colvenden atmete auf, als sich Bob Ranger vorsichtig ins Wasser gleiten ließ. Die Taschenlampe leuchtete ihm voraus. Der Sergeant, brusttief im Wasser, tauchte und verschwand; einen Augenblick später kam er wieder hoch, ein durchweichtes Bündel auf den Armen. Er legte es sich über die Schulter und stieg an Land.

Es hatte etwas Dramatisches: das Dunkel, von einem Lichtkegel durchschnitten. Es hatte etwas Unheimliches: Ein vorzeitliches Ungeheuer erhob sich mit seiner Beute tropfend aus dem Morast. Ein Horrorfilm. Es war zuviel. Lady Colvenden mußte sich zusammennehmen, um die aufsteigende Hysterie zu unterdrücken.

Der Sergeant legte die kleine Gestalt mit dem Gesicht nach unten auf das Gras, lockerte ihr im Licht der am Boden stehenden Handlampe die Kleidung, kniete sich über sie und drehte ihr den Kopf zur Seite. Er legte ihr die Hände unter die Schulterblätter und begann behutsam mit rhythmischen Bewegungen zu pressen. Nach ein paar Augenblicken gab Miss Seeton eine Portion Teich von sich.

Mit ausgestrecktem Arm konnte Lady Colvenden den Schirm erreichen; sie nahm ihn vom Baum, hob Sergeant Rangers Kleidungsstücke auf, brachte alles zu ihrem M.G. und legte es in den Kofferraum. Dann wendete sie den Wagen und ließ ihn mit laufendem Motor in Fahrtrichtung Plummergen stehen. Nach diesem Augenblick normaler Betätigung kam ihr das Unwahrscheinliche der Szene doppelt stark zum Bewußtsein. Die eine Gestalt lag reglos halb im Schatten, die andere ganz im Licht, und über sie beugte sich der nackte Oberkörper eines Mannes. Abergläubische Furcht überwältigte sie, und beinahe hätte Lady Colvenden vor Angst gekichert. Das Ungeheuer knurrte über seiner Beute.

Sergeant Ranger meinte in diesem Moment das erste Anzeichen schwacher Atmung wahrgenommen zu haben. Er fuhr mit seinen rhythmischen Bewegungen fort, bis er ganz sicher war, drehte Miss Seeton dann um und begann vorsichtig, ihr ins Gesicht zu klapsen.

Irgend . . . wo. Irgendwie. Irgendwas. Muß es dem Trüben Tag sagen. Und dem Fußballer. Irgend . . . Bob Ranger beugte sich tiefer, um das Murmeln zu verstehen. »Trüber Tag . . . Fußballer . . . muß . . .«

Wieder gab er ihr leichte Klapse ins Gesicht. Ihre Augenlider zuckten schwach, die Augen blickten müde durch brodelnden Nebel: Jetzt wurde das Bild scharf. Eine schwarze Silhouette vor dem grellen Licht – ein nackter Mann über ihr, die Hand zum Schlag erhoben ...

O nein, nein. Bitte ... Miss Seeton fiel in Ohnmacht.

Lady Colvenden lief zum Wagen, um eine Decke zu holen, und als der Sergeant die bewußtlose Miss Seeton darin einhüllte, sagte sie: »Dr. Knights Klinik. Das geht am schnellsten. Vor dem Dorf rechts, fast gegenüber von dem Weg, der zu Vennings führt. Ich setze Sie da ab.«

Gerade als sie abfuhren, kam der Unfallwagen. Lady Colvenden hielt an. Der Sergeant hinterließ eine Mitteilung für Delphick, wies die Männer kurz an, auf dessen Rückkehr zu warten, und dann rasten sie los.

Vor dem Haus, das einmal das alte Cottage Hospital gewesen war, stieg Sergeant Ranger aus, nahm die bewußtlose Miss Seeton auf die Arme, klingelte, ging hinein, und die Türflügel der kleinen Privatklinik schwangen hinter ihm zu.

Lady Colvenden fuhr an und bog in den gegenüberliegenden Weg ein, der zu *The Meadows* führte. Sie fuhr langsam, denn ihr graute vor dem bevorstehenden Gespräch. Es wurde noch schlimmer, als sie befürchtet hatte. Sonia Venning weigerte sich rundweg, ihr zu glauben; sie weigerte sich, über Angela zu sprechen; sie wollte nicht einmal hinaufgehen und nachsehen, ob das Mädchen in ihrem Zimmer war, wie sie behauptete. Sie erklärte, der Wagen stehe in der abgeschlossenen Garage und zeigte als Beweis den Schlüssel zu dem Vorhängeschloß, den sie aus ihrer Handtasche zog. Eine solche Verbohrtheit brachte Lady Colvenden an den Rand der Verzweiflung. Mrs. Venning wurde ausfallend, behauptete schrill, das Dorf, die Polizei und überhaupt alle seien gegen sie, von jedem werde sie verfolgt. Angela sei ein bißchen leichtsinnig und wild, gewiß, aber sie als Mutter werde durchaus mit ihr fertig... Von den lauten Stimmen aufgeschreckt, lief Mrs. Fratters aus der Küche herzu, und Lady Colvenden wandte sich an sie.

Mrs. Fratters sagte strahlend: »Miss Angie? Aber nein, Mylady. Sie ist oben im Bett, sie war die letzten Tage nicht ganz auf der Höhe, wissen Sie. Sie hat ihr Abendbrot im Bett gegessen, ich hab's ihr selber raufgebracht.«

Aber die Polizei mußte ja kommen und Fragen stellen. Und dann wären sie unvorbereitet... Lady Colvenden gab sich alle Mühe, sich selbst und die beiden anderen Frauen von dieser Phantasterei zu befreien, aus diesem abgrundtiefen Sumpf des Nicht-Glauben-Wollens herauszuholen.

»Sie ist nicht im Bett. Sie ist tot, sage ich Ihnen. Tot. O Gott, wie kann ich mich nur verständlich machen? Sie ist tot. Sie liegt drüben am Teich bei Plummergen Common, tot. Sie ist mit dem Wagen verunglückt, gegen einen Baum geprallt. Sie hätte beinahe Miss Seeton überfahren. Sie ist...« Lady Colvenden hörte den hysterischen Ton ihrer Stimme und biß sich heftig auf die Unterlippe.

Mrs. Fratters war aus dem Zimmer gegangen. Die beiden Frauen blieben regungslos stehen. Ein Aufschluchzen, und die Haushälterin war wieder da.

»Es stimmt, *madam.* Sie ist weg. Das Fenster ist offen. Und eine Leiter ist da. Sie ist weg. Oh, *madam,* was machen wir bloß?«

»Lügnerin!« kreischte Mrs. Venning. »Sie lügen. Alle lügen!« Blindlings stürzte sie hinaus.

Lady Colvenden griff zum Telefon und wählte eine Nummer. »Dr. Knight? Hier Meg Colvenden, bei Mrs. Venning. Könnten Sie wohl herüberkommen? Mrs. Venning braucht ärztliche Hilfe.«

Sonia Venning stand in der offenen Tür, starrte Lady Colvenden wild an, in der Hand ein Vorhängeschloß und einen Riegel, an dem noch Holzsplitter hingen. »Sie haben gelogen. Sie ist verunglückt, haben Sie gesagt. Was für ein Unglück hat die Leiter an ihr Fenster gestellt?« Ihre Stimme wurde lauter. »Was für ein Unglück ist hieran schuld?« Sie schüttelte das Vorhängeschloß, daß es klapperte. »Angela hat das nicht aufgesprengt, dafür hat sie nicht genug Kraft. Wer hat das getan? Wer hat angerufen? Antworten Sie mir. Wer hat heute abend angerufen? Wer war bei ihr?«

»Wieso? Niemand ...«, stammelte Lady Colvenden. Aber allmählich dämmerte es ihr. »Sie war ... sie war allein.«

»Eben nicht!« zischte die andere. »Diese Seeton war dabei. Das haben Sie selber gesagt. Wer noch? Los, sagen Sie es. Wer noch? Wer hat es getan?«

»Es war niemand sonst dabei.« Aber der Lichtschimmer wurde heller. Es stimmte, irgend jemand mußte ...

»Doch. Doch.« Die Stimme war schrill. »Es muß noch jemand da gewesen sein. Sie, Lady Colvenden, Sie haben sie umgebracht. Und Sie sagen, sie ist verunglückt.«

Mit raschen Schritten trat Dr. Knight auf sie zu. Ein Blick, und er zwang die rasende Mutter, sich in den Sessel zu setzen, beugte sich über sie, ergriff ihren Arm und hielt ihn fest.

»Daß sie Rauschgift nahm, daran ist ein unglückliches Versehen schuld ...«, stammelte die erregte Stimme weiter. »Es war mein Versehen. Ja, das war meine Schuld. Daß sie verunglückt ist, ist ein Versehen ... Wer ist schuld daran? Nicht ich, o Gott, nicht ich.«

»In meiner Tasche, obenauf, die Injektionsspritze in einer Blechschachtel, Wattebausch und das Alkoholfläschchen daneben, schnell bitte.« Die Stimme des Arztes wirkte beruhigend. Lady Colvenden fand alles und hielt es ihm der Reihe nach hin. Der Arzt schob Mrs. Vennings Ärmel zurück, zog die Spritze auf und injizierte die farblose Flüssigkeit.

»Sagen Sie mir«, gellte die Stimme, »los, los, sagen Sie mir, Sie Mörderin, wer ist schuld daran?« Die schrille Stimme verebbte zu einem Murmeln und verstummte.

Von Mrs. Fratters, hilflosem Schluchzen abgesehen, wurde es still im Zimmer.

Eine Privatklinik? Das mußte ein Irrtum sein. Bob starrte ein unscheinbares kleines Mädchen mit abstehenden Zöpfen an, das auf halber Treppe stehenblieb und ihn ebenfalls erstaunt anblickte. Die Kleine zog den Bademantel enger um sich – doch kein so kleines Mädchen, wie er geglaubt hatte.

Noch ein Unfall? Herrje, was für ein Tag. Na, wenigstens verkleckSten sie nicht das ganze Haus mit Blut, wie der bedauernswerte Bauer morgens früh, der sich den Finger halb abgehackt hatte. Du liebe Güte – wen schleppte er denn da an? Das war doch Miss Seeton, die am Vormittag Miss Hant besucht hatte ... Tot war sie nicht. Sonst hätte er sie nicht hierhergebracht. Und sie tropften beide, wenn's auch kein Blut war. Das Mädchen lief die Treppe hinauf und rief über die Schulter: »Kommen Sie rauf. Erste Tür rechts.«

Seine Kleidungsstücke und Miss Seetons Schirm unter dem einen Arm, Miss Seeton selbst unter dem anderen, stieg Bob die Treppe hinauf. In dem Zimmer hinter der ersten Tür rechts sah er im Kamin einen elektrischen Heizofen, dessen Drähte schon zu glühen begannen; davor war ein großes Badetuch ausgebreitet. Das unscheinbare Mädchen mit den abstehenden Zöpfen holte ein Nachthemd und ein paar Handtücher aus einem Schrank. Auf dem Nachttisch neben dem Bett glühte das orangefarbene Lämpchen einer elektrisch beheizten Decke. Bob ließ seine Kleidungsstücke und den Schirm neben der Tür zu Boden fallen und legte Miss Seeton neben das Badetuch auf den Teppich. Wie ein gut eingespieltes Team, stumm und geschickt zusammenarbeitend, zogen sie Miss Seeton aus, rieben sie trocken und streiften ihr das Nachthemd über.

Von der Tür aus sah Dr. Knight ihnen zu. »Falls ihr beide die Dienste eines Arztes braucht – ich bin da.«

Das unscheinbare Mädchen blickte lächelnd auf. »Oh, gut, Dad. Ich wollte dich holen, wenn wir sie im Bett haben. Es fehlt ihr nichts, glaube ich. Die Atmung ist nicht schlecht und der Puls recht kräftig, wenn auch ein bißchen rasch.«

»Ich sehe sie mir gleich an. Ob du mir wohl meine Tasche holst? Dein neuer Helfer ist bestimmt stark genug und kann sie allein ins Bett heben. Ich passe schon auf, Anne, daß er den Kopf ans richtige Ende legt.«

Als Anne hinausgegangen war, hob Bob Ranger die immer noch bewußtlose Miss Seeton auf und legte sie sanft aufs Bett. Der Arzt schob das Augenlid hoch, besah die Pupille und fühlte dann den Puls. Anne kam mit seiner Tasche zurück. Er nahm sein Stethoskop, horchte Miss Seetons Brustkorb ab und richtete sich dann auf.

»Sollen wir sie umdrehen, Dad?«

»Nein. Nicht nötig. Vermutlich Unterkühlung mit nachfolgendem Schock.« Er holte eine Injektionsspritze aus seiner Tasche. »Ein Beruhigungsmittel«, erklärte er, während er mit Annes Hilfe die Injektion vornahm. »Sie schläft dann durch, und mit Schlaf und Wärme überwindet sie den Schock. Komplikationen sind kaum zu befürchten, aber bei ihrem Alter kann man nie wissen. Morgen sehen wir weiter. Aber da es Miss Seeton ist, für die sich alle so sehr interessieren, rufst du vielleicht *The George and Dragon* an, Anne. Man soll dem Superintendent ausrichten, daß seine Freundin hier bei uns ist. Du kannst ruhig noch sagen, daß sie sich für ihr Freibad nicht die richtige Jahreszeit und nicht die passende Bekleidung ausgesucht hat. Und daß er sie morgen früh besuchen kann, früher nicht.«

»In Ordnung, Dad.« Anne legte die benutzte Injektionsspritze in eine Emailleschale, legte eine sterilisierte in die Blechschachtel, die sie wieder in ihres Vaters Tasche verstaute. Als sie mit der Schale in der Hand zur Tür ging, klingelte das Telefon.

»Zum Teufel«, sagte Dr. Knight.

»Ich gehe ran, Dad.«

»Laß nur, Kind. Ich gehe selbst. Bestimmt ein Wurf Kätzchen ... So ist es immer. Und immer nach Dienstschluß.« Von der Treppe her rief er zurück: »Und je später, desto größer der Wurf.«

Anne wurde sich bewußt, daß Bob sie anstarrte, und sie vertuschte ihre Verlegenheit, indem sie schnell sagte: »Ich wollte gerade in die Badewanne, als Sie geklingelt haben ... Wissen Sie was? Baden Sie statt dessen. Sie müssen nur noch heißes Wasser zulaufen lassen. Ich zeige Ihnen, wo das Badezimmer ist.« Sie hob Miss Seetons durchweichte Kleidungsstücke auf und stellte die Schale obendrauf.

Zu seinem Entsetzen dämmerte es Bob, daß seine Kleidung den gesellschaftlichen Gepflogenheiten kaum entsprach. Er wurde feuerrot. Trotzdem war er, als er sich bückte, um seine Sachen aufzuheben, eine Sekunde lang heilfroh, keine dieser neumodischen, knapp sitzenden Unterhosen zu tragen. Was er anhatte, war wenigstens dezent. Er sah an sich herunter. Aber nicht in nassem Zustand, mußte er feststellen. Sein Gesicht nahm die Farbe dunkler Petunien an; er ließ seine Sachen fallen, hob das Badetuch vom Boden auf und drapierte es sich um die Hüften. Er hängte Miss Seetons Schirm an die Tür und nahm seine Sachen zum zweitenmal auf. Anne sah mit ernstem Interesse zu, doch in ihren Augen stand ein verstohlenes Lachen.

»Natürlich weiß ich nicht«, sagte sie, »ob Sie sprechen können. Aber solange Sie hören und verstehen ...« Bob schwitzte und räusperte sich, um eine Entschuldigung vorzubereiten, um zu erklären, um zu sagen ... Was, um Himmels willen, konnte man sagen? »Geben Sie sich keine Mühe«, sagte Anne freundlich. »Sie müssen gar nichts sagen. Es freut mich aber zu wissen, daß Sie wahrscheinlich sprechen können, wenn Sie wollen. Und nun kommen Sie mit.«

Bob folgte ihr: ein Ozeandampfer im Schlepptau eines Lotsenbootes.

Nachdem sie Bob im Badezimmer untergebracht, Miss Seetons Kleidungsstücke und die Schale losgeworden war, ging sie in ihr Schlafzimmer, rief *The George and Dragon* an, setzte sich dann an den Frisiertisch und betrachtete ihr Spiegelbild.

Verflucht. Verflucht. Verflucht.

Und noch einmal: Verflucht.

Ihr Gesicht war hoffnungslos, ganz klar, aber sie hatte schönes Haar und eine hübsche Figur. Ihr übliches Pech, dachte Anne, daß sie sich vor dem Baden das Haar zu abstehenden Zöpfen geflochten und ihre Figur unter dem plumpen Bademantel versteckt hatte. Sie zog die albernen Zopfschleifen heraus, bürstete sich das Haar, fuhr rasch in ein Kleid – ein rotes, enges – und lief ins Erdgeschoß hinunter.

Was zu trinken. Und was zu essen. Vielleicht Kaffee? Er mußte etwas in den Magen bekommen, nachdem er sich in den Kanal, in den Teich oder was es sonst war, gestürzt hatte, oder er würde eine Erkältung bekommen. Ihre Mutter war mit Bekannten im Kino, also konnte sie Verpflegung holen, soviel sie wollte. Sie warf einen Blick auf den Notizblock neben dem Telefon in der Halle, las: *Bin bei Vennings,* wunderte sich kurz, schob die Frage beiseite und lief in die Küche. Dort überlegte sie. Wie mußte eine Kleinigkeit für jemanden dieser Größe aussehen? Eine Speckseite, ein Laib Brot und ein ganzer Yorkshire-Pudding? Sie begann, allerlei auf den Teewagen zu stellen: Schinkenspeck, Senf, Pickles, Brot, Butter, Käse und einen Obstkuchen. Sie rollte ihn ins Wohnzimmer, steckte die Kaffeemaschine an, stellte die Drinks zurecht und lief, als sie Bob auf der Treppe hörte, in die Halle. Die Haustür ging auf, und herein kamen ihr Vater und, hinter ihm, der Superintendent.

Ihr übliches Pech.

11

Für viele Dorfbewohner wurde es ein bewegter und zufriedenstellender Abend. An Tatsachen fehlte es nicht, Hinzuerfundenes gab es mehr als genug, und Gerüchte gediehen wie Pilze nach dem Regen.

Miss Seeton wurde vermißt, war in einem Auto weggefahren – Tatsache. Schüsse waren gefallen – Tatsache. Nigel Colvenden war mit seiner Mutter in rasendem Tempo durchs Dorf geprescht, scharf verfolgt von der Polizei – Tatsache. Das Auto der Vennings war am Teich bei Plummergen Common gegen einen Baum gekracht – Tatsache. Ein Unfallwagen war vom Schauplatz des Unglücks weggerast – Tatsache. Lady Colvenden war in die entgegengesetzte Richtung gefahren, von einem Mann begleitet, der keinen Faden auf dem Leibe hatte – Tatsache. Nigel Colvenden hatte in einem Streifenwagen neben dem Superintendent aus London gesessen – Tatsache. Zwei Streifenwagen waren am Teich zusammengezogen worden, und die Beamten erlaubten niemand, in die Nähe zu kommen – Tatsache.

Nigel Colvenden war in Haft – nicht direkt eine Tatsache, aber wie sollte man es sich anders erklären? Angela Venning hatte betrunken am Steuer ihres Wagens gesessen und war mit mehreren Freunden vom Club aus der Kurve getragen worden; sie alle hatte der Unfallwagen abtransportiert – möglicherweise keine Tatsache, aber vieles deutete darauf hin. Am Teich war so Entsetzliches zu sehen, daß man nicht hingehen durfte – mußte eine Tatsache sein, bestimmt. Bei Plummergen Common hatte sich eine wüste Schießerei abgespielt – eine hörbare Tatsache. Miss Seeton war geflohen – eine offensichtliche Tatsache. Lady Colvenden war alt genug, um zu wissen, was sie tat – eine unbestrittene Tatsache.

Miss Seeton war geflohen – vielleicht nach London, wahrscheinlich ins Ausland. Miss Seeton hatte den Unfall verursacht, hatte Angela Venning und deren Freunde bedroht und, schießwütig, wie sie immer mit ihrem Revolver war, drei erschossen und einen verletzt; die Leichen hatte der Unfallwagen fortgebracht. Die Leichen waren am Teichufer in einer Reihe ausgelegt und wurden von Polizisten bewacht; der Unfallwagen hatte in rasender Fahrt einen Verletzten zur Bluttransfusion in das Krankenhaus Ashford gefahren. Einer nächtlichen Schwimmparty war von den Hütern der Ordnung ein Ende bereitet worden; Lady Colvenden hatte Nigel in Sicherheit bringen können, nicht aber seine Kleidung. Lady Colvenden war mit einem der Männer durchgegangen. Angela Venning und ein, zwei, drei ihrer Freunde waren ertrunken und von dem Unfallwagen fortgebracht worden. Angela Venning hatte beim Fluchtversuch mit ihrem Wagen einen Unfall gehabt und war mit zwei, drei, vier ihrer Freunde in kritischem Zustand ins Krankenhaus Ashford transportiert worden. Miss Seeton war in dem Unfallwagen geflohen. Miss Seeton war, völlig berauscht, im Teich aufgefunden und von dem Unfallwagen fortgebracht worden. Miss Seeton war noch immer im Teich, weigerte sich, herauszukommen, und die Polizei stand am Ufer und versuchte, ihr gut zuzureden. Nigel Colvenden war verhaftet worden – weil er Miss Seeton, weil er Miss Venning und deren Freunde, weil er die Polizei mit einer Schußwaffe angegriffen, weil er öffentliches Ärgernis erregt hatte.

Es war beklagenswert. Es war tragisch. Es war empörend.

Gewiß, alle diese Behauptungen waren aus der Luft gegriffen, aber sie boten ein interessantes Gesprächsthema, denn die Erfahrung lehrte ja, daß ein beträchtlicher Teil der Gerüchte mit ein bißchen Zustutzen hier und ein bißchen Ergänzung dort spätestens am nächsten Morgen den Status von Tatsachen erreicht haben würde.

Für die meisten Polizeibeamten wurde es eine bewegte, wenn auch nicht ganz zufriedenstellende Nacht. Delphick machte sich Vorwürfe. Er hätte sich sofort sagen müssen, daß es ein vorgetäuschter Unfall war. Er hätte den Abtransport der Leiche nicht zulassen und den Leuten nicht erlauben dürfen, den Boden zu zertrampeln, bevor Polizeiarzt und Mordkommission eintrafen. Er hätte Miss Seeton früher finden müssen. Und mit ein bißchen Glück hätte er eine Erklärung von ihr bekommen müssen.

»Sie hat nichts gesagt, Bob? Überhaupt nichts?«

»Nein, Sir, eigentlich nicht. Sie wollte was sagen. Irgendwas, das mit dem Wetter zu tun hat. Es klang wie ›trüber Tag‹. Und dann wie ›Ball‹. Beinahe wie ›Fußball‹, aber da muß ich mich wohl verhört haben. Dann riß sie auf einmal die Augen auf, und plötzlich hat sie furchtbar erschrocken ausgesehen, und dann war sie weg, einfach ohnmächtig.«

Er hätte dem Mörder nicht erlauben dürfen, abzuhauen, ehe eine Personenbeschreibung vorlag. Er hätte Mrs. Venning die Nachricht selbst überbringen müssen. Er hätte Dr. Knight nicht erlauben dürfen, die beiden einzigen Zeugen zwölf Stunden lang mundtot zu machen. Vor allem hätte er es irgendwie schaffen müssen, an drei Orten zugleich zu sein.

»Hören Sie endlich auf, Orakel, mit Ihrem ›Es hätte doch sein können‹ und ›Wenn man geahnt hätte‹. Zur Abwechslung sollten Sie an das denken, was wir trotz allem wissen.« Chief Detective Inspector Brinton von der Kriminalabteilung der Polizei in Ashford nahm einen Stapel Notizzettel auf und legte sie wie Patiencekarten aus. »Also zunächst das Mädchen, Angela Venning.« Er nahm von einem Häufchen das oberste Blatt. »Ein vorläufiger Blitzbericht von unserem Arzt. *Zeitpunkt des Todes*... Wissen wir ziemlich genau. *Todesursache: Fraktur des linken Schläfenbeins und Fraktur mit Dislokation der linken zervikalen Vertebrae*... Eine Unmenge

Latein, nur um zu sagen, daß sie an einem Loch im Kopf oder an Genickbruch oder an beidem gestorben ist. *Außerdem Anzeichen von Quetschungen rund um beide Fußknöchel*... Da hat der Kerl sie wahrscheinlich gepackt. *Einstiche an beiden Oberschenkeln lassen auf Gebrauch von Spritzen schließen: möglicherweise rauschgiftsüchtig*... Das alles natürlich mit dem üblichen Wenn und Aber und warum wir nicht auf die eigentliche Obduktion warten können – nur sagte er ›Autopsie‹, weil es schwieriger auszusprechen ist.« Der Chief Inspector besah sich das nächste Blatt. »Ach ja, unsere Wissenschaftler. Kluge Leute, drücken sich nie klar aus. *Latente Spuren an Steuerrad und Tür* – so ein Quatsch! Wenn sie latent sind, sind sie unbrauchbar, verdammt noch mal. Der denkt wohl, latent ist Chinesisch und heißt Fingerabdrücke. Ich bin sehr für die Wissenschaft, bloß verschont mich mit dem Jargon. Worauf es hinausläuft: Fast sämtliche Fingerabdrücke des Mädchens am Wagen, am Vorhängeschloß und an der Garagentür sind von Wischern überdeckt. Also hat der Kerl Handschuhe angehabt und den Wagen wahrscheinlich selber gefahren.« Er nahm das nächste Blatt auf. »Ah ja. Der Wagen. Nichts faul daran. Kein Versagen der Bremsen und so weiter. Keine Rutschspuren auf der Straße. Also ist er absichtlich von der Straße runter und gegen den Baum gefahren worden. Es sollte wie ein Unfall aussehen, aber der Kerl hat dafür gesorgt, daß ihm selber nichts passiert. Oh, und – ja – ein Damenhut, unter dem Vorderrad zerquetscht.«

Sergeant Ranger straffte sich. »Der gehört Miss Seeton.«

»So? Sagten Sie nicht, Orakel, daß sie vor Zorn getobt hat, weil sie ihr mit dem Sack den Bibi ruiniert haben?«

Delphick grinste. »Ja. Ich glaube, das hat sie am meisten geärgert.«

»Wenn sie so weitermacht, braucht sie bald einen Sturzhelm.« Er blätterte den nächsten Zettelstoß durch. »Trefold Morton. Da haben Sie womöglich ein Prachtstück von Fisch am Haken. Wir haben ihn bei seinen Bekannten abgeholt und zum Abkühlen nach Brettenden geschafft. Der Inspektor wollte ihn hierher bringen, aber ich dachte, in seiner Heimatstadt macht er sich besser. Der Inspektor war tief beeindruckt und sagte: ›Ah ja. Psychologischen Druck anwenden.‹ Das ist Französisch und heißt, seinen Grips gebrauchen.«

»Wie macht er sich, Chris?« fragte Delphick.

»Morton? Och, ganz gut so weit. Hat ganz schön getobt zu Anfang, aber jetzt legt sich der Wind schon.« Er legte den Zettel weg. »Vor einer halben Stunde habe ich mit Brettenden telefoniert, und sie sagen, an den Nähten geht er schon ein bißchen auseinander. Jedenfalls sitzen sie bei ihm und halten ihm die Hand, bis Sie kommen. Bestimmt weint er sich dann an Ihrer Schulter aus und rückt mit allem raus. Vorausgesetzt, Sie finden etwas in seinem Büro oder bei ihm zu Hause.« Brinton überflog den nächsten Zettel. »Steht schon alles auf dem Programm. Ich habe Sir George Colvenden angerufen. Er macht den Haussuchungsbefehl fertig, und Sie können ihn mitnehmen, wenn Sie zurückfahren. Er war hörbar entzückt. War bei einer Versammlung und hat, soviel ich weiß, den ganzen Spaß versäumt.«

»Ja«, sagte Delphick. »Aber zum Glück war er zurück, als ich den jungen Colvenden nach Hause gebracht habe. Der Junge kann einem leid tun. Aber er ist zäh. Die erste Leiche ist kein Spaß, vor allem, wenn man jung ist und es jemand war, den man gekannt hat. Ich habe ihn ans Steuer gesetzt. Entspricht nicht ganz den Vorschriften, aber ... So hat er sich aufs Fahren konzentrieren müssen. Sein Vater müßte eigentlich imstande sein, ihn wieder in die Reihe zu bringen. Eine prächtige Familie, die Colvendens.«

»Noch etwas zu Morton.« Der Chief Inspector kramte einen anderen Zettel hervor. »Erinnern Sie sich, Orakel, daß

Sie mich vom Yard aus wegen des *Singing Swan* angerufen haben?«

»Aber ja. Ein Tip von Miss Seeton.«

»Wundert mich nicht. Die steckt ihren Schirm auch in alles. Nun – ich habe Ihnen damals gesagt, daß wir diesen Verein schon ein- oder zweimal ausgehoben haben, aber sie hatten jedesmal Wind davon bekommen. Jetzt wissen wir, wo die undichte Stelle war. Übrigens reiner Zufall. Vorhin, als wir Morton bei den Kollegen in Brettenden abgeliefert haben, sagte einer von den Plattfüßen dort: ›Ach du liebe Zeit, der. Das ist doch Councillor Trefold Morton – ausgerechnet der, der sich immer beschwert hat, was für ein Schandfleck der *Singing Swan* ist.‹ Und was stellt sich raus? Jedesmal, wenn wir eine Razzia anberaumten, hat dieser Idiot in Uniform es Morton voller Stolz mitgeteilt, um zu beweisen, daß wir am Ball sind; Kritik an der Polizei kann er nämlich nicht vertragen. Tja, jetzt lernt er aus erster Hand, wohin Kritik an der Polizei führen kann.« Brinton lehnte sich seufzend im Stuhl zurück. »Das ist alles, glaube ich. Vermutlich wollen Sie beide jetzt abhauen, damit Sie heute nacht überhaupt noch ins Bett kommen. Übrigens, Sergeant...« Er beäugte Bob mit ernster Miene: »Was hat diese Meldung von dem Unfallwagen zu bedeuten, daß Sie bei Plummergen Common in weiblicher Gesellschaft herumgehopst und splitterfasernackt durch die Landschaft gegondelt sind?«

Bob wurde feuerrot. »Ich war klatschnaß, Sir.«

»Aha.« Der Chief Inspector nickte. »Na ja, ich will mit Ihnen keinen Streit anfangen. Sie müssen es ja wissen, und Selbsterkenntnis ist der erste Schritt zur Besserung.«

»Lassen Sie ihn in Ruhe, Chris«, lachte Delphick. »Wenn Bob nicht gewesen wäre und sich als Froschmann betätigt hätte, wären wir unsere Miss Seeton los.«

»Eben. Ich kenne die Dame nicht persönlich, aber vor ihrer Ankunft haben wir nur nette, friedliche Diebstähle,

Rauschgiftgeschichten und Überfälle gehabt. Seit sie hier ist, haben wir jede Menge Schießereien, Entführungen und jetzt sogar Morde... Wie ist es, wollen Sie die Dame nicht mit nach London zurücknehmen? Dann kämen wir alle ein bißchen zur Ruhe.«

»Ich glaube, sie erwägt, sich für dauernd im Plummergen niederzulassen, Chris«, schmunzelte Delphick.

»Für dauernd? Na, dann wenden wir uns am besten an die Armee und richten uns auf Kriegsrecht ein. Machen Sie Morton weich, Orakel. Im Moment unterstützt er uns nur bei Ermittlungen. Wenn wir ihn aber länger festhalten wollen, müssen wir mit Beschuldigungen kommen. Ich bleibe hier, bis Sie mit ihm fertig sind – und wenn ich die Nacht hier kampieren muß.«

Delphick und Bob Ranger fuhren von Ashford nach Plummergen, nahmen in *Rytham Hall* den Haussuchungsbefehl mit und sahen sich dann kurz in *Sweetbriars* um.

Miss Seetons Skizzen gegenüber war der Superintendent fast abergläubisch geworden, denn ihre Einzelheiten schienen immer wichtiger zu werden. Ehe er von dem Haussuchungsbefehl Gebrauch machte und vor allem vor dem Gespräch mit Trefold Morton wollte er sie noch einmal genau betrachten – vielleicht fiel ihm etwas auf, das ihm vorher entgangen war.

In der untersten Schublade des Sekretärs fanden sie eine große Zeichenmappe. Als sie die Bänder aufknoteten, rutschte eine Skizze heraus, die Delphick in schallendes Gelächter ausbrechen ließ: der Sergeant in Fußballerkluft, atemlos rennend, so daß die Enden eines langen, gestreiften Wollschals hinter ihm herflatterten, auf dem Gesicht Verwirrung; vor ihm, mit der einen Hand den Fußballer ziehend, mit der anderen einen Schirm umklammernd, die Rote Queen aus *Alice in Wonderland,* deren Züge eine schlagende Ähnlichkeit mit Miss Seeton aufwiesen.

»Schneller, schneller«, gurgelte Delphick. »Tut mir leid, Bob, aber genauso haben Sie im Revier Bow Street ausgesehen, damals, in der ersten Nacht, als wir sie kennengelernt haben.«

»Stimmt. Dieses Gefühl gibt sie mir oft«, gab Bob zu. »Aber woher, zum Kuckuck, weiß sie, daß ich in der Polizei-Elf spiele?«

»Schade – sie wäre eine großartige Karikaturistin geworden«, sagte Delphick. Er legte die Zeichnung wieder in die Mappe, nahm die Kohlezeichnung heraus, die Mrs. Venning und Angela darstellte, und die beiden Skizzen von Trefold Morton, setzte sich und betrachtete sie. »Das Mädchen hat fast genauso dagelegen«, sagte er und deutete auf die Niobe-Zeichnung. »Hätten wir diese Warnung nur ernster genommen. Und dabei war ich beunruhigt – nur eben nicht genug. Und dann die zerbrochene Flasche. Vermutlich auch wieder Tabletten.«

»Sie meinen, es besteht ein Zusammenhang hiermit?« fragte Bob und zeigte auf die erste Trefold-Morton-Skizze. »Er hält was hoch, das wie ein Tablettenröhrchen aussieht.«

»Kann sein. Durchaus möglich. Trefold Morton hat ihr ein Röhrchen mit Tabletten gegeben – ich meine das, das Mrs. Venning ihr aus der Hand geschlagen hat. Und Miss Seeton selbst glaubt, sie hätte es nur deshalb auf die Niobe-Zeichnung gesetzt, weil ihr dieser Vorfall noch im Kopf rumspukte. Aber irgendwie ... Nein. Ich glaube, das geht tiefer. Je länger ich es mir ansehe, desto mehr habe ich das Gefühl, daß diese Zeichnung in sich vollständig ist. Eine fast absolute Übereinstimmung mit der Niobe-Sage ... Die Mutter hat etwas getan, das die Götter empört. Aus Rache haben die Götter die Tochter getötet. Die Mutter bereut, was sie getan hat ... Die Tabletten müssen sich in die Geschichte einfügen, sie gehören dazu. Ein Zusammenhang mit diesen Skizzen«, er zog die beiden Trefold-Morton-Karikaturen näher heran, »wäre rein zufällig. Und was hat diese hier zu bedeuten?« Er dachte über den Herrn im Grasröckchen und mit den Schrumpfköpfen nach. »Ich bin ziemlich sicher, daß ich sie verstehe. Veruntreuung und Vertrauensbruch. Und wenn wir Glück haben, finden wir die Beweise dafür heute nacht. Am besten, wir ...«

»Sir.« Bob, der durchs Zimmer geschlendert war, besah sich die Signatur auf einem Aquarell über dem Kamin. E. D. S. Die Silhouette eines Zweiges im Vordergrund, an dem noch vereinzelte Blätter hingen, gab dem grauen Himmel mit den schweren, langsam dahinziehenden Wolken noch mehr Tiefe. Darunter ein Streifen Moor mit Heidekraut, das sich im Wind niederbeugte. Es wirkte vertraut.

Delphick blickte auf. »Ja?«

»Ich glaube, das sind Sie.«

Delphick stand auf und ging zu ihm. »Was meinen Sie? Was bin ich?«

»Das Bild hier, Sir. Ich habe es lange angesehen und dachte, die Gegend kenne ich. Und jetzt wird mir plötzlich klar«, Bob strahlte, so stolz war er auf sich, »daß es keine Landschaft ist, sondern ein Mensch. Ein Mensch, den ich kenne. Sie, Sir.«

»Eine ziemlich trübselige Gegend«, sagte Delphick.

Bob grinste. »Ja, Sir. Aber ein nettes Bild, im großen und ganzen, finden Sie nicht?«

»Werden Sie nicht frech.«

»Trübselig ... trübe Gegend ... trüber ...«, murmelte Bob vor sich hin. »Jetzt weiß ich«, fuhr er hastig fort, »was Miss Seeton sagen wollte. Ich meine, wenn die Zeichnung von mir Sie an das Revier Bow Street erinnert, weil sie zuallererst den Eindruck hatte, ich wäre Fußballer, dann könnte das hier ihr erster Eindruck von Ihnen sein. Sie hat also keine Bemerkung über das Wetter gemacht, sondern von uns gesprochen.

›Trüber Tag ... Fußballer ... muß ...‹ Sie hat das Gefühl gehabt, sie müßte uns etwas mitteilen. Und das heißt ...«

»... daß es was mit dem jungen Lebel zu tun hat. Und damit wäre sicher, nicht nur wahrscheinlich, daß Lebel es war – der Mann, der sich heute nacht neben der kleinen Venning im Auto befunden hat!« Delphick zog rasch den Mantel an. »Los, auf geht's! Wir müssen uns eilen. Wir stehen erst ganz am Anfang.«

Sie holten sich bei der Polizei in Brettenden Trefold Mortons Schlüsselbund und fuhren dann zu seinem Haus. Als sie nach vergeblichem Klingeln und Klopfen nahe daran waren, von den Schlüsseln Gebrauch zu machen, wurde die Haustür von einer ältlichen Frau in Morgenrock und Pantoffeln geöffnet. Ihr breites Gesicht hätte gutmütig gewirkt, wenn der kleine, zusammengekniffene Mund nicht gewesen wäre. Nervös blinzelnd stand sie da und versperrte ihnen den Weg. Der Superintendent wies sich aus und entschuldigte sich wegen der späten Störung. Sie trat zurück, ließ sie eintreten, machte die Haustür zu und deutete dann auf eine Eichenbank an der Wand. Delphick zog den Haussuchungsbefehl hervor, aber sie schüttelte den Kopf, deutete noch einmal auf die Bank und ging zur Treppe. Aus dem Konzept gebracht, lief Delphick ihr nach und hielt ihr das Schriftstück hin. Sie winkte ab und deutete, den kleinen Mund noch fester zusammenkneifend, befehlend zweimal auf die Bank.

Der Sergeant war überrascht, daß das Orakel plötzlich lächelte und sich verbeugte.

»Sehr wohl, *madam.* Wir warten. Aber wir wären Ihnen dankbar, wenn Sie sich beeilen würden.«

Sie bedachte ihn mit einem kurzen, endgültigen Nicken und hastete die Treppe hinauf.

Bob setzte sich neben seinen Vorgesetzten auf die Bank. »Was ist, Sir? Ich glaube, sie hat sie nicht alle.«

»Ihre Beobachtungsgabe macht Ihnen Ehre. Sie hat sie nicht alle. Aber ich glaube, sie macht den Schaden gut. Hoffen wir, daß es schnell geht.«

»Sollen wir nicht schon anfangen, Sir? Es wird sehr spät.«

»Stimmt. Aber mit Fremdenführer geht der Rundgang rascher. Außerdem hat es keinen Sinn, die Alte mehr aufzuregen als unbedingt nötig. Vergessen Sie nicht – ganz gleich, was wir von diesem miesen Anwalt halten, für sie ist er vermutlich Sonne, Mond und Sterne gleichzeitig. Und wenn wir Glück haben und was finden, dann ist eine Zeugin, die auf Trefold Mortons Seite steht, nur von Vorteil für uns.«

»Guten Abend, die Herren.«

Bob drehte sich um, und der Kiefer klappte ihm herunter. Die Treppe herab segelte derselbe Morgenrock, aber eine verwandelte Frau. Die Brille mit dem schweren schwarzen Gestell machte ihre Augen groß, strahlend und freundlich. Der feste, breite Mund, zum Willkommenslächeln auseinandergezogen, war mit schimmernden Zähnen vollgestopft – so jedenfalls erschien es Bob. Das ganze Gesicht glitzerte von Glas und Kunststoff.

»Ich bin die Haushälterin«, fuhr sie fort. »Mit was kann ich Ihnen dienen? Entschuldigen Sie, daß ich Sie habe warten lassen. Wie es geklingelt hat, bin ich aufgewacht, und weil ich dachte, er hätte seinen Schlüssel vergessen, bin ich runtergelaufen und hab' in der Eile meine Brille oben gelassen. Und was man nicht sehen kann, das begreift man nicht, wenn Sie wissen, was ich meine. Also: Wo ist er, und was hat er angestellt? Eine Lady Coven oder so ähnlich hat vorhin angerufen und wollte wissen, wo er ist, aber ich weiß es nicht. Und das habe ich ihr auch gesagt. Aber sie hat keine Ruhe gegeben und gefragt, zu wem er denn zum Dinner gegangen sein könnte, und hab' ich ihr ein paar Leute gesagt, wo er vielleicht sein könnte. Aber er ist mit dem Wagen fort, das weiß ich bestimmt. Hat er einen Unfall gehabt?«

Diese Redseligkeit nach dem hartnäckigen Schweigen irritierte Delphick. »Nein«, versicherte er ihr. »Nichts dergleichen.«

»Nein? Aber Sie haben doch gesagt, Sie wären von der Polizei?« Strahlend fuhr sie fort: »Was hat er angestellt? Hat er Scherereien?«

Der Superintendent wählte seine Worte mit Sorgfalt. »Es sind da ein paar Dinge, die der Klärung bedürfen. Im Augenblick unterstützt uns Mr. Trefold Morton bei unseren Ermittlungen. Sind Sie schon lange bei ihm?«

»Na ja, lange ... wie man's nimmt. Es müssen jetzt – warten Sie ...« Die Haushälterin überlegte. »Ja, kommende Weihnachten sind's zwölf Jahre.«

»Und doch sind Sie offenbar nicht überrascht, daß er Scherereien haben könnte?«

»Überrascht, nein, kann ich nicht sagen. Viel zu glatt, als daß es glattgehen könnte, hab' ich immer gedacht.«

»Hatten Sie selbst Ärger mit ihm?«

»Ärger, nein, kann ich nicht sagen, abgesehen von ein paar Schwierigkeiten zu Anfang, als ich neu war. Er hat gesagt, das Essen kostet zuviel und ich müßte mit weniger auskommen. Da hab' ich ihm was erzählt. Eierkuchen ohne Eier, das gibt's nicht, hab' ich ihm gesagt, und von mir aus könnte er die Eierschalen haben, aber dann würde ich die Eier essen, denn unter mein Niveau gehe ich nicht. Er hat nie wieder was gesagt. Man muß fest bleiben, oder man wird ausgenutzt. Und dann war das mit dem Lohn. Er wollte was von meinem Lohn zurückbehalten und das in irgendwas reinstecken, für mich. Da habe ich ihm Bescheid gestochen. Sie stecken den Lohn hier in meine Hand, hab' ich gesagt, und wenn es sonstwo reingesteckt werden soll, dann besorge ich das selber. Ein bißchen zu raffiniert, hab' ich mir gedacht.«

Das Notizbuch in der Hand, war der Sergeant der Haushälterin unauffällig gefolgt, und Delphick beschloß, die

Quelle auszuschöpfen, solange sie sprudelte und die Haushälterin geneigt war, sich in Erinnerungen zu ergehen.

»Sagen Sie«, fragte er, »ist Ihnen irgendwas Befremdendes aufgefallen? Im Verhältnis zu sonst, vielleicht?«

»Verhältnis?« Sie war empört. »Natürlich nicht. So was gibt's nicht. Verhältnisse – und ich wär' nicht geblieben. Grob kann er von mir aus sein, was soll man schon erwarten, so ist er nun mal, der arme Kerl, aber Verhältnisse hat er nicht, das muß man ihm lassen.«

Delphick besänftigte sie. »Nein, das meinte ich nicht. Ich dachte mehr an Besucher, die aus dem Rahmen fallen. Oder irgendwas Ungewöhnliches, an das Sie sich erinnern.«

Die Haushälterin ließ sich auf einem Stuhl nieder. »Tja, da ist so ein Mann. Er kommt ziemlich oft her, von dem könnte man sagen, daß er aus dem Rahmen fällt, wenigstens seine Anzüge und Sachen, und er hat so eine komische Frisur mit Ponies. Ich habe ihn in der Stadt gesehen, und jemand hat mir gesagt, wie er heißt, aber ich hab's vergessen, und er soll einen Club leiten oder so was, draußen in Les Marys irgendwo.«

»Und Sie sagen, er kommt ziemlich oft her?«

»Ja, ziemlich oft, kann man wohl sagen ... so einmal die Woche, regelmäßig. In letzter Zeit hab' ich ihn selten selber reingelassen, aber manchmal, wenn ich gehört habe, daß spätnachts die Tür ging, hab' ich aus dem Fenster geguckt und gesehen, daß er weggegangen ist.«

»Und noch andere?« fragte Delphick wie nebensächlich.

»Aus dem Rahmen fallende, kann man nicht sagen ...« Sie überlegte einen Augenblick, dann lachte sie: »Höchstens der junge Mann aus Schottland, aber das ist Jahre her.«

Das Gesicht des Superintendent nahm einen Ausdruck milden Interesses an. »Ja?«

»Na ja, der ist hergekommen, und ich hab' ihm gesagt, er

soll warten, aber wie ich reingegangen bin und seinen Namen gesagt habe, hat er gesagt, er wäre nicht da. Also bin ich wieder rausgegangen und hab's ihm gesagt, obwohl es natürlich nicht stimmte, aber was sollte ich machen, wo er es mir doch aufgetragen hat. Und der junge Mann war fuchsteufelswild, sagte, er hätte die Reise von Schottland bis hierher gemacht, um sein Tantchen zu beerdigen, und wo das Geld wäre ... Ich hab' ihm gesagt, ich hätte keine Ahnung, und da ist er fort und hat gesagt, er würde ihn verklagen. Komisch, nicht wahr? Ich meine, wie kann man einen Anwalt verklagen, das ist doch Unsinn.«

Delphick soufflierte noch einmal behutsam: »Und sonst noch jemand?«

»Sonst noch? Tja, warten Sie mal ... da war diese Miss – nein, der Name ist futsch, trotzdem es alles in der Zeitung gestanden hat, hinterher ... Sie war zweimal hier. Das erste Mal hat er mit ihr geredet, und sie haben fürchterlichen Krach gehabt, daß ich es bis in die Küche gehört habe. Sie hat geschrien und gekreischt, und wie sie weg ist, hat sie geheult, und er hat gesagt, ich soll sie nicht wieder reinlassen, wenn sie wiederkommt. Und sie ist wiedergekommen ... oh, viel später, es muß über ein Jahr später gewesen sein, an einem Vormittag, und ich habe gesagt, sie soll es in seinem Büro versuchen, aber sie hat gesagt, da wäre sie schon gewesen und da hätte man ihr gesagt, er wäre nicht da. Sie war so durcheinander, daß sie mir leid getan hat, das arme Ding, und ich habe sie in mein Zimmer gesetzt und ihr eine Tasse Tee gebracht. Sie hat immer wieder gesagt, bei der Bank wäre was falsch gemacht worden und ihr Geld könnte doch nicht weg sein, so was dürfte doch nicht vorkommen, und ob ich dächte, daß sie arm wäre, und so ein Zeug. Na ja, ich hab' ihr gesagt, ich hätte wirklich keine Ahnung. Und sie hat gesagt: ›Sehen Sie nur, was aus mir geworden ist‹ – na ja, sie sah wirklich erbärmlich aus, das stimmt. Und sie hat gesagt, wenn sie nicht arm wäre – darauf ist sie immer rumgeritten –, also, wenn sie nicht arm wäre, dann hätte sie ihn reingelegt und das würde er schnell genug merken, denn sie hätte gerade an dem Morgen ein neues Testament mit dem Milchmann gemacht. Das ist natürlich Quatsch, denn daß Milchmänner keine Testamente machen, weiß doch jedes Kind. Dann hat sie gesagt: ›Trauen Sie nie einem Rechtsanwalt‹, und da hab' ich ihr gesagt, das täte ich sowieso nicht und ob ich ihr irgendwie helfen könnte. ›Nein, niemand könnte mir helfen‹, hat sie gesagt. Und weg war sie. Ich war ganz aufgeregt. Und am nächsten Tag hab' ich dann in der Zeitung gelesen, daß sie an demselben Nachmittag von einem Hausdach runtergesprungen ist, gleich nachdem sie von hier weggegangen ist. Ich bin vielleicht erschrocken. Ich hatte mir schon gedacht, daß Tee nicht das richtige für sie gewesen ist.«

»Und?« Aus Angst, ihren Redefluß zu unterbrechen, flüsterte Delphick beinahe.

»Und?« wiederholte sie. »Warten Sie mal. Die einzige, an die ich mich sonst noch erinnere, ist Miss Hant. Ja, jetzt, wo ich daran denke, fällt mir ein, daß es gar nicht so lange her ist. Muß vor ein paar Monaten gewesen sein. Sie ist hier aufgetaucht, mit wilden Augen, ganz starrem Blick, wie diese andere Miss … komisch, daß der Name futsch ist, und dabei liegt er mir auf der Zunge …« Stirnrunzelnd dachte sie nach.

»Miss Worlingham?« murmelte Delphick.

»Aber natürlich, Worlingham, ich wußte doch, daß ich es wußte, ich konnte mich bloß nicht drauf besinnen. Na ja, wie gesagt, diese Miss Hant kommt eines Tages her … Für die hatte ich nichts übrig. Sie muß nämlich gewußt haben, daß er nicht hier war und tut sehr erstaunt, weil er nicht da ist, aber ich glaube ihr nicht, das ist eine ganz Gerissene. Sie sagt, er hat ihr ein paar Pillen versprochen. Er ist doch kein Doktor, sage ich ihr, aber sie nimmt ein Röhrchen aus der Tasche und sagt, ich soll doch mal schnell in seinem Badezimmer nachgucken, ob da im Schränkchen noch so eins ist, und es ihr holen.«

Delphick schien fast eingeschlafen zu sein. »Was für ein Röhrchen?«

Die Haushälterin nickte lächelnd. »Tja, das ist komisch, daß Sie danach fragen. Es war nämlich nicht so ein gewöhnliches Röhrchen, sondern irgendwie anders. Das heißt, oben schon wie ein Tablettenröhrchen, aber unten, am Boden, da war es breiter, wie ein Medizinfläschchen. Ich habe ihr schleunigst die Meinung gesagt, wie sie auf die Idee kommt, daß ich seine Sachen an der Tür weggebe, ohne Anweisung, das wäre ja noch schöner, und außerdem wäre gar kein solches Fläschchen im Badezimmer, und ich müßte das ja wohl am besten wissen, weil ich ja saubermache. Und er war ganz schön wild, wie ich es ihm erzählt habe. Er hat gesagt, die Frau wäre verrückt und gehörte ins Irrenhaus. Die nächsten paar Tage habe ich richtig Angst gehabt, in die Zeitung zu gucken – wenn sie sich nun auch umgebracht hätte ... Aber ich weiß, daß sie jetzt im Krankenhaus ist, und da wird's ihr ja gut gehen, denke ich, was meinen Sie?«

Delphick stand rasch auf. »Bestimmt. Und nun könnten Sie uns vielleicht, wenn es für Sie nicht zu spät ist, das Haus zeigen? Haben Sie eine Ahnung, wo Mr. Trefold Morton seine Papiere verwahrt?«

»Papiere?« überlegte die Haushälterin. »Nein, kann ich nicht sagen, außer in seinem Büro. Oder vielleicht in dem Safe, den er hinter den Büchern in seinem Arbeitszimmer hat. Versuchen Sie es doch da mal.« Sie ging durch die Diele, machte eine Tür auf und ließ Delphick und Ranger eintreten. Als beide die vom Fußboden bis zur Decke reichende Bücherwand sahen, warfen sie sich einen Blick zu. Der Rundgang mit Fremdenführer machte sich bezahlt. Von der Mitte des Regals nahm die Haushälterin ein paar Bücher herunter, und ein kleiner Wandsafe kam zum Vorschein. »Hier. Ich bin drauf gestoßen, wie ich die Bücher zum Abstauben runtergenommen habe, aber ich hab' nie verraten, daß ich es weiß, denn es geht mich ja nichts an. Aber weil Sie von der Polizei sind und einen Haussuchungsbefehl und seine Schlüssel haben, ist das wohl in Ordnung, denke ich mir.«

Mehr als in Ordnung, dachte Delphick – blindes Glück. Den Safe zu finden, hätte Stunden dauern können, und soviel Zeit hatten sie in dieser Nacht nicht. Merkwürdig, die Einstellung der Haushälterin zu Mr. Trefold Morton... Warum brachte sie es nicht über sich, ihn mit Namen zu nennen? Wahrscheinlich eine unbewußte Hemmung. Sonderbar, daß sie trotz einer so starken Abneigung so lange bei ihm geblieben war... Er ertappte sich bei der Überlegung, wie wohl Miss Seeton die Haushälterin auf einer ihrer Porträtskizzen dargestellt hätte.

Unterdessen hatte er den passenden Schlüssel am Schlüsselbund des Eigentümers gefunden, schloß den Safe auf und nahm den Inhalt heraus: ein paar alte Schmuckkästen und Schriftstücke. Die Schmuckkästen stellte er an ihren Platz zurück, die Hälfte der Papiere gab er Bob, und dann begann er, die andere Hälfte durchzusehen.

Ein kleines schwarzes Notizbuch interessierte ihn am meisten, und er legte das Übrige beiseite. Das Notizbuch war in vier Hauptabschnitte eingeteilt, jeder Abschnitt begann mit der unterstrichenen Abkürzung eines Namens. Unter diesen Überschriften folgten Zahlen- und Datenkolonnen; die ältesten Daten lagen gut 15 Jahre zurück, und hin und wieder tauchten einzelne Großbuchstaben auf. Die Namen konnte Delphick erraten. ›C-dale‹ hieß wahrscheinlich Mrs. Cummingdale – sie war das Tantchen des jungen Mannes aus Schottland. ›F-son‹ bedeutete sicher Mr. Foremason, der durch einen Autounfall ums Leben gekommen war. ›W-ham‹ hieß vermutlich Miss Worlingham, und mit ›H-t‹

konnte Miss Hant gemeint sein. Eine Spalte rechts war für Additionen vorgesehen, und unter der Summe war ein dicker schwarzer Strich gezogen. Delphick wunderte sich über die Anmerkungen in Rot unter dem schwarzen Strich: 25 Prozent, dann eine Zahl, dann, nach einer Subtraktion, die Endsumme. Wer, so überlegte er, hatte Mr. Trefold Morton um 25 Prozent erleichtert? Die Eintragungen, die Miss Hant betrafen, waren noch nicht abgeschlossen, die Addition war unvollständig, die schwarze Linie fehlte noch. Die Eintragungen waren zu verschleiert, als daß man sie ohne weiteres hätte entschlüsseln können, aber sein Verdacht paßte in das Bild – zusammen mit dem, was die Haushälterin erzählt hatte. Die Zahlen und Daten bezogen sich wahrscheinlich auf den Verkauf von Aktien, Pfandbriefen, Anteilscheinen und dergleichen. Nun – Erkundigungen bei verschiedenen Bankinstituten über die letzten im Besitz ihrer verstorbenen Kunden befindlichen Original-Wertpapiere würden das Ganze bald aufklären ... Er klappte das Büchlein zu. »Ich glaube, mehr brauchen wir im Moment nicht«, sagte er zu Bob.

»Das hier ist merkwürdig, Sir.« Bob hielt ihm einen Pakken mit Gummiband zusammengehaltener Zettel hin.

»Was ist das?«

»Namen oder sonstige Angaben stehen nicht drauf, Sir, überall nur Zahlen. Aber jeder Zettel hat das Datum einer bestimmten Woche, als ob es Notizen über Ausgaben und Einnahmen wären. Von dem, was uns die Dame hier gesagt hat«, er lächelte der Haushälterin zu, »könnte ich mir vorstellen, daß es Wochenabrechnungen von diesem Club, dem *Singing Swan*, sind.«

Delphick warf einen Blick auf die Zettel und schob sie dann zusammen mit dem Notizbuch in die Tasche. Den Rest der Papiere legte er wieder in den Safe, schloß ab und stellte die Bücher auf das Regal. Zur Haushälterin gewandt sagte er: »Vielen Dank für Ihre Hilfe. Mehr brauchen wir heute nicht. Morgen vormittag werde ich eine gründliche Durchsuchung vornehmen lassen. Es tut mir nur leid, daß wir Sie aus dem Bett geholt haben.«

Sie lächelte. »Das macht nichts. Mal eine Abwechslung.« Sie machte die Tür des Arbeitszimmers zu. »Kommt er heute nacht noch nach Haus?«

»Nein«, sagte Delphick. »Heute nacht nicht.«

Ihr Lächeln wurde breiter. »Na ja, da sieht man es wieder, das kommt davon, wenn einer so aalglatt ist.«

Delphick gab seiner Neugier nach. »Offen gestanden, es wundert mich, daß Sie so lange bei ihm geblieben sind.«

»Tja, es paßte eben, wenn Sie wissen, was ich meine«, erklärte sie. »Er hat sich nichts rausgenommen, und ich hab' mir nichts rausgenommen. Wenn er verheiratet wäre oder Familie hätte, wo jeder eine Extrawurst haben will, dann hätte es nicht so gut gepaßt.«

»Und doch haben Sie ihn, vermute ich, nie recht gemocht?«

»Gemocht... nein, kann man nicht sagen«, gab sie freundlich zu. »Ich kann ihn nicht ausstehen. Von Anfang an fand ich ihn widerwärtig. Wenn jemand so aalglatt ist wie er, dann hat jemand anders das Nachsehen, sage ich immer.«

Auch so kann man Mr. Trefold Morton und seine Tätigkeit charakterisieren, dachte Delphick, als er und der Sergeant zu ihrem Wagen zurückgingen.

Im Büro des Anwalts in der High Street entdeckten sie nichts von unmittelbarem Interesse, von einem nichtetikettierten Tablettenröhrchen abgesehen, das sich in einem Arzneischränkchen im Waschraum neben Mr. Trefold Mortons Allerheiligstem befand. Es hatte genau die Form, wie sie von der Haushälterin beschrieben worden war. Wenn man es in der Hand hielt, sah es wie ein Tablettenröhrchen aus, am unteren Ende aber verbreiterte es sich wie ein Medizinfläschchen.

»Damit es besser steht, vermutlich«, sagte Bob.

»Ja, schon«, sagte Delphick. »Aber was anderes ist wichtiger, glaube ich: Ohne daß es besonders auffällt, ist es doch so anders geformt, daß man es nicht verwechseln kann.«

Als der Superintendent und der Sergeant in der Polizeistation in Brettenden ankamen, standen die Zeiger der Uhr dort auf zwei Minuten vor zwei. Sie gingen direkt in das Büro, in dem man Mr. Trefold Morton noch immer durch Vernehmung festhielt, und lösten die beiden erschöpften Beamten ab, die nicht mehr wußten, was sie ihn fragen sollten und nur noch an Schlaf dachten. Delphick setzte sich stumm an den Schreibtisch und begann das Vernehmungsprotokoll zu lesen, das man ihm hingelegt hatte, ohne auf die Proteste des Anwalts zu reagieren.

Fünf Minuten später schob er die Papiere beiseite, dann stellte er sich und Sergeant Ranger mit Rang und Namen vor.

Mr. Trefold Morton sprang auf; er war ein Bild flammender Empörung. Es sei eine Unverschämtheit, er wiederholte: eine Unverschämtheit, ihn hier so lange festzuhalten, nur weil er Miss Seeton ein Stück in seinem Wagen mitgenommen habe. Wenn ihr etwas zugestoßen sei, nachdem er sie abgesetzt hatte – er wisse es nicht, natürlich nicht, denn man habe ihm nichts gesagt, ihn nur verhört wie einen gewöhnlichen Delinquenten –, falls also etwas passiert sein sollte, habe er damit nichts zu tun. Überhaupt nichts. Außerdem, schloß er triumphierend, wenn auch unklug, könne man ihm nichts beweisen.

Delphick zog ihm den Boden unter den Füßen weg, indem er ihm in diesem Punkt zustimmte: Aufgrund der bis jetzt vorliegenden Beweise sei er augenblicklich nur ein wichtiger Zeuge in einem Fall von Mord und versuchtem Mord. Die Augen des Anwalts traten hervor. Die Frage der Komplizenschaft müsse untersucht werden – und zwar sehr gründlich –, aber erst in einem späteren Stadium. Und wenn man ihn nur aus diesem Grunde nicht hätte gehen lassen, dann wäre das tatsächlich eine Unverschämtheit.

»Wie ich erfahre«, fuhr der Superintendent fort, »hat Sie der Geschäftsführer des *Singing Swan* regelmäßig in Ihrem Hause aufgesucht, und ich hätte gern eine Erklärung – hierfür.« Er knallte das Zettelpaket aus dem Safe auf den Tisch.

Mr. Trefold Morton kollerte wie ein Truthahn, setzte sich wieder und gab zu, den Club finanziert zu haben. Er bestritt jedoch, auf das Geschäftsgebaren Einfluß zu haben oder darüber Bescheid zu wissen. Auch hätten ihn keine gewinnsüchtigen Motive dazu verleitet, sondern nur der lobenswerte Wunsch, den jungen Leuten des Orts ein paar Räumlichkeiten zu bieten, damit sie nicht auf Abwege kämen. Falls seine Großzügigkeit mißbraucht worden sei, könne man ihn nicht dafür verantwortlich machen.

Delphick enthielt sich jeden Kommentars, blickte den Anwalt nur an und sagte: »Außerdem hätte ich gern eine ausführliche Erklärung zu diesen Eintragungen.« Er zog das schwarze Notizbuch aus der Tasche und hielt es hoch.

Mr. Trefold Morton starrte wie hypnotisiert das Büchlein an; dann hob er instinktiv die Hände – es war eine Geste der Verzweiflung.

Als Delphick sah, daß Trefold Morton aufgab, daß er, endlich, aus den Nähten platzte, griff er zum Telefon.

»Geben Sie mir Chief Inspector Brinton in Ashford, bitte ... Chris? ... Die Begründung für die vorläufige Festnahme lautet: Veruntreuung und Vertrauensbruch ... Ja. Übrigens, inzwischen haben wir etwas erfahren, das, glaube ich, Miss Seetons letzte Worte erklärt.« Aus dem Augenwinkel sah er, wie der Anwalt zusammenzuckte. »Sie wollte uns mitteilen, daß der Kerl, von dem wir kürzlich gesprochen haben, Lebel war... Eben... Und Ihnen auch... Gute Nacht.«

12

Ein widerlicher Bursche, finden Sie nicht, Sir?« sagte Bob, als er und sein Vorgesetzter am nächsten Morgen nach Plummergen fuhren.

»Ja«, bestätigte Delphick. »Ich muß zugeben, daß ich mit seiner Haushälterin völlig einer Meinung bin. ›Von Anfang an fand ich ihn widerwärtig.‹ Daß sie ihn fast zwölf Jahre ertragen hat...«

Sie hatten Mr. Trefold Morton in der vergangenen Nacht noch fast eine Stunde lang ertragen müssen, ehe er für den Rest der Nacht in eine Zelle geführt wurde.

Angesichts der Beweise für seine Veruntreuung hatte der Anwalt ausgiebig gewinselt; Leitmotiv seines Gesangs war tiefempfundenes Selbstmitleid. Von dem Neffen aus Schottland abgesehen, dessen Existenz ihm entgangen war, hatte keiner der betreffenden Klienten nahe Verwandte oder Freunde gehabt, die als Erben in Frage gekommen wären. Infolgedessen wäre der Nachlaß an wohltätige Stiftungen oder an die Krone gefallen, und in Anbetracht seiner Position habe er das Gefühl, das starke Gefühl gehabt, auf die Gelder ebensoviel Anrecht, in der Tat sogar mehr Anrecht als der Staat zu haben. Daß er seine Klienten schon zu ihren Lebzeiten ausgeraubt hatte, stimme zwar, aber was hätte er, fragte er taktvoll, denn sonst machen sollen? Wenn er bis zu ihrem Tode gewartet hätte, wäre es damit zu spät gewesen.

Als Delphick, sich mühsam beherrschend, darauf hinwies, daß er im Fall von Miss Worlingham mit Sicherheit und im Fall von Mr. Foremason mit größter Wahrscheinlichkeit nicht nur zwei ihm völlig vertrauende Leute ausgeplündert hatte, sondern auch direkt ihren Tod verschuldet habe, zuckte Mr. Trefold Morton die Achsel. Was konnten die Leute schon erwarten, wenn sie zu dumm oder zu gleichgültig waren, um sich um ihre eigenen Angelegenheiten zu kümmern?

Was die Drogen betraf, so war ihm kein Geständnis abzuringen. Er bestritt, das eigenartig geformte Fläschchen jemals gesehen zu haben und erklärte, wenn man es in seinem Büro gefunden habe, dann sei es entweder absichtlich dort versteckt worden, oder es müsse einem seiner Angestellten gehören. Delphick konnte diesen Punkt nicht weiter verfolgen, ehe der Inhalt des Fläschchens nicht analysiert war. Was die Haushälterin von Miss Hant und deren Fläschchen erzählt hatte, nannte Mr. Trefold Morton Phantastereien eines primitiven Geistes. Er blieb dabei, Miss Seeton aus reiner Freundlichkeit ein paar Kopfschmerztabletten mitgegeben zu haben – aus reiner Freundlichkeit –, die als Markenartikel erhältlich seien; den Namen habe er vergessen. Da Mrs. Venning das betreffende Fläschchen zerbrochen hatte und Miss Seeton nicht da war, um den Vorfall zu bestätigen, mußte man diese Sache vorerst auf sich beruhen lassen.

Als Mr. Trefold Morton abgeführt worden war, hatte der Sergeant vom Dienst Tee und Feldbetten gebracht. Superintendent Delphick hatte relativ behaglich geschlafen, Sergeant Ranger dagegen, für den das Feldbett viel zu kurz war, hatte sich schließlich weniger gemütlich auf dem Boden ausgestreckt.

Bob nahm den Fuß vom Gaspedal. »Macht es Ihnen was aus, wenn wir hier einen Augenblick halten, Sir? Ich möchte was besorgen.«

»In Ordnung.«

Delphick sah, wie Bob in einem Blumenladen verschwand und lehnte sich dann zurück, um die nächsten Schritte zu überlegen. Wie üblich hatte sich Lebel in Luft aufgelöst. Hinter ihm mußte eine gewaltige Organisation stehen. Aber das war zu erwarten gewesen. Rauschgift hieß: Geld wie Heu. Geld wie Heu hieß: große Reserven. Ob Lebels wiederholte Angriffe auf Miss Seeton eine persönliche Vendetta waren? Oder bekam er Befehl von oben? Nutzlose Spekulationen ... Gleichgültig, warum – Lebel schien entschlossen, weiterzumachen, und das betraf hauptsächlich die Polizei. Schade – es wäre schön gewesen, wenn man Trefold Morton der Mittäterschaft an der Attacke der letzten Nacht hätte überführen können, aber offensichtlich würde es schwer sein, das zu beweisen. Gott sei Dank, daß er selbst, da der Anwalt die Veruntreuungen gestanden hatte, bei der augenblicklich stattfindenden Vorführung vor dem Magistrate's Court nicht gebraucht wurde. Chris Brinton hatte dafür gesorgt, daß ein Kollege ihn vertrat und namens der Polizei den Antrag stellte, Trefold Morton in Untersuchungshaft zu belassen und ihm keine Haftentlassung gegen Kaution zu gewähren, da womöglich weitere Beschuldigungen erhoben würden. Mit den weiteren Beschuldigungen sah es allerdings windig aus. Mit dem, was sie bis jetzt in der Hand hatten, würde es kaum für eine Anklage wegen Besitz und Weiterleitung von Rauschgiften ausreichen. Immerhin hatte er selbst dem Rauschgiftdezernat sämtliche Informationen gegeben – vielleicht fanden die noch was heraus. Die beste Chance war wohl Miss Hant. Durchaus denkbar, daß Trefold Morton ihr bei seinen Besuchen jedesmal eine Dosis Schnee zugesteckt hatte. Wenn ja, dann rückte sie vielleicht mit dem Geheimnis heraus, sobald der Nachschub ausblieb. Man mußte mal mit Dr. Knight darüber sprechen. Schlimmstenfalls würde der Anwalt ein paar Jährchen wegen Veruntreuung kriegen. Damit wäre einer der unangenehmsten Vertreter dieser Sorte aus dem Ring geworfen, und bestimmt würde er nie wieder richtig auf die Füße kommen. Rauschgifthändler waren wie Ameisen... Man konnte ein paar belanglose Arbeiterinnen zertreten, aber das Zentrum des Ameisenhaufens schien man nie zu erreichen. Der innere Ring blieb unzugänglich, von der Königin gar nicht zu reden. Oder war es – ein König? Für Ameisen war kochendes Wasser gut... Er sah sich selber, wie er mit einem Wasserkessel durch die labyrinthischen Gänge eines Ameisenhaufens irrte: »Bringen Sie mich zu Ihrem König.« Der Kessel neigte sich, kochendes Öl ergoß sich auf... Halt, das war eine Idee. Wenn er... kochendes Öl... wenn er das verwenden dürfte... Damit bekäme er den Beweis ... den endgültigen Beweis, daß...

Er fuhr aus seinen Gedanken hoch. Bob war mit einem riesigen Blumenbukett und der größten Pralinenschachtel zurückgekommen, die Delphick jemals gesehen hatte, legte beides auf den Rücksitz, stieg ein und fuhr an.

»Ich dachte, da wir zu Dr. Knights Klinik wollten, Sir... na ja, ich dachte...«

»Eine sehr nette Idee, Bob. Vorausgesetzt, sie ist da.«

Bob war zuversichtlich. »Oh, bestimmt, Sir.«

Delphick war weniger optimistisch. »Verblüffend, wie rasch sie sich erholt... Wenn sie gut geschlafen hat, ist sie imstande, mit ihrem Schirm wer weiß wo herumzustochern. Was mich betrifft, ich brauchte keine Spritze, um zweimal rund um die Uhr zu schlafen. Mir fehlt bloß die Gelegenheit.«

An der Klinik stieg Bob aus und nahm seine Einkäufe vom Rücksitz. Delphick blieb im Wagen.

»Ich warte hier, Bob, bis Sie festgestellt haben, ob Miss Seeton noch hier ist.«

»In Ordnung, Sir.«

Bob stieß die Schwingtür auf und blickte in die leere Halle. Anne Knight, im Schwesternkleid, kam flink durch eine Tür. »Ich habe Sie kommen sehen. Leider sind Sie zu spät dran. Sie hat alles gut überstanden, und gleich nach dem Frühstück sagte sie, sie könnte einfach nicht länger im Bett faulenzen. Und weg war sie.« Bob blickte sie stumm an, und da erst nahm sie wahr, was er im Arm trug. Sie lächelte. Wie ein Freier sah er aus ... Schade, daß Miss Seeton nicht mehr da war, sie hätte sich so darüber gefreut ... »Ach, was für eine nette Idee. Aber wenn Sie bei ihrem Häuschen vorbeifahren, treffen Sie Miss Seeton sicher an. Sie wird sich bestimmt freuen.«

Mit feuerrotem Gesicht trat er auf sie zu und legte ihr seine Einkäufe in den Arm. »Für Sie«, sagte er und ging hinaus.

Als Mrs. Knight die Treppe hinunterkam, sah sie ihre Tochter auf der untersten Stufe sitzen; sie umklammerte etwas, das wie der halbe Garten, in Seidenpapier verpackt, und wie eine Kiste Süßigkeiten aussah.

»Liebling – hast du einen Verehrer?«

Anne hob das tränenüberströmte, lächelnde Gesicht. »Meinst du, Mummy? Ich weiß nicht recht. Seit ich ihn kenne, hat er erst zwei Worte gesagt.«

»Und was?«

»›Für Sie.‹«

»Dann ist es ein Verehrer«, entschied ihre Mutter. »Aber ich würde deswegen nicht weinen. Für die Blumen ist es gut, aber für die Pralinen ruinös. Komm.«

Sie half ihrer Tochter, die Geschenke ins Wohnzimmer zu karren.

»Miss Seeton ist weg, Sir. Sie soll nach Hause gegangen sein.«

»Oh.« Delphick versagte es sich, eine Bemerkung über

Bobs erhitztes Gesicht und seine versteinerte Miene zu machen, vermied es, zum Rücksitz zu blicken und schaffte es sogar, nicht zu lächeln. »Aha. Fahren wir also hin. Weiter im Text, Sergeant.«

Ein Kampf um Leben und Tod. Beide zogen die Degen.

Wamm. Bäng. Bäng. Wäng. Wamm. Kraaatsch.

»Halt! Halt«, schrie Jack das Kaninchen.

»Warum?« fragte Wally das Wiesel.

»Weil mein Degen kaputt ist«, sagte Jack.

»Na und?« sagte Wally. »Dann gewinne ich. Vergiß nicht, wir kämpfen um Leben und Tod.«

»Natürlich«, sagte Jack. »Aber guck doch, mein Degen hat lauter Splitter. Ich könnte dir weh tun.«

»Oh!« sagte Wally.

»Es hilft nichts, wir müssen aufhören«, sagte Jack.

»Ja, das sehe ich ein«, sagte Wally.

Jack streckte seine Pfote aus. Wally nahm sie und schüttelte sie.

Die kleine Lucy saß auf dem Schiedsrichterhügel und lächelte.

Arm in Arm gingen die beiden Todfeinde in die aufgehende Sonne.

»Wenn die Leute bloß hingucken würden, wo sie hintreten«, sagte die Sonne.

Ende

Sie zog die Blätter aus der Schreibmaschine, nahm zwei neue und begann, Kohlepapier dazwischenzulegen. Um ihren Mund zuckte es. Eigentlich brauchte sie keinen Durchschlag hiervon. Wenigstens konnte der Verlag nicht sagen, daß sie ihn im Stich gelassen hätte. In dieser Hinsicht hatte sie ein reines Gewissen. Sie hatte einen Vorschuß bekommen, und das Manuskript war fertig. Die Geschichte war zu Ende. Sie spannte einen einzelnen Bogen ein und tippte in die Mitte:

Sie spürte eine Bewegung, blickte auf und sah Miss Seeton auf der Schwelle stehen. Einen Augenblick lang sahen sie einander wortlos an. Dann: »Wenn Sie eine Minute warten wollen – ich möchte nur dies hier fertigmachen.« Sie begann eine neue Zeile und tippte den Rest der Titelseite:

Von Sonia Venning

Sie legte das Blatt oben auf das Manuskript, schob das Ganze in einen großen frankierten Umschlag, der an den Verlag adressiert war, und klebte ihn zu. Mrs. Venning stand auf und ging zum Kamin. Sie hielt die kalten Hände über den Feuerschein, spürte aber keine Wärme. Ohne den Kopf zu wenden, sagte sie: »Wollen Sie nicht Platz nehmen?«

Miss Seeton trat zögernd ins Zimmer. »Ich weiß, daß Ihnen nichts daran liegt, mich zu sehen. Aber ich mußte kommen.«

»Natürlich.«

Miss Seeton setzte sich auf den Rand eines Sessels und behielt Handtasche und Schirm auf dem Schoß. »Ich habe geklopft. Aber es schien niemand da zu sein. Und dann habe ich die Schreibmaschine gehört, und so bin ich durch die Küche gegangen und habe noch einmal geklopft.«

Mrs. Vennings Blick lag noch immer auf den brennenden Scheiten. »Entschuldigen Sie. Ich habe Sie nicht gehört. Mrs. Fratters ist nicht da. Ich wollte ... ich dachte, es wäre besser für sie, wenn sie einen oder zwei Tage nicht hier im Haus ist. Sie ist bei ihrer Schwester zu Besuch.«

Miss Seeton beugte sich vor. »Ich habe Sie nicht bei der Arbeit stören wollen.«

»Das spielt keine Rolle.«

Miss Seeton versuchte es noch einmal. »Ich weiß, es hilft

Ihnen nicht, wenn ich sage, daß es mir leid tut. Aber es tut mir leid. Es tut mir schrecklich, schrecklich leid.«

»Auch das spielt keine Rolle.« Noch immer ins Feuer blikkend, richtete sich Mrs. Venning auf und lehnte sich an die Ecke des Kamins. »Jedenfalls weiß ich nicht, warum es Ihnen leid tun sollte... Ganz im Gegenteil. Mrs. Fratters hat gestern nacht alles von Lady Colvenden und von der Polizei erfahren und es mir dann erzählt.« Ihr Mund wurde hart. »Wie ich höre, haben meine Tochter und ein Freund von ihr versucht, Sie mit dem Auto zu überfahren. Er hat dann meine Tochter umgebracht, und Sie hatten das Glück, mit dem Leben davonzukommen.«

»Oh, nein. Nein, nein«, flüsterte Miss Seeton. »Wie ekelhaft, wie gemein... Wie können die Leute bloß... wie können sie bloß so etwas erzählen. Ich hatte solche Angst, daß alles verdreht wird. Deshalb mußte ich zu Ihnen kommen. Ich weiß, jetzt hilft es Ihnen nicht, aber vielleicht später... Ihre Tochter hat nichts von dem, was passiert ist, gewußt oder gespürt. Sie hat nicht gelitten.« Miss Seeton machte eine hilflose Geste. Dann fuhr sie fort: »Ich glaube, es hätte mir doch irgendwie gelingen müssen, einzugreifen, irgend etwas zu tun. Aber als dieses Scheusal von jungem Kerl den Wagen gegen den Baum gefahren hat, bin ich ausgerutscht und ins Wasser gefallen. Und dann ist alles so schnell gegangen. Ich habe gesehen, daß er Ihre Tochter aus dem Wagen zerrte. Aber sie war ganz schlaff. Sie kann nichts gespürt haben. Und dann hat er sie...« Miss Seeton hielt den Atem an und machte die Augen fest zu, zwang sich, fortzufahren: »... sie getötet. Aber glauben Sie mir, sie kann nichts gespürt haben – nichts. Ich glaube, ich wollte schreien. Aber ich erinnere mich an nichts mehr.« Stirnrunzelnd setzte sie hinzu: »Außer...«

»Außer?«

Miss Seeton gab sich alle Mühe, sich zu besinnen. »Außer,

daß da ein Mann war, der mich geschlagen hat, als ich auf dem Boden lag. Aber vielleicht habe ich das doch nur geträumt ...« Sie blickte vor sich hin. »Und das ist alles.«

Mrs. Venning wandte sich ab und ging ziellos, rastlos durch das Zimmer. Dann begann sie, in kurzen, abgehackten Sätzen zu sprechen. »Entschuldigen Sie. Ich war so grob, als Sie das erste Mal gekommen sind.«

»Aber ich bitte Sie ...«

»Ich hatte Angst und machte mir Sorgen. Und ich habe Sie mißverstanden. Es war ein Fehler.« Sie lachte kurz auf. »Eben noch einer, zu den vielen schweren Fehlern, die ich gemacht habe.«

»Nicht doch«, protestierte Miss Seeton. »Sie brauchen sich nicht zu entschuldigen. Ich wußte, daß es ein Mißverständnis war.«

»Sie haben es gewußt?«

»Ja, natürlich.« Miss Seetons Hände bewegten sich unruhig. »Niobe. Sie wissen doch«, sagte sie einfach.

Mrs. Venning ging wieder zum Kamin und setzte sich. Sie nahm den Schürhaken, und da sie schon wieder vergessen hatte, was sie damit wollte, saß sie in Gedanken verloren da und betrachtete das Werkzeug. »Niobe?« sagte sie schließlich. »Also haben Sie es doch gewußt. Die ganze Geschichte ist Ihnen bekannt.«

»Nein, bestimmt nicht«, sagte Miss Seeton rasch. »Ich habe nichts gewußt. Erst hinterher, wie ich versucht habe, Ordnung in meine Eindrücke zu bringen. Als ich Sie zeichnen wollte, ist Niobe daraus geworden.«

Mrs. Venning schwieg so lange, daß Miss Seeton schon glaubte, sie habe ihre Anwesenheit völlig vergessen. Durchaus begreiflich, daß sie allein sein wollte. Sie wäre auch nie auf die Idee gekommen, Mrs. Venning zu stören, aber es schien so wichtig, ihr zu sagen, wie es in Wirklichkeit gewesen war. Sie mußte unbedingt erfahren, daß

Angela nicht gelitten hatte. Und daß man ihr keinen Vorwurf machen konnte. Vielleicht würde das den Schmerz der Erinnerung mildern, wenigstens ein bißchen. Selbstverständlich wollte sie nicht unhöflich sein, aber vielleicht konnte man ganz unbemerkt aufstehen und still fortgehen. Ja. Das wäre das Beste. Die arme Frau. So traurig, das alles. Und man fühlte sich so nutzlos, so überflüssig. Miss Seeton begann, sich vorsichtig aus dem Sessel zu erheben, doch da brach Mrs. Venning das Schweigen. Miss Seeton zuckte schuldbewußt zusammen und lehnte sich wieder zurück.

»Niobe.« Mrs. Venning lachte rauh. »Kommt dem ziemlich nahe, denke ich mir. Obwohl ich nur ein einziges Kind hatte und es nicht Eitelkeit war, was die ganze Geschichte ins Rollen gebracht hat. Es war Angst. Alle meine Fehler gehen auf Angst zurück. Wie bei den meisten Menschen. David . . .« Sie stockte. Einen Augenblick lang verlor ihr Gesicht die Härte, und sie sah jung aus. »David verdiente sehr gut, aber dann ist er mit dem Auto verunglückt. Wir hatten ausgegeben, was reingekommen war. Die Zukunft hatte so sicher ausgesehen, und an Sparen hatten wir nie gedacht. Angela war zwei, und ich hatte keine Berufsausbildung. Von der kleinen Lebensversicherung abgesehen, war nichts da. Und ich hatte Angst. Und da hat sich jemand, den ich gar nicht kannte, mit mir in Verbindung gesetzt und mir einen Vorschlag gemacht. Wenn ich andere dazu bringen könnte, sich an Rauschgift zu gewöhnen – ohne daß ihnen überhaupt bewußt würde, womit sie angefangen hatten –, bekäme ich pro Kopf soundsoviel.«

Miss Seeton hielt den Atem an.

»So hat man das natürlich nicht ausgedrückt. Es war in schöne Worte verpackt. Aber darauf lief es hinaus. Der einzige Mensch, an dem mir lag, war tot. Was sollte mir da an anderen liegen . . . Ich habe eingewilligt. Es war ganz leicht.

Man brauchte nur bei einer Party ein bißchen vergnügter zu sein als sonst, und wenn einen jemand fragte, wie man das fertigbrächte, sagte man: ›Aber liebe Frau Sowieso ...‹« Boshaft imitierte sie das gesellschaftliche Gehabe vergangener Jahre: »›... haben Sie denn noch nichts davon gehört? Diese neuen Tabletten, einfach himmlisch. Warten Sie, ich gebe Ihnen ein paar.‹ Und das habe ich dann getan. Wenn jemand Kopfschmerzen hatte oder sich nicht ganz wohl fühlte: ›Aber meine Liebe, das ist ja so deprimierend, und warum denn sich quälen? Sie müssen diese neuen Tabletten probieren. Rein pflanzliches Mittel und ganz harmlos, bestimmt. Aber einfach wundervoll. Hier, nehmen Sie ein paar.‹ Und jedesmal, wenn ich ein Röhrchen losgeworden bin, hat man mich bezahlt, sehr gut bezahlt, und ich habe ein neues bekommen. Niemals bin ich gedrängt worden, ein Röhrchen weiterzugeben. Ich brauchte es nur zu tun, wenn ich wollte. Oder vielmehr, wenn ich Geld haben wollte. Niemals brauchte man sich mit einem Fall ein zweites Mal zu befassen. Man gab nur den Namen und die Adresse an, und dann hat die Organisation das Weitere erledigt. Die betreffenden Personen wurden beobachtet, und wenn die Zeit reif war, lernten sie zufällig jemand kennen, der sie mit dem versorgen konnte, was sie wollten – und mit Stärkerem. Die Organisation hat gewußt, daß ihr selbst nichts passieren konnte. Sogar angenommen, man machte sich seine Gedanken – man war ja gebunden, weil man selber drinhing. Die Organisation hat sich immer Leute ausgesucht, die gute gesellschaftliche Beziehungen und einen gewissen gesellschaftlichen Status hatten ... Leute, die zwar die Formen wahrten, aber dringend Geld brauchten ...«

Miss Seeton rutschte unbehaglich im Sessel hin und her. Eine bestürzende Geschichte, wirklich. Und so privat. Die arme Mrs. Venning, sie konnte einem leid tun. Und offenbar glaubte sie, der Tod ihrer Tochter sei so etwas wie eine Vergeltung. Nun ja, sie selber hatte ja Ähnliches geahnt, als sie die Niobe-Zeichnung gemacht hatte, obwohl sie nicht das geringste von solchen Dingen verstand. Vielleicht konnte man sagen, daß die arme Mrs. Venning tatsächlich keine Schuld hatte – das heißt, am Tod ihrer Tochter ... Denn in anderer Hinsicht, selbst wenn man ihre damalige schwierige Lage und die Versuchung berücksichtigte, mußte man eben doch zugeben, daß sie leider ... nun ja, verantwortungslos gehandelt hatte. Andererseits – es war ja so lange her. Miss Seeton unterdrückte ein Seufzen. Bestimmt war es nicht gut, sich darüber zu äußern. Was konnte man schon sagen ... Aber wie konnte man taktvoll andeuten, daß man gehen mußte? Miss Seeton, mit ihren Überlegungen an einem toten Punkt angelangt, verpaßte ihre Chance, denn Mrs. Venning fuhr fort:

»Ich konnte es mir leisten, meine alte Kinderfrau anzustellen, damit sie mir mit der Wohnung und Angela half. Eines Abends, als ich Angela die Gute-Nacht-Geschichte erzählen wollte – sie war noch in der Badewanne –, hörte ich, daß Mrs. Fratters ihr einen Kinderreim beibrachte, den ich schon als Kind von ihr gelernt hatte: Ist-mir-Egal ist reingefallen, Ist-mir-Egal kriegt Senge, Ist-mir-Egal kriegt's heimgezahlt, Ist-mir-Egal muß hängen. Eine ganze Woche bin ich nicht aus dem Haus gegangen, denn in der Nacht bin ich aufgewacht und habe immer wieder Davids Stimme sagen hören: ›Ist-mir-Egal kriegt's heimgezahlt, Ist-mir-Egal muß hängen.‹ Ich habe versucht, zu einem Entschluß zu kommen, wie es weitergehen sollte. Ich habe probiert, die Gute-Nacht-Geschichten, die ich mir für Angela ausgedacht hatte, zu Papier zu bringen. Ich hatte Glück. Das Manuskript wurde angenommen, das Buch wurde ein Schlager. Als das zweite Buch angenommen war, fühlte ich mich sicher genug, dieses Haus hier zu kaufen. Ich brach alle Beziehungen zu London ab und fing von neuem an. Vielleicht wäre es gutgegangen, wenn ich nicht immer noch Angst gehabt hätte. Soviel Angst, daß ich das letzte Tablettenfläschchen nicht wegwarf. Soviel Angst, daß ich es als Notgroschen für alle Fälle aufhob. Ich versteckte es hinten in einem Arzneischränkchen, und nach ein paar Jahren hatte ich es völlig vergessen. Voriges Jahr muß Angela es gefunden haben. Wahrscheinlich damals, als ich wegen einer Verlagsbesprechung in London war. Nach und nach fiel mir auf, daß sie immer guter Laune war, heiter, vergnügt – und ich freute mich. Dann war sie allzu ausgelassen, zu oft übermütig und dann wieder niedergeschlagen ... und ich fing an, mich zu wundern. Ständig zog sie mit dieser fürchterlichen Clique vom Club herum. Ich hatte den Verdacht, daß man sie dort mit Rauschgift in Berührung gebracht hatte. Marihuana konnte es nicht sein, das hätte ich gemerkt. Dadurch fiel mir das verdammte Fläschchen ein, und ich beschloß, es zur Sicherheit wegzuwerfen, Angela dann zu einem Arzt zu bringen und, falls mein Verdacht stimmte, etwas dagegen zu unternehmen. Das Fläschchen war weg. Und da hatte ich Angst, mit einem Arzt zu sprechen, ich hatte Angst, daß alles herauskommen und ich vor Gericht gestellt würde ... und vor allem hatte ich Angst, Angela könnte erfahren, was ich früher getan hatte. Ich habe nicht einmal gewagt, ihr Fragen zu stellen. Wir haben nie darüber gesprochen. Töricht, wie ich war, wollte ich ohne andere Hilfe ihre Sucht eindämmen, Angie kurieren. Ich habe ihre Sachen durchsucht, an ihr herumgenörgelt, immer wissen wollen, wo sie hinging und mit wem und warum – und damit habe ich sie nur gegen mich aufgebracht. Und dabei wußte ich die ganze Zeit, daß ich schuld war. So, wie ich jetzt weiß, daß ich an ihrem Tod schuld bin. Darum dachte ich damals, als Sie mir dieses elende Fläschchen hinhielten, Sie seien genauso eine Närrin wie ich. Dann hatte ich Angst, Sie könnten von der Polizei sein, hätten mich auf die Probe stellen, mich ausspionieren wollen.

Erst hinterher, als ich Zeit zum Nachdenken hatte, ist mir klargeworden, daß Sie so jemand nicht sein konnten. Es war bloß ein idiotischer Zufall.« Zum erstenmal wandte sie sich direkt an ihre Besucherin: »Woher haben Sie es bekommen?«

Miss Seeton begriff nicht recht. »Die Kopfschmerztabletten? Wieso? Von meinem Anwalt.«

»Dann nehmen Sie sich einen anderen Anwalt, und gehen Sie zur Polizei. Kopfschmerztabletten!« Sie lachte höhnisch. »Die alten Tricks. Die funktionieren immer. Für Angela ist es zu spät. Für mich ist es zu spät. Aber für Sie und – andere ist es noch nicht zu spät. Gehen Sie zur Polizei.«

»Aber die Polizei weiß es doch«, sagte Miss Seeton beschwichtigend. »Ich habe es den Beamten gesagt. Oh, nicht, daß es Rauschgift war, das natürlich nicht«, setzte sie hastig hinzu, »denn das habe ich nicht gewußt, natürlich. Und dann hatte ich«, sie dachte daran, wie Mrs. Venning ihr das Röhrchen aus der Hand geschlagen hatte, »es ja auch gar nicht mehr. Wissen Sie genau, daß es welche waren? Drogen, meine ich?«

»Ganz genau. Das Fläschchen – oder Röhrchen, Sie können es nennen, wie Sie wollen – hat eigens diese Form, damit es nicht auffällt, aber nicht zu verwechseln ist.«

»Nun ja«, sagte Miss Seeton widerstrebend, »ich muß schon sagen, daß ich ihn eigentlich nicht leiden kann, den Anwalt, meine ich. Er fällt einem auf die Nerven. Aber daß jemand in einer solchen Vertrauensstellung ... Rauschgift ... Irgendwie finde ich das richtig empörend.« Miss Seeton erhob sich empört.

Auch Mrs. Venning stand auf. »Aber jetzt, da Sie es wissen, müssen Sie es der Polizei sagen.«

»Aber das kann ich doch nicht«, protestierte Miss Seeton. »Ohne Sie hineinzuziehen. Und das würde mir nicht im Traum einfallen. Sie haben genug Sorgen.«

»Da täuschen Sie sich. Ich habe keine Sorgen mehr. Und Sie ziehen mich in gar nichts hinein. Teilen Sie der Polizei alles mit, was ich Ihnen gesagt habe. Das erspart wahrscheinlich viele Scherereien.« Sie gab ihr die Hand. »Leben Sie wohl. Und vielen Dank. Sie waren sehr freundlich. Bitte, verzeihen Sie, daß Sie sich meine Beichte anhören mußten.«

»Und ich kann wirklich nichts für Sie tun?« fragte Miss Seeton zögernd. »Nichts, was ich für Sie erledigen könnte? Irgendeine Besorgung?«

»Nein, nichts. Vielen Dank. Oder warten Sie – doch.« Sie ging zum Schreibtisch und holte den großen Umschlag mit dem Manuskript. »Wenn Sie sowieso durchs Dorf gehen – ob Sie wohl freundlicherweise das hier zur Post geben könnten? Dann«, sie lächelte bitter, »kommt es wahrscheinlich früher an.«

»Aber gern. Bitte, bleiben Sie hier. Ich finde allein hinaus.« An der Tür blieb Miss Seeton stehen. »Und sonst ist alles in Ordnung, wirklich?« fragte sie beunruhigt.

»Bestimmt«, antwortete Mrs. Venning. »Mit der Angst ist es vorbei. Es gibt nichts mehr, wovor ich mich fürchten müßte.«

So leben die Menschen, dachte Miss Seeton. Alles so schrecklich kompliziert. Natürlich, die meisten Leute würden das Leben, das sie selbst führte, für banal und öde halten. Aber, so sagte sie sich befriedigt, wenigstens war es unkompliziert. Trotzdem hatte sie das Gefühl, daß sie der Polizei diese gräßliche Geschichte nicht erzählen konnte, ganz gleich, was Mrs. Venning sagte. Was hätte es auch für einen Zweck, jetzt noch? Es war ja alles vorbei. Und die arme Frau war bestimmt genug gestraft. Je weniger man sich in die Dinge anderer Leute einmischte, desto besser. Mit Mr. Trefold Morton allerdings – tja, das war ein bißchen schwierig. Aber bis jetzt stand noch nichts wirklich fest. Nur ihr eigenes Vorurteil … Und jetzt sollte sie etwas weitererzählen, was ihr erzählt worden war … Bloßes Gerede, das hatte die Polizei nicht gern. Höchstens konnte sie dem Superintendent gegenüber eine Andeutung machen, daß ihr gesagt worden wäre – ohne Namen zu nennen, natürlich … Die Franzosen hatten doch einen so guten Ausdruck dafür. Ah ja: *on dit* … Einem *on dit* zufolge sei er kein sehr guter Anwalt. Der Superintendent schien sich sowieso schon für Mr. Trefold Morton zu interessieren, und so würde er wahrscheinlich alles herauskriegen, was herauszukriegen war … Nachdem Miss Seeton auf diese Weise mit Mr. Trefold Morton und dem Rauschgifthandel abgeschlossen hatte, betrat sie die Post.

Miss Nuttel und Mrs. Blaine, im Begriff, dieses Etablissement zu verlassen, blieben stehen, nickten ihr zu und sagten lächelnd: »Guten Tag.«

Wie ärgerlich. In der Öffentlichkeit konnte man natürlich keine Szene machen. Man mußte lächeln und zur Begrüßung ebenfalls nicken. Oder mindestens ein Nicken andeuten. Miss Seeton blickte starr durch die beiden Frauen hindurch und wandte ihnen absichtlich den Rücken. Ogottogott. Jetzt war sie unhöflich gewesen. Aber da sie an Mrs. Venning gedacht hatte und an das, was diese beiden gräßlichen Frauen erzählt hatten, war es ihr einfach unmöglich gewesen, sie zu … Ogottogott. Sie ging zu dem netten Mr. Stillman und übergab ihm den Umschlag. Als er ihn auf die Waage legte und die Frankierung prüfte, war Miss Seeton noch immer nicht imstande, sich über den Affront zu freuen, den sie sich geleistet hatte.

»Irgend etwas stimmt da nicht«, murmelte sie.

»Doch, alles in Ordnung«, sagte Mr. Stillman freundlich. »Sogar überfrankiert.« Miss Seeton blickte ihn verständnislos an, schüttelte den Kopf und eilte hinaus. Armes altes Wesen, dachte Mr. Stillman, dieses ganze Hin und Her war zuviel für sie. Nach dem, was man hörte, hätte sie lieber eine Weile in Dr. Knights Heim bleiben sollen.

Draußen auf der Dorfstraße blieb Miss Seeton verwirrt stehen. Es war lächerlich. Sie sollte doch gleich nach Hause gehen. Sie wandte sich um und ging rasch in die entgegengesetzte Richtung.

»Meine liebe Miss Seeton.« Ihre beiden Hände wurden ergriffen und festgehalten. »Was für ein Glück. Ich bin gerade in Dr. Knights Klinik gewesen, um Sie zu besuchen, und man sagte mir, daß Sie schon fortgegangen sind. Erstaunlich. Körperlich ist der Mensch bewundernswert elastisch. Aber ob es auch klug ist? Meine Schwester würde bestimmt dasselbe sagen. Ruhe. Ruhe heilt alles. Und da ich einmal dort war, habe ich in *The Meadows* vorgesprochen. Ich bin Mrs. Venning selten begegnet – sie gehört nicht zu meiner Herde, fürchte ich –, aber sie ist, und darauf kommt es an, ein Mitmensch. Was für ein tragischer Verlust. Ich wußte nicht, was ich hätte sagen sollen, aber ich hatte das Gefühl, ich müßte es sagen. Und stellen Sie sich vor: Sie ist nicht da. Verreist. Das Haus ist abgeschlossen. Also hat sie es noch nicht einmal erfahren. Was für eine Heimkehr! Vielleicht weiß meine Schwester, wo sie hingefahren ist. Das arme, törichte Kind. Die Jugend – so hemmungslos. Spätnachts baden zu gehen ... Wenn ich nur dort gewesen wäre. Aber ich habe es erst heute morgen gehört. Und dann Sie. Hinterherzuspringen, um sie zu retten, wie Sie es gemacht haben, so erzählt man ... Geradezu heldenhaft. Ein Beispiel für uns alle«, sagte Reverend Arthur Treeves begeistert. Er beugte sich von seiner Höhe zu ihr herab, schüttelte den Kopf und machte ein strenges Gesicht. »Wenn ich nur einen einzigen wüßte, der Ihrem Beispiel folgte. Es werden auch andere Dinge erzählt. Das beunruhigt mich sehr. Verdrehungen der Wahrheit. Boshafte Lügen.« Empörung rötete sein Gesicht, und mit dröhnender Stimme sagte er: »Boshafter Klatsch ist ein

Übel, das sich wie giftiges Gas verbreitet. Das kann ich nicht dulden. Ich muß den Fuß daraufsetzen und es zertreten. Ich muß aussprechen, was ich denke.«

Miss Seeton starrte den Pfarrer an wie eine Blinde. Von dem ehrlich gemeinten, wichtigtuerischen Quatsch hatte sie nur ein einziges Wort aufgenommen. Sie zog ihre Hand zurück.

»Gas«, sagte Miss Seeton.

Sie ging rasch um ihn herum. Dann begann sie zu rennen.

13

Miss Seeton war nicht in ihrem Häuschen. Wohl aber war die Presse dort anzutreffen. Die Nachrichten über die Ereignisse der vergangenen Nacht verbreiteten sich rasch, und die Pressegeier, die sich verzogen hatten, um die Gegend aus großer Höhe zu überwachen, stießen wieder zum Angriff herab. Martha Bloomer hatte sie am Betreten des Hauses hindern, ihnen aber nicht verwehren können, sich vor dem Tor zu sammeln, im Vorgarten herumzustochern und gelegentliche Vorstöße hinter das Haus zu unternehmen. Die Schirmlady machte wieder Schlagzeilen, und daß Redakteure und Reporter gleichermaßen nach Stoff gierten, war begreiflich, denn unter den Überschriften in Riesenlettern mußte ja Text in kleinerem Druck folgen. Darstellungen, wie sie im Dorf zu haben waren, strotzten so von Verleumdungen, daß man sie nicht hätte drucken können, und ermangelten so sehr der Übereinstimmung, daß sie nur haarsträubend ungenau sein konnten. Etwas Glück, das sich gerecht auf Miss Seeton und Dr. Knights Klinik verteilte, bestand darin, daß ihr Aufenthalt dort geheim geblieben war.

Superintendent Delphick und Sergeant Ranger wurden bei ihrer Ankunft in *Sweetbriars* mit Begeisterung begrüßt, doch ihr kommentarloses Verschwinden im Haus war weniger populär.

Martha hatte keine Ahnung, wo Miss Seeton sein konnte, aber da sie ihr in der Nacht zuvor Wäsche und Kleidung in die Klinik gebracht hatte, würde sie wahrscheinlich zum Lunch zurück sein. Und im Augenblick...? Vielleicht machte sie Besorgungen oder war bei diesem Gewühl im Dorf wer weiß wohin gegangen.

Der Superintendent sah sich in der Klemme. Er mußte zwar unbedingt Mrs. Venning interviewen, kam aber zu dem Schluß, es sei noch wichtiger, zuerst Miss Seeton zu finden. Da einige diskrete Telefongespräche ergebnislos blieben, glaubten Delphick und Bob, die einzige Möglichkeit sei, sich im Dorf nach ihr umzuhören.

In der Post erwies sich Mr. Stillman als nützlich. Ja, Miss Seeton sei hier gewesen. Sie habe eine Postsache aufgegeben. Genauer: vermutlich im Auftrag von Mrs. Venning, denn der Umschlag sei an ihren Verlag adressiert gewesen. Mrs. Vennings Verlag, natürlich. Und der sei ihm bekannt, weil Mrs. Venning ihre Post immer hier aufgab und der Umschlag mehr als ausreichend frankiert gewesen war, und das sei typisch für sie. Nun ja, jetzt, da man ihn fragte, müsse er sagen, daß Miss Seeton etwas geistesabwesend gewirkt habe. Und sie sei überstürzt weggegangen.

Der Pfarrer, der zufällig mit seiner Schwester in der Post Einkäufe machte, trug seinen Teil bei. Jawohl, das sei richtig. Er sei der lieben Miss Seeton auf der Dorfstraße begegnet, habe kurz mit ihr gesprochen – um ihr zu gratulieren, das sei ja das mindeste, denn ihr heldenhaftes Verhalten in der vergangenen Nacht... Erstaunlich, bei ihrem Alter. Und was für eine Tragödie, das Ganze. Und Mrs. Venning nicht zu Hause... das machte es ja noch schlimmer. Man könne nur hoffen, sie rechtzeitig zu erreichen. Aber er wolle dem ein Ende machen. Zuviel sei geschehen und viel zuviel sei geklatscht worden. Er sähe es als seine Pflicht an... Nein, was sie vorgehabt hatte, habe Miss Seeton nicht gesagt. Sie schien... nun ja, geistesabwesend.

»Aber was hat sie denn getan?« fragte Delphick.

»Getan?« wiederholte der Pfarrer verwirrt. »Getan hat sie überhaupt nichts. Sie ist nur... gerannt.«

Miss Treeves war außer sich. »Arthur, nimm dich doch zusammen. Wo ist sie hingerannt?«

»Wieso? Nach Hause, nehme ich an«, sagte Mr. Treeves zu seiner Schwester. »Wirklich erstaunlich. Die meisten Damen in gewissem Alter traben. Aber sie ist gerannt. Gerannt wie ein junges Mädchen. Wirklich erstaunlich.«

Sich mühsam beherrschend, fragte Delphick, als hätte er ein Kind vor sich: »Sie haben Miss Seeton nach Hause rennen sehen?«

»Ja, das heißt, nein. Nicht eigentlich nach Hause«, sagte der Pfarrer. »In die andere Richtung.« Ihm kam eine Erleuchtung. »Sie ist zurück zu Dr. Knight, hoffe ich.«

»Und sie hat nichts zu Ihnen gesagt?« fragte Delphick.

»Nein«, antwortete Reverend Treeves.

»Unsinn«, rief Miss Treeves. »Denk nach, Arthur. Sie muß etwas gesagt haben.«

»Bring mich nicht durcheinander, Molly«, sagte der Pfarrer gereizt. »Ich brauche nicht nachzudenken. Ich weiß es genau. Ich sage dir, sie hat nichts gesagt. Wenigstens keinen Satz. Nur ein einziges Wort. Und offensichtlich hat sie an was ganz anderes gedacht.«

»Was?« drängte Miss Treeves.

»Was?« echote Bob.

»Was für ein Wort?« fragte Delphick mit Nachdruck.

»Gas«, sagte der Pfarrer.

Draußen vor der Post sahen sich Delphick und Bob instinktiv nach ihrem Wagen um, ehe ihnen einfiel, daß sie dieses Mal zu Fuß waren. Sie begannen zu rennen.

Miss Treeves, der Pfarrer, Mr. Stillman und die übrigen Kunden der Post strömten auf die Dorfstraße, um sich dem Gedränge der Einwohner von Plummergen und den Reportern anzuschließen. Alle sahen, wie die beiden Kriminalbeamten flüchteten. Die Versammelten setzten sich in Bewegung, um ihnen zu folgen. Sie begannen zu rennen.

Bob mit längeren Beinen, längerem Atem und weniger Jahren auf dem Buckel als Delphick, gewann das Wettrennen. Die Seitentür neben dem großen Holztor in der Mauer von *The Meadows* stand offen. Bob preschte hindurch, rannte an der Garage vorbei, umrundete die Hecke, bremste sich zu knirschendem Stopp an der Hintertür und blickte zu Boden: Glasscherben, ein zerbrochener Regenschirm und zwei Köpfe mit rosa Gesichtern auf der Schwelle der offenen Tür. Er holte tief Luft, hustete wegen der aufsteigenden Gasdämpfe und zog die beiden leblosen Gestalten ins Freie. In diesem Augenblick kam Delphick keuchend um die Ecke.

»Bleiben ... Sie, Sir ... Klinik – so schnell wie ...« hustete Bob.

Delphick nickte, um keinen Atem auf Worte zu verschwenden, und stürzte, sich das Taschentuch vor das Gesicht haltend, in die Küche.

Als Bob auf dem Weg auftauchte, der zur Klinik führte, Miss Seeton über die eine, Mrs. Venning über die andere Schulter drapiert, wurde er von den Dorfbewohnern mit Hochrufen, von der Presse mit Beifall und von den Fotografen mit Blitzlicht begrüßt. Unterdessen riß sein Vorgesetzter alle Fenster im Erdgeschoß von *The Meadows* auf und gab dann die neuesten Nachrichten per Telefon nach Ashford durch.

Dr. Knight trat aus dem Operationsraum in die Halle, sah kurz hin und schnüffelte.

»Gas?«

»Ja, Sir.«

»Wie lange?«

»Ich weiß nicht, Sir.«

Der Arzt hielt ihm die Tür zum Operationsraum auf. »Hier hinein. Eine auf den Tisch. Eine auf die Liege. Anne«, rief er die Treppe hinauf, »sag Mutter, sie möchte mir hier unten helfen. Es eilt. Oxygen. Dein Assistent ist wieder da – diesmal mit zuviel auf dem Leibe: zwei Frauen als Stola. Sei so lieb und mach zwei Betten fertig.«

Man konnte nichts anderes tun als warten.

Delphick wartete in *The Meadows.* Er hatte seinen Chef im Yard angerufen, um ihn von dem Vorgefallenen zu unterrichten und auf die Sensation vorzubereiten, zu der die Zeitungen die neuesten Ereignisse zweifellos aufbauschen würden. In Anbetracht der wilden Gerüchte, die im Ort kursierten, waren sie beide der Meinung, daß Delphick der Presse am besten einen umfassenden, mit Tatsachen gespickten Bericht gab, sobald er mit Miss Seeton gesprochen hatte. Nach diesem Telefongespräch war er kurz in der Klinik gewesen, wo er hatte feststellen müssen, daß die beiden Zeuginnen, die er so dringend zu befragen hatte, schon wieder schliefen. Immerhin konnte er diesmal dem Arzt kaum Vorwürfe deshalb machen. Dr. Knight hatte ihm gesagt, Miss Seeton sei »über den Berg« und werde »nicht mehr lange brauchen« und begeistert hinzugesetzt, sie habe sich schon zweimal übergeben. Mrs. Venning könne »möglicherweise durchkommen«, vorausgesetzt, daß sich keine Lungenentzündung entwickelte. »Bis jetzt keinerlei Reaktion, kein Erbrechen, nicht einmal eine Kontraktion.« Der Arzt hatte mißbilligend den Kopf geschüttelt. Sie müßten eben abwarten.

Delphick war nichts anderes übriggeblieben, als ins Wohnzimmer zu retirieren, wo er Bob zur Durchsuchung des Venning-Hauses abholen wollte. Da aber gerade Anne Knight hereinkam, hatte er es sich anders überlegt. Sie erklärte nämlich, ihre Mutter habe sie, da sie sich im Augenblick nicht nützlich machen könne, hinuntergeschickt, damit sie sich um die beiden Kriminalbeamten kümmere. Ob sie ihnen Kaffee oder sonst etwas anbieten dürfe? Delphick hatte den Wink verstanden. Wo Mrs. Knight voranging, konnte er beruhigt folgen.

»Nicht für mich, danke schön. Ich wollte gerade gehen ... Nein, Sie nicht, Sergeant«, fuhr er fort, als Bob Anstalten machte, aufzustehen. »Sie bleiben hier, bis Miss Seeton zu sich kommt. Und geben Sie mir dann sofort Bescheid. Ich bin drüben in *The Meadows.* Sie sind mir verantwortlich für Miss Seeton, verstanden? Sie darf auf keinen Fall durchgehen, ehe ich mit ihr gesprochen habe. Wer weiß, was sie wieder vorhat ... Sie können sie von mir aus verhaften, ihr den Schirm wegnehmen, machen, was Sie wollen – Hauptsache, Sie halten sie hier fest, bis ich komme.«

»Oh, Sir, fast hätte ich's vergessen.« Bob langte in die Manteltasche und zog Miss Seetons Schirm heraus. Die Krücke war abgebrochen, der Rest kaputt. Er plazierte die Trümmer behutsam auf die Sofalehne, wo sie dalagen wie ein Vogel mit gebrochenen Flügeln. »Er hat neben ihr gelegen«, sagte Bob leise. »Und da habe ich ihn in die Tasche gestopft. Es schien ... na ja, nicht richtig, ihn dort einfach liegen zu lassen.«

Die beiden Kriminalbeamten betrachteten die Schirmreste schweigend. Als Anne die respektvolle Haltung, die feierlichen Gesichter sah, hatte sie den Eindruck, als betrauerten sie den Tod eines alten Freundes.

Delphick seufzte. »Das tut mir leid.« Er nahm die Trümmer an sich. »Ich werde Miss Seeton natürlich fragen, aber ich glaube nicht, daß sie ihn wiederhaben will. Ich hätte ihn gern als Erinnerungsstück.« Er ging zur Tür. »Übrigens, Sergeant, Sie könnten Mrs. Bloomer anrufen und ihr Bescheid sagen. Sonst macht sie sich Sorgen.« Delphick verzog sich.

Draußen hatte Police Constable Potter die Dorfbewohner verscheucht und an ihre Arbeit zurückgeschickt. Delphick wurde die Reporter durch die Zusage los, im *George and Dragon* eine Pressekonferenz abzuhalten, sobald er frei sei. Potter, der sich aus eigenem Antrieb am Tor der Klinik postiert hatte, um jeden weiteren Versuch eines ungesetzlichen Auflaufs zu verhindern, wandte sich voll Eifer an Superintendent Delphick.

»Haben Sie sonst noch einen Auftrag für mich, Sir?«

Delphick sah ihn einen Augenblick geistesabwesend an. Dann: »Ach ja, Constable. Wenn Ihre sonstigen Pflichten es erlauben, könnten Sie mir vielleicht bei der Durchsuchung von *The Meadows* helfen.«

»Ja, Sir. Gewiß. Mit größtem Vergnügen, Sir.«

»Wollen sehen, ob wir eine Verbindung zwischen dem Mädchen und Lebel finden. Spuren von Rauschgift, vielleicht. Natürlich finden wir nichts, aber nachsehen müssen wir. Und wenn wir nur rauskriegen, wo diese Frau Wieheißt-sie-doch ist ... die Haushälterin von Mrs. Venning. Das wäre schon was.« Delphick bog in den Pfad ein.

Police Constable Potter, persönlicher Assistent eines Superintendent von Scotland Yard, schritt neben ihm aus. »Mrs. Fratters, meinen Sie. Ich glaube fast, sie ist hin, Sir.«

Vor Delphicks geistigem Auge, das weiter sah als er selbst, erschien das Bild einer Mrs. Fratters, die plötzlich und unerklärlicherweise begonnen hatte, in Verwesung überzugehen. »Hin?«

»Hin zu ihrer Schwester. Hat sie mir erzählt, wie ich sie heute morgen am Ashford-Bus gesehen habe, an der Haltestelle. Und nicht einmal gern, Sir, wenn ich sie richtig verstanden habe, Sir. Sie wollte gar nicht hin. Aber sie hat gesagt, Mrs. Venning hätte ihr gesagt, daß sie zwei, drei Tage allein sein will. Kann ich verstehen. Sie nicht, Sir?«

»Doch«, sagte Delphick. »Ich glaube schon.«

Bob legte den Hörer auf und ging ins Wohnzimmer zurück. »So. Mrs. Bloomer weiß Bescheid«, sagte er zu Anne. »Sie hätte was fertig, sagt sie, ganz gleich, wann Miss Seeton zurückkommt. Kalbsbraten, kalt, und Speckkuchen.« Es klang sehnsüchtig. »Die arme Miss Seeton. Sie wird nicht gerade scharf auf Essen sein.«

Anne reichte ihm einen Teller mit Kuchen und goß Kaffee ein. Sie lachte. »Sagen Sie das nicht. Mich kann Miss Seeton überhaupt nicht mehr überraschen. Vergessen Sie nicht, daß sie viel Bewegung gehabt hat. Und noch dazu ihr Frühstück wieder rausrücken mußte. Vater sagt, noch nie hätte er so was an Elastizität erlebt. Zäh wie Sohlenleder und es wäre ihm schleierhaft. Übrigens, was hat sie eigentlich diesmal gemacht?«

Bob sah verwirrt aus. »Tja, wir wissen es nicht. Sie hat mit dem Pfarrer gesprochen und plötzlich etwas von Gas gesagt und ist losgerannt wie eine verbrühte Katze. Aber wir wissen nicht, wie sie darauf gekommen ist.« Er setzte sich neben Anne auf das Sofa und begann, das Stück Kuchen zu essen. »Das Küchenfenster von *The Meadows* war eingeschlagen. Dabei muß ihr Schirm kaputtgegangen sein. Und sie ist wohl reingeklettert – oder vielmehr reingehechtet, denn das Fenster ist sehr klein, und darunter ist der Ausguß. Sie hat den Gasherd abgestellt, die Tür aufgeschlossen und Mrs. Venning hinausgeschleppt. Beide haben übereinander auf der Türschwelle gelegen, wie ich hinzugekommen bin. Im ganzen Haus roch es nach Gas.«

»Und Sie haben sie einfach aufgelesen und zu uns gebracht.«

»Ja«, sagte Bob.

Anne lächelte ihm zu. »Vermutlich haben Sie Mrs. Venning damit das Leben gerettet.«

»Wofür sie mir bestimmt nicht danken wird«, meinte Bob nachdenklich.

»Jetzt nicht, vielleicht. Aber später vielleicht doch. Ich glaube, wenn jemand sterben soll, dann stirbt er, und wenn jemand gerettet werden soll, dann wird er gerettet, und damit hat sich's.«

In Bewunderung versunken, sah Bob sie an: Welch eine schlichte, großartige Lebensweisheit. Welch ein schlichtes, großartiges Mädchen... Unter seinem unverwandten Blick wurde Anne verlegen.

»Oh«, sagte sie. »Wie schrecklich. Ich habe mich noch nicht einmal für die Blumen und die Pralinen bedankt. Die Blumen«, sie wies auf ein halbes Dutzend Vasen im Zimmer, »sind wunderschön. Und die Pralinen...« Sie holte die Riesenschachtel und machte sie auf: »Nehmen Sie ein paar. Sie schmecken herrlich.«

Bob nahm eine Praline, biß auf Karamell und konnte nichts mehr sagen.

Anne gluckste. »Ich dachte, Sie hätten sie für Miss Seeton gebracht. Wissen Sie, ich mag die alte Dame. Ich kenne sie fast gar nicht, aber ich mag sie furchtbar gern. Sie auch?«

»Mmmm«, sagte Bob und kämpfte, um die Zähne auseinanderzukriegen.

»Manche sind gräßlich. Zum Beispiel die alte Miss Hant. Die ist eine Landplage.«

»Das läuft auf dasselbe hinaus«, murmelte Bob undeutlich.

»Nein, eben nicht, glauben Sie mir«, widersprach sie. »Wenn man mit ihnen fertig werden muß... Miss Hant hat den halben Vormittag ein fürchterliches Theater gemacht.«

Bob, Sieger im Kampf mit dem klebrigen Zeug, schluckte rasch und begann zu reden; es kam lauter heraus, als er beabsichtigt hatte. »Das läuft auf dasselbe hinaus«, brüllte er. Errötend dämpfte er seine Stimme: »Ich meine, es läuft auf dasselbe hinaus, was das für ein Gefühl ist. Nicht immer, meine ich. Ich meine, plötzlich sieht man jemand und weiß ganz genau, was man für ein Gefühl hat. Weiß, das ist es, meine ich. Weiß, daß man immer dasselbe Gefühl haben wird, meine ich.« Er überdachte, was er gesagt hatte, und fragte sich, ob er sich klar genug ausgedrückt hatte. Aber auf einmal erwachte wieder sein Pflichtgefühl. »Wie war das mit Miss Hant?« fragte er, auf die Erde zurückkommend. »Was hat sie denn gewollt?«

Anne war enttäuscht. Die blöde Miss Hant. Gerade als das Gespräch interessant zu werden begann ... »Nichts war los – wenigstens nichts Besonderes. Sie hat heute vormittag ihren Anwalt erwartet und sich aufgeregt, weil er bis jetzt nicht gekommen ist.«

»Und er kommt auch nicht«, sagte Bob.

»Ach, ich denke, schon«, antwortete sie. »Ich hab' ihr gesagt, wahrscheinlich hat er viel zu tun. Vielleicht schaut er heute nachmittag vorbei, oder sonst morgen früh.«

»Nein, er kommt nicht«, sagte Bob. »Er sitzt.«

»Mr. Trefold Morton?« fragte Anne bestürzt. »Aber das ist doch nicht möglich. Er ist Anwalt.«

»Eben drum.« Und Bob gab ihr ein Resümee der nächtlichen Stunden, die er und das Orakel mit dem Anwalt verbracht hatten.

Anne war außer sich. Impulsiv legte sie ihm die Hand auf den Arm. »Ich finde, das ist gemein. Da haben Sie ja fast gar nicht geschlafen. Sie müssen todmüde sein.«

Bob legte seine Hand auf ihre. »Ich bin gar nicht müde.«

»Und trotzdem haben Sie daran gedacht, mir Blumen und Pralinen zu bringen ...«

»Das war nicht schwer«, sagte Bob. »Ich habe die ganze Zeit an Sie denken müssen.«

Er beugte sich zu ihr. »Sie wissen doch ... Sie müssen doch wissen ... wie es mir mit Ihnen geht.«

Anne versuchte, ihre Hand wegzuziehen. Es gelang ihr nicht. »Nein, ich ... Ja, ich ... Aber Sie können doch nicht ... Ach, begreifen Sie denn nicht«, rief sie verzweifelt. »Schauen Sie mich doch an – wie ich aussehe!«

Er betrachtete sie. Er sah die schlanke Figur, das ordentliche Schwesternkleid, das schöne Haar, und dann verweilte sein Blick auf ihrem Gesicht. »Ja«, sagte er zustimmend.

Sie wandte das Gesicht ab. »Sehen Sie ...«

Bob sprach zu ihrem Hinterkopf. »Ich liebe Sie«, sagte er.

Dr. Knight machte die Tür auf und hielt inne. »Ich glaube, es ist zwanghaft«, sagte er.

Anne noch immer festhaltend, sprang Bob auf, merkte, was er da machte, und stellte sie hastig auf die Füße.

Der Arzt sah die beiden interessiert an. »Ja, offensichtlich zwanghaft«, sagte er entschieden. »Ich will mich nicht einmischen, Anne, aber ich habe das Gefühl, ich muß dich warnen.«

Anne grinste ihn an. »Was ist zwanghaft, Dad?«

»Diese Angewohnheit von ihm, Frauen hochzuheben, herumzuschleppen und irgendwo abzuladen. Einmal – das könnte ein Impuls sein. Zweimal – und noch dazu zwei gleichzeitig –, das ist besorgniserregend. Aber dreimal – eindeutig Zwangshandlung. Ich glaube kaum, daß es schon ein Heilverfahren dafür gibt. Ich habe nur dein Bestes im Sinn«, fuhr er fort. »Du mußt damit rechnen, daß du, ganz gleich, was du gerade tust, plötzlich hochgehoben und irgendwo anders abgestellt wirst, womöglich in völlig anderer Position. Das ist – eh ...« Als der Arzt gewahr wurde, daß er in höhere Sphären hinaufgetrieben worden war, als er gewollt hatte, räusperte er sich, gab den Raumflug auf und stieg aus.

Lächelnd wandte er sich an Bob: »Andererseits, junger Mann, wenn Sie mal einen Job brauchen, sagen Sie mir Bescheid. In flauen Zeiten können wir das Geschäft immer dadurch beleben, daß wir Sie als Anschaffer engagieren.«

Bob stand da, mächtig groß und mächtig verlegen. Er öffnete den Mund, wollte Erklärungen und Entschuldigungen hinausstottern, aber die Inspiration ließ ihn im Stich, und sein Mund schloß sich wieder.

»Angesichts Ihrer begreiflichen Unruhe«, fuhr der Arzt heiter fort, »und um den neugierigen Fragen zuvorzukommen, die Ihnen auf der Zunge liegen, gebe ich Ihnen am besten gleich die neuesten Informationen über Ihre Patientinnen.« Bob stutzte: Mrs. Venning, Miss Seeton – er hatte sie vergessen. »Deshalb übrigens habe ich Ihr... ehem, Gespräch mit meiner Tochter unterbrochen. Mrs. Venning geht es einigermaßen, glaube ich, obwohl das Herz vermutlich angegriffen ist. Ein Besuch bei ihr kommt leider nicht in Frage. Selbst bei vollständiger Ruhe ist alles noch zwei, drei Tage auf der Kippe. Miss Seeton dagegen – sie ist frisch wie ein Fisch im Wasser. Eine ungewöhnliche Spannkraft. Ich wünschte, ich wüßte ihr Geheimnis. Sie muß aus Gummi sein. Von mir aus können Sie jetzt mit ihr reden. Sie wollte nach Hause, aber ich hab's ihr verboten. Sie muß Ruhe haben, auch wenn sie nicht will. Ich habe angeordnet, daß sie im Bett bleibt.«

Hinter ihm gab Miss Seeton ein höfliches Hüsteln von sich. Dr. Knight fuhr herum und versperrte ihr den Weg. »Gehen Sie sofort wieder ins Bett. Ich habe Ihnen gesagt, Sie sollen liegenbleiben.«

Miss Seeton lächelte ihm zu und hielt ihm die Hand hin. »Ja, ich weiß, Doktor, ein so liebenswürdiger Vorschlag von Ihnen, aber ich bin völlig erholt, und es würde mir nicht im Traum einfallen, Ihnen noch länger Unannehmlichkeiten zu machen. Die Schwester sagt mir, daß es Mrs. Venning ein wenig besser geht. Welche Erleichterung. Also nochmals vielen Dank...« Sie zog ihre Hand zurück: »Ich muß wirklich gehen.«

14

Es war vorbei. Superintendent Delphick, der mit Sergeant Ranger im Zug nach London zurückfuhr, fühlte sich niedergeschlagen. Dabei war die Verhandlung vor dem Gericht in Maidstone verhältnismäßig gut gegangen. Dem jungen Rotschopf, wie die Zeitungen ihn nannten, hatte die Taubstummheit nichts genützt: Er blieb auf unbestimmte Zeit in Untersuchungshaft, unter ärztlicher Aufsicht – also eingesperrt, bis er den Mund aufmachte, und wenn er den Mund aufmachen sollte, dann würde er eingesperrt, weil er den Mund aufgemacht hatte. Sein Verteidiger hatte sich gut geschlagen, und es hatte etwas bedenklich ausgesehen – bis Miss Seeton angefangen hatte, sich über den ihrem Hut zugefügten Schaden zu beschweren. Man konnte sich wirklich auf sie verlassen: In kritischen Augenblicken zauberte sie bestimmt ein Kaninchen aus dem Zylinder. Von da an, nachdem sich das Gelächter gelegt und man im Gerichtssaal die Ordnung wiederhergestellt hatte, war alles glatt gelaufen. Der Sprecher der Geschworenen konnte es kaum abwarten, bis der Richter mit seiner Belehrung der Jury fertig war – sofort danach sprang er auf, um sein populäres, wenn auch unkonventionelles Verdikt zu verkünden: »Wir brauchen uns nicht zurückzuziehen, Euer Ehren, wenn es Ihnen nichts ausmacht. Er ist schuldig in allem, was Sie gesagt haben, und in noch mehr, finden wir.« Dem Mr. Trefold Morton war ebenfalls eine ganz schöne Zeit aufgebrummt worden, wegen Veruntreuung. Daß man ihm später auch noch die Rauschgiftgeschichten nachweisen konnte, schien nicht ausgeschlossen, aber das war nicht seine Sache, das war Sache des Rauschgiftdezernats ... Chris Brinton und dessen Kollegen in Ashford waren ganz zufrieden: Der Fall hatte in ein paar dunkle Ecken ihres Bezirks Licht gebracht. Aber was ihn selbst betraf – er hatte schließlich den Auftrag gehabt, Lebel zu erwischen. Und den hatte er nicht erwischt. César war um sie herumgekreist. Aber nur Miss Seeton hatte ihn zu Gesicht bekommen, und sie schien durchaus imstande, mit ihm allein fertigzuwerden, ganz gleich, wann und wo er ihr über den Weg lief. Wenn César sie in der vergangenen Woche noch einmal attackiert hätte, als die Polizei Gewehr bei Fuß gestanden hatte und auf alles gefaßt gewesen war ... Aber anscheinend hatte Lebel sein Pulver verschossen und die Sache aufgesteckt. Miss Seeton mußte demnach außer Gefahr sein. Und Constable Potter würde die Augen offen halten. Sicher tauchte César irgendwo anders auf, und eines Tages mußten sie ihn schnappen. Einstweilen aber, und daran war nicht zu rütteln, hatte er, Superintendent Delphick, versagt. Obwohl man es ihm zugute halten würde, daß Miss Seeton ohne Bobs schnelles Eingreifen ertrunken wäre. Aber schließlich hatte der Yard sie beide nicht als Lebensretter angestellt. Nein, falsch – im Grunde waren sie genau das, vermutlich. Delphick grinste. Er hatte sich vorgenommen, den zerbrochenen Schirm einzurahmen und in seinem Büro aufzuhängen, als Mahnung, nur nicht überheblich zu werden. Nach der Identifizierung Lebels zum Beispiel hatte alles kinderleicht ausgesehen. Aber von dem Moment an, in dem ihm Miss Seeton in Covent Garden den Schirm in den Rükken gebohrt und ›Lassen Sie das‹ oder so etwas gesagt hatte, war die alte Dame ihnen allen voranmarschiert, und sie waren hinterhergetrottet. Gewiß, sie hatten unterwegs dies und jenes aufgeräumt, aber dann war er in eine Art Selbsthypnose verfallen, daß er sich einbildete, Miss Seeton würde César schon auftreiben und ihn auf einem silbernen Tablett, säuberlich zusammengebunden und garniert, überreichen. Sie hatte ihn tatsächlich aufgetrieben – sogar zweimal –, aber ihm und seinen Kollegen war nicht mal das Zusammenbinden geglückt. Komisch, dieses Talent von ihr, bei anderen Motive und Hintergründe zu erfassen, ohne sich ganz bewußt zu sein, was sie sah ... oder vielmehr zeichnete. Im Stab beim Yard könnte man sie gut gebrauchen. Wirklich erfreulich, daß das Rauschgiftdezernat keine Anklage gegen Mrs. Venning erheben wollte. So oder so konnte man sagen, daß sie ihre Rechnung bezahlt hatte. Und es gab ja auch nur Miss Seetons Bericht über ein Gespräch; Mrs. Venning selbst war so krank, daß es sinnlos gewesen wäre ... Und zumindest hatte man einen neuen Trick erfahren, wie Leute mit Rauschgift in Berührung gebracht wurden. Das war immerhin etwas ...

Es war vorbei. Eigentlich hatte er es gleich gewußt, damals, als Miss Seetons Schirm kaputtgegangen war. Man brauchte sie bloß mit einem Parapluie zu bewaffnen, und die Hölle war los. Aber wenn man ihn ihr wegnahm, herrschte sofort wieder Ruhe. Schade, daß sie Jung-César nicht geschnappt hatten, aber man konnte ja nicht alles haben. Und César war für seine eigenen Bosse jetzt unbrauchbar geworden, weil er sein Zeichen weg hatte und Miss Seeton ihn wegen der Geschichte in Covent Garden in die Mangel nehmen konnte. Und wenn Césars Bosse glaubten, er würde vielleicht doch singen, dann beseitigten sie ihn wahrscheinlich selber, was anderen eine Menge Ärger ersparen würde ... Anne Knight. Ein wunderschöner Name. Anne ... Anne Ranger. Irgendwie noch besser. Natürlicher. Am Wochenende hatte er dienstfrei, sie hatte versprochen, rüberzukommen, und sie würden zum Abendessen ausgehen und sich am Sonnabend eine Show ansehen, und am Sonntag ... er mußte sich was für Sonntag ausdenken ... Und ... Bob blickte aus dem

Abteilfenster und sah in eine herzerquickende Zukunft. Es lag alles noch vor ihm.

Offensichtlich war alles vorbei. Sie trat vom Fenster zurück und setzte sich, nachdem sie gesehen hatte, wie die beiden Busse von Crabbe vor der gegenüberliegenden Tankstelle anhielten und die heimkehrenden Dorfbewohner ausspuckten.

»Sie sind wieder da, Eric. Zu blöd. Ich weiß wirklich nicht, warum sie alle zu der Gerichtsverhandlung nach Maidstone wollten. Als ob es ein Sonntagsausflug wäre, oder so.«

Miss Nuttel war kleinlaut. »Wir sind doch auch zum Inquest nach Ashford gefahren.«

Mrs. Blaine war etwas eingeschnappt. »Ja, schon, aber bloß, weil wir dachten, wir müßten jemand beistehen, jemand hier vom Ort, damit im Zweifelsfalle der Grundsatz *in dubio pro* gilt.«

»*In dubio pro reo,* meinst du«, sagte Miss Nuttel mürrisch.

»Das sage ich doch. Schön dumm sind wir gewesen. Aber dieses Mal ist es bombensicher. Und das beweist, wie recht wir die ganze Zeit gehabt haben.«

»Ich glaube immer noch, Bunny«, sagte Miss Nuttel nervös, »wir sollten zur Polizei gehen.«

»Unsinn, Eric. Uns glaubt man nicht – nur ihr, und sie führt sie an der Nase herum, wie immer. Und dabei sieht ein Blinder mit Krückstock, daß sie mit diesem jungen Mörder von London unter einer Decke steckt, schon die ganze Zeit. Das habe ich doch gleich gesagt. Und seit heute nachmittag haben wir den endgültigen Beweis. Oder etwa nicht? Dadurch, daß wir hiergeblieben sind, haben wir alles rausgekriegt. Wir haben beobachtet, wie er sich in ihr Haus geschlichen hat, als alles ruhig war und er dachte, das ganze

Dorf sei ausgeflogen. Wetten, daß er sich da versteckt hat und wartet, bis sie kommt? Vorher wäre es ja nicht gegangen, wo doch die Polizei überall im Haus und im Garten war. Für mich ist alles sonnenklar. Sowie sie zurück ist – und verlaß dich drauf, daß sie sich ein Polizeiauto unter den Nagel reißt und nicht mit dem Bus fährt, wie alle anderen –, sowie sie zurück ist, stecken sie und der junge Kerl drüben die Köpfe zusammen, und dann gibt's neuen Ärger. Du wirst sehen.«

Nun ja, es war vorbei, und es war nicht einmal so schlimm gewesen, wie sie befürchtet hatte. Unangenehm, natürlich, daß sie gegen den jungen Rothaarigen hatte aussagen müssen, von dem anscheinend niemand wußte, wie er hieß und dessen Verteidiger fast unverschämt geworden war, als er versucht hatte, es so hinzustellen, als wären sie und dieser nette Lastwagenfahrer schuld daran, daß er einen Gehirnschaden davongetragen hatte – der Rothaarige, nicht der Verteidiger –, weil sie ihn hinten in seinem Lieferwagen hatten herumrollen lassen. Aber das hatte ja nicht lange gedauert, und sie selber war, wie sie betont hatte, viel länger drin herumgerollt ... noch dazu mit einem Sack über dem Kopf, und ihr Gehirn hatte keinen Schaden genommen, nur ihr Hut. So war es ziemlich rasch gegangen. Der Richter – ein so verständnisvoll aussehender Mann – hatte alles sehr klar zusammengefaßt. Und dann hatte sie geglaubt, daß man lange warten müßte, während sich die Jury zur Beratung zurückzog, aber das stimmte gar nicht. Vielleicht war es nicht nötig gewesen, weil die Verhandlung so kurz war. Und was für ein Glück, außerdem, daß sie nachmittags bei Mr. Trefold Mortons Prozeß schließlich doch nicht als Zeugin aufgerufen worden war. Obwohl man natürlich hatte warten müssen, für alle Fälle. Aber er hatte anscheinend zugegeben, Geld veruntreut zu haben – wirklich, höchst empörend bei einem Mann in seiner Position. Jedenfalls, bei Veruntreuung hätte sie ihm gar nicht helfen können, denn sie hatte keine Ahnung gehabt, daß er so etwas machte.

Der Polizeiwagen hielt vor *Sweetbriars*, Miss Seeton stieg aus und dankte dem Fahrer, der herausgesprungen war, um ihr die Tür aufzuhalten. Er lächelte ihr zu, grüßte, stieg wieder ein und brauste davon.

So rücksichtsvoll von ihnen, ihr einen Wagen gegeben zu haben. Sie war doch ziemlich müde, offen gestanden. Ogottogott – hätte sie dem Mann ein Trinkgeld geben müssen? Man wußte es nie so recht. Er hatte nicht so ausgesehen, als ob er eines erwartete. Andererseits, normalerweise erwarteten gerade die eines, die gar nicht wie Trinkgeldfiguren aussahen ... Nein, natürlich: Polizeibeamten gab man nie Trinkgeld. Das wäre Bestechung, hieß es. Obwohl es, wie sie gelesen hatte, in manchen Ländern üblich war. Und natürlich in Amerika, aber da war das System wahrscheinlich ganz anders.

Miss Seeton stand einen Augenblick zufrieden und glücklich da und betrachtete ihr Häuschen, ehe sie das kurze Stück zur Tür ging, um aufzuschließen.

Wie schön, wieder zu Hause zu sein. Wenn man sich überlegte, daß sie schon in drei Tagen nach London zurück mußte und das neue Schuljahr anfing ... Wie rasch die Zeit vergangen war! Sie war nicht einmal dazu gekommen, etwas über Gartenbau zu lernen, wie sie vorgehabt hatte. Immerhin, diese letzte Woche, nach der schrecklichen Sache am Teich, war sehr friedlich gewesen. Die arme Mrs. Venning. Wie gut, daß sie über den Berg war. Und doch ... man fragte sich, ob es anders nicht besser gewesen wäre ... Hätte man doch nicht eingreifen sollen? Schwer zu sagen. So war es eben – man handelte immer impulsiv, ohne wirklich an die Folgen zu denken. Dr. Knight hatte ihr gesagt, Mrs. Venning habe jetzt einen vollständigen Nervenzusammenbruch gehabt und man habe sie per Flugzeug in ein Sanatorium in die Schweiz gebracht. Die andere Umgebung würde ihr helfen, Abstand zu gewinnen. Und die Luft dort, natürlich – so herrlich rein. Ach, du liebe Zeit, was war das?

Ein langes, schmales Paket lag auf dem Tisch im Flur. Miss Seeton nahm es in die Hand.

Wer konnte da nur... Sie erinnerte sich nicht, etwas bestellt zu haben. Hübsch verpackt. Mit diesen praktischen Klebestreifen, die es so gut zusammenhielten und so schnell und leicht anzubringen und so langsam und – verflixt noch mal – eigentlich gar nicht abzukriegen waren.

Endlich kam ein schmaler weißer Karton zum Vorschein. Drinnen lag, von Seidenpapier an Ort und Stelle gehalten, unter durchsichtiger Plastikfolie ein schlanker schwarzer Seidenschirm, an dessen Messingkrücke eine Visitenkarte festgebunden war. Wer konnte ihr den geschickt haben?

Miss Seeton hielt den Schirm schräg, um das Kärtchen zu lesen. Hinter ihr klickte es.

Wie? Sie drehte sich um. Ach ja, die Schranktür, natürlich. Sie war mit dem Schirm angeeckt und hatte sie zugeschlagen. Wie dumm von ihr. Immer vergaß sie, wie eng der Flur war. Sie betastete die Schirmspitze – nein, sie war heil geblieben. Martha hatte sie ja davor gewarnt, die Tür unverriegelt zu lassen, weil das Schloß so leicht von selber aufging und man sich im Dunkeln schauderhaft stoßen konnte. Aber sie hatte den Schrank doch ... ja, sie hatte ihn bestimmt verriegelt. Heute morgen, vor dem Weggehen, nachdem sie den Staubsauger hineingestellt hatte. Na ja, offenbar doch nicht. Wie gedankenlos – sie hätte sich leicht weh tun können.

Miss Seeton schob den Riegel vor und ging ins Wohnzimmer, um die Visitenkarte zu entziffern.

SUPERINTENDENT DELPHICK, CRIMINAL INVESTIGATION DEPARTMENT, NEW SCOTLAND YARD. Wie nett! Aber warum eigentlich? Sie drehte die Karte um; auf der Rückseite stand etwas Handschriftliches.

Als Entschädigung für Ihren Verlust in Erfüllung Ihrer Pflicht. A. D. Sie war völlig überwältigt. So reizend. Wirklich zu liebenswürdig. Und daß er daran gedacht hatte, daß man Krücken lieber hatte, weil sie soviel praktischer waren als Lederriemen, bei denen die Steppstiche immer aufgingen...

Ein Stempel an der Krücke fiel ihr auf. Sie besah ihn sich genauer.

Um Himmels willen! Es war kein Messing. Es war Gold.

Voll Stolz hängte sie den neuen Schirm an den Haken über dem Schirmständer.

Für Tee war es schon reichlich spät. Und sie war müde. Nein, sie entschloß sich, hinaufzugehen und ihre Turnübungen zu machen. Es wäre ein Jammer, sie ausfallen zu lassen, denn das schien ihr tatsächlich gutzutun. Und dann konnte sie sich ihr Tablett aus der Küche holen und gemütlich im Bett ihr Abendbrot verzehren.

Als die Eieruhr klingelte, ließ Miss Seeton in der Ecke ihres Schlafzimmers die Füße zu Boden sinken.

Sieh an, von Tag zu Tag ging es besser. Aber ihre Füße waren doch wieder mit lautem Plumps auf dem Boden gelandet. Einen Augenblick lang blieb sie sitzen, den Kopf gesenkt, und atmete tief und regelmäßig. Nanu... vielleicht waren es doch nicht ihre Füße gewesen. Ja, unten klopfte jemand. Miss Seeton zog den Morgenrock über, eilte in das zur Straße gelegene Zimmer und sah aus dem Fenster. Nein, es war niemand da. Entweder hatte sie sich geirrt, oder es war im Nachbarhaus.

Sieben... acht... Nein, sie hörte auf, ihre Atemzüge zu zählen und lauschte. Diesmal war es ganz deutlich. Jemand klopfte. Und es war hier – man spürte deutlich die Vibration.

Sie zog die Füße von den Oberschenkeln, streckte die Beine aus, stand rasch auf und taumelte. Ogottogott, man mußte sich Zeit lassen, natürlich. Ein bißchen massieren und sich dann nach vorn beugen, erst dann durfte man aufstehen. Sie zog wieder den Morgenrock an und ging die Treppe hinunter.

An der Haustür war niemand. Verdutzt blieb sie stehen. Zweimal noch meinte sie ein leises Klopfen zu hören, schwächer als vorher. Wahrscheinlich ein Zweig, der gegen ein Fenster schlug ... Kopfschüttelnd ging sie in die Küche.

Am besten, sie holte sich gleich das Tablett mit ihrem Abendessen und nahm es mit hinauf, da sie sowieso schon unten war. Sie hätte zwar noch eine Übung machen müssen, aber jetzt hatte sie keine Lust mehr.

Am Fuß der Treppe hörte sie ein Geräusch – es klang wie ein Rutschen, und dann bumste etwas gegen die Schranktür. Sie beugte sich vor, um das Tablett abzusetzen.

Ogottogott. Wahrscheinlich der Staubsauger. Heute morgen hatte sie es eilig gehabt und nicht genau gewußt, ob sie ihn richtig auf diese Kiste gestellt hatte. Sie mußte den Schrank einmal gründlich aufräumen und mehr Platz machen. Aber ... Nein. Nicht heute abend. Sie war zu müde. Miss Seeton richtete sich auf und begann, die Treppe hinaufzugehen. Martha und sie konnten morgen nachsehen. Was da auch umgefallen war – man konnte es ebensogut morgen wieder an seinen Platz stellen.